新　潮　文　庫

さよならの言い方なんて知らない。

BOOK 3

河　野　　裕　著

新　潮　社　版

11239

目次

CONTENTS

「架見崎」地図

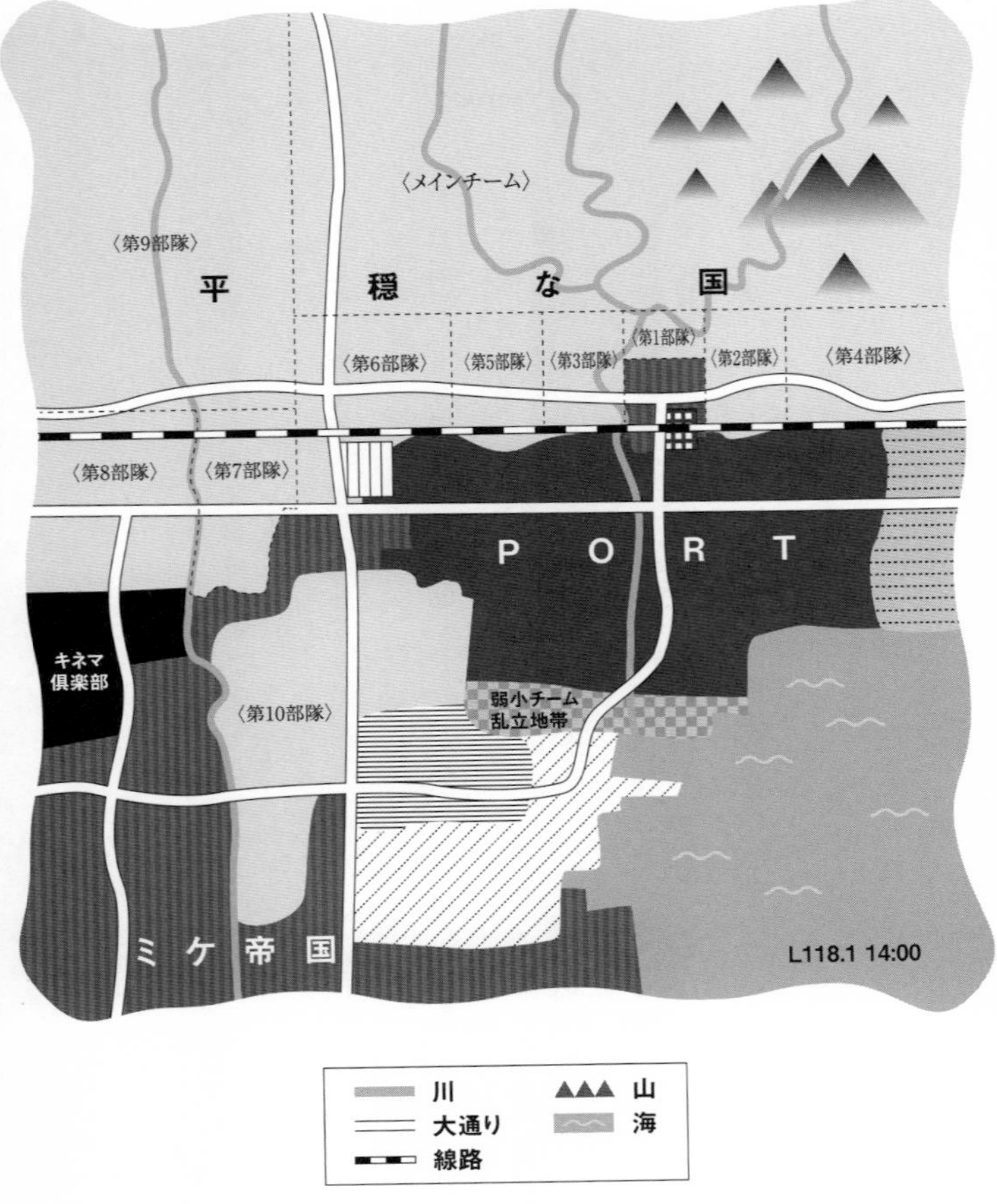
〈メインチーム〉
〈第9部隊〉
平穏な国
〈第1部隊〉
〈第6部隊〉
〈第5部隊〉
〈第3部隊〉
〈第2部隊〉
〈第4部隊〉
〈第8部隊〉
〈第7部隊〉
PORT
キネマ
倶楽部
〈第10部隊〉
弱小チーム
乱立地帯
ミケ帝国
L118.1 14:00
川
大通り
線路
山
海

登場人物紹介
CHARACTERS

秋穂栞
Akiho Shiori

高校2年生。年齢より幼い外見をしているが、性格は大人びており、何事にも冷静に対処する。香屋、トーマとともにアニメ「ウォーター＆ビスケットの冒険」のファン。

冬間美咲
Toma Misaki

香屋と秋穂の幼馴染。「平穏な国」序列2位、ウォーター。中学3年生のとき、謎の言葉を残して消えるが、「架見崎」で二人に再会する。絶大なカリスマ性で人を惹きつける。

香屋歩
Kaya Ayumu

高校2年生。臆病者を自認しており、何をするにも恐怖心が先立つ。「架見崎」においては、他のどれよりも例外的な能力「キュー・アンド・エー」を獲得している。

平穏な国

リリィ Lily

「架見崎」2番目のポイントを持つ「平穏な国」。そのリーダーで、聖女と呼ばれている。

モノ Mono

「平穏な国」所属の検索士。トーマの友人。何事にも動じない不思議な少女。

PORT

ユーリイ Yuri

「架見崎」最大の勢力「PORT」リーダー。チーム内の第二派閥を率いるホミニニと権力闘争を繰り広げている。

イド Ido

「PORT」所属の検索士。ユーリイの側近。

キネマ倶楽部

キド Kido

「キネマ倶楽部」リーダー。独特な戦い方から「天才」「ジャグラー」の異名を持つ。

ミケ帝国

白猫 Shironeko

「ミケ帝国」リーダー。黒猫、コゲと三人で同チームを治めている。

架見崎駅南改札前

月生亘輝 Gessyo Koki

たった一人のチーム「架見崎駅南改札前」所属。単独で70万を超えるポイントを持つ「架見崎」最強のプレイヤー。

宣 戦 布 告 ル ー ル 1

チームA 宣戦布告 チームB
2時間の
タイマーが
回り始める
交 戦 開 始

チームC 宣戦布告 チームD
2時間の
タイマーが
回り始める
交 戦 開 始

交戦は最長72時間。そこで強制的に引き分けとなる。

交 戦 終 了

交 戦 終 了

交戦終了から24時間は他チームに宣戦布告できず、
他チームから宣戦布告を受けることもない。

宣 戦 布 告 ル ー ル 2 戦 闘 の 合 併

チームA 宣戦布告 チームB
2時間の
タイマーが
回り始める

チームC 宣戦布告 チームD
2時間の
タイマーが
回り始める

チームA 宣戦布告 チームC

いずれかのチームが他の戦闘予定のチームに宣戦布告すると、
ふたつの戦闘が統合され、タイマーはより残り時間が短い方が採用される。

A、B、C、Dの4チームが交戦中となる

4チームすべての領土内で能力を使えるようになる。
交戦状態になったチームは、他チームに宣戦布告できず、
他チームから宣戦布告を受けることもない。

交 戦 終 了

交戦状態でなければ、能力を使えるのは自分たちのチームの領土内のみ。

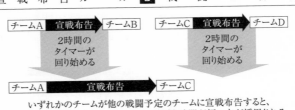

さよならの
言い方なんて
知らない。

THEME OF
THE WATER &
BISCUIT 3

プロローグ

最良の毒薬をご存じですか？

と、ある男が言った。月生亘輝《げっしょうこうき》という名の男だ。

でも毒薬に、良いも悪いもないように思う。そんなものシチュエーション次第だ。人を殺したいのなら、味も匂《にお》いも色もない少量で死に至る毒薬が最良なのかもしれない。一方でもしも自殺に使うなら、ひどく不味《まず》いものが良い。それで思わず吐き出して、自殺を思いとどまるかもしれないから。なんなら毒なんて偽物《にせもの》で、まったく害のないただの水だとより良い。

香屋歩《かやあゆむ》が月生と話をしたのは、前のループのことだった。大きな戦いの最中、ふたりきり打ち捨てられたような音のない改札前にいた。

最良の毒薬について、月生は答えを語らなかった。香屋も尋ねはしなかった。ただ、どうして彼がそんな話をしたのか、少し気になっていた。

夏の光が眩《まぶ》しくて閉じていた目を、ゆっくりと開く。

それで視界が、青と白とで埋まる。ペンキをローラーで塗ったみたいに単純な青空と、落ちてこないのが不思議なくらいの巨大な入道雲だ。香屋は南校舎の屋上に寝転がり、その、悪意のないふたつを眺める。

――もしかしたら僕の身体《からだ》にはもう、毒が回りつつあるのかもしれない。

なんてことを、つい想像した。

架見崎《かみさき》を訪れてから、ずっと寝不足だ。安心できる寝室なんてどこにもないから。でもその状況は少しずつ改善されつつある。心がこの異常な世界に慣れていく。これだって、毒なのかもしれない。恐怖心を鈍らせる毒薬。

八月の青空は、見上げているには眩しすぎる。そろそろ教室に戻ろうかと考えたとき、視界の上の方から、ぬっと少女が顔を突き出した。

秋穂栞《あきほしおり》。彼女が頭の先に立ち、こちらを覗《のぞ》き込んでいる。

「こんなところで、なにをしてるんですか」

呆《あき》れた口調で尋ねられて、香屋は苦笑を浮かべる。

「考え事だよ」

「どんな？」

「クリスマスのプレゼントかな」

ああ、と彼女は、吐息のような声を漏らす。

架見崎はいつも八月だ。八月三一日の次に、また八月一日がやってくる。

今日は香屋と秋穂が架見崎を訪れて三ループ目の八月一日だった。でもふたりがこの世界にやってきたのは一〇月のことだったから、あちらは一二月に入ったのかもしれない。きっと街はもうクリスマスの装飾であふれているだろう。

　秋穂が隣に座り込み、香屋も上半身を起こす。

　それで眼下に街並みがみえた。

　崩壊した街、架見崎。その中では、この辺りはまだしも被害が少ない方だ。あちこち傷ついているけれど、自立している建物と、車で走れる道路がある。でももちろんクリスマスツリーはみつからない。

　ロングスカートの両膝《りょうひざ》を抱えて、秋穂はささやく。

「クリスマスソングが苦手だったんですよね。嫌いってほどでもないんだけど」

「どうして？」

「だって流れている期間が長すぎて、イブになるころには飽きちゃいません？」

「かもね」

「でもここにいると、ああいうのも悪くなかったのかなって気がしてきます。あの、飽きした日常みたいなやつ」

「僕は元々、それが大好きだよ」

　秋穂が顔をこちらに向ける。

「クリスマスに、なにが欲しいんですか？」

「ん？」

「考えていたんでしょう？　プレゼントのこと」

「僕が欲しいのは、いつだって安全な毎日だよ」

「それはちょっと、サンタさんには荷が重いかもしれませんね」

「じゃあ、月生」

架見崎最強の個人。そしておそらく、このゲームの勝者になるつもりがない彼。とても欲しい。最新のゲーム機より、ハイエンドのスマートフォンより欲しい。

でもきっと、八月ばかりの架見崎にはサンタクロースなんかいないだろう。じゃあ、どうすれば彼を手に入れられる？　あまりに強い月生を――いや、彼でなくとも人間ひとりを手に入れるなんてことが、どうすれば可能なんだ？

そのことをずっと考えている。注意深く進めなければいけない。一方で、あんまりのんびりしている時間もない。

「まずは答え合わせをしようか」

香屋の言葉に、秋穂が頷《うなず》く。

「白猫《しろねこ》さんが好きな色は、緑です」

香屋歩は、ループのときにだけ使える能力を持っている。

＊

その能力のルールテキストには、こうある。

【能力名／キュー・アンド・エー】

月に一度、能力者と管理者が対面する度に使用機会を得る。

能力者の質問に対し、管理者たちは正しい返答を行う。

能力者は質問ごとに管理者たちが設定するポイントを消費する。

質問にイエス、ノーの縛りを加えることで必要ポイントが減額される。

管理者は同じ質問に対して一度宣言したポイントを増額してはならない。また、管理者が要求するポイントは架見崎中にあるポイントの合計をこえてはならない。

この能力の獲得者は、他の能力を新たに獲得・強化できない。


この能力は次の手順で使用される。
一、能力者は最大で五つまで、質問候補を提示する。
二、管理者は質問候補それぞれに対し、必要ポイントを宣言する。
三、能力者は候補の中から質問を選ぶ。ポイント内であれば複数質問することが可能。
四、管理者はその質問に答え、能力者は必要ポイントを消費する。

＊

パイプ椅子《いす》に腰を下ろした香屋は、五枚のカードを眺めていた。香屋の質問に、カエルが必要なポイントを割り振ったカードだ。

・ゼロ番目のイドラとはなにか？　六九〇〇P
・ユーリイが僕についた嘘《うそ》をすべて　一〇〇〇P
・ユーリイが知らないホミニニへの協力者の中で、もっとも合計ポイントが多い人物の名前は？　四〇〇〇P
・白猫が好きな色は赤である　イエス／ノー　五〇P
・白猫が好きな色は緑である　イエス／ノー　一〇〇P

「さあ、ご質問をお選びください」

とカエルが笑う。マリオネットの彼は、いつだって笑っているけれど。

反対に香屋は、顔をしかめた。買うべき質問が難しい、というか「ゼロ番目のイドラ」の価値を読み切れない。それは架見崎において、非常に意味のある質問なのではないか、という予感がある。でも、だとすれば少し安すぎるようにも思う。

少なくともトーマと月生は、その言葉の意味を知っているようだった。

――なら、少し危険だ。

香屋が欲しているのは、PORTとユーリイに対して交渉材料になり得る情報だ。そこを押さえておかなければ、トーマが先に行き過ぎる。だから最悪なのは、高いポイントを払って取った情報が、ユーリイにとっては既知のものだったときだ。

香屋は口を開く。

「白猫さんが好きな色は赤ですか?」

カエルが首を振った。

「違います」

「では、白猫さんが好きな色は緑ですか?」

「はい。その通りです」

香屋は元々、六九〇〇P持っていた。このふたつの質問で、支払いは一五〇P。悪くない買い物だ。この能力がフェアに運用されるなら。

まともな答えは得られないだろうとわかりつつ、いちおう言ってみる。

「この手の質問において、イエスはノーの二倍の値がつく」

つまり「白猫の好きな色を知る」という目的に対し、返答がノーであれば一色の可能性を消せるだけだが、イエスであればそれで特定できる。後者の方が、価値が高いのは当然だ。香屋の感覚では、それは二倍では収まらない差のように思う。だがカエルがそれを二倍と設定したことにも納得できる。つまりピンポイントで正解を言い当てたなら、多少は値段が安くなる。

カエルの両手が細い紐《ひも》に引っ張られ、くいっと持ち上がる。右手の方がやや高い、アンバランスなバンザイのようなポーズを取った。

「お答えできません。知りたければ、次の質問候補にお加えください」

質問候補が五つだけというのは、やっぱり少なすぎる。

本当は、一〇も二〇も類似した質問を並べて傾向を探りたい。たった五つでは、目先で必要な質問まで加えているとまったく数が足りない。

「今回の能力の使用は、以上でお終《しま》いですか？」

カエルに尋ねられ、香屋は首を振る。

「もうひとつ」

もともと本命だった質問を、けっきょく尋ねた。

「ユーリイが知らないホミニニへの協力者の中で、もっとも合計ポイントが多い人物の名前は？」

四〇〇〇Pは高い。大手と呼ばれるチームでも、新人が中堅になれるポイントだ。そこそこのチームであれば、中堅がエースになれるポイントだ。でも高すぎもしない。架見崎において最強のチームのリーダーであるユーリイが、確実に知らない情報なのだから。

カエルは返答の前に、常識的な注釈を口にした。

「なにをもって協力と呼ぶのかは、判断が難しい。あくまで私共の認識でお答えさせていただきます」

わかっている。覚悟している。そんなことで、この質問は価値を落とさないはずだ。

「該当するプレイヤーの名前は――」

カエルはゆっくりと、ひとりを告げた。

＊

「白猫さんが好きな色は、緑です」

と秋穂が言った。

それに香屋は頷く。

「うん。合ってる。嘘はついていないみたいだね」

カエルも、白猫も。

白猫の色に関する質問は、秋穂に考えてもらった。香屋が答えを知っていたなら、どちらも「既知の情報の確認」という意味で同じポイントを請求されるかもしれないから。

能力はフェアに運営されている。少なくとも香屋からは、そうみえる。

――なら、次のループの質問もほぼ決まりだ。

問題はやはりユーリイだった。彼の行動を想像だけで補うのは難しい。会ったことも、声を聞いたこともない相手だ。ユーリイはどこまで狡猾《こうかつ》で、どこまで非情だろう。

考え込んでいると秋穂が言う。

「それで、メインの仕入れは上手《うま》くいったんですか？」

香屋は頷く。

ユーリイが知らない、ホミニニへの協力者。購入できる値段でよかった。

「でも、いくらで売れるかわからないよ」

「そもそも交渉のテーブルに着くのがたいへんそうですが」

「そっちは、白猫さんに頼むよ」

彼女からの連絡であれば、ユーリイも無視はしないだろう。

「おや。いつの間にか、白猫さんと仲良くなったんですか？」

「まったく。ろくに話してもいない」

だってあの人、怖いから。できるだけ近づきたくない。

「でもね、リリィは死者を生き返らせる能力を取れなかった」

前のループで、大きな戦いが発生した。三大チーム――PORT、平穏な国、架見崎駅南改札前に加え、ミケ帝国とブルドッグス、ついでにキネマ倶楽部《くらぶ》が入り乱れる戦いだ。

それで、何人もが死んだ。そのうちのひとりが黒猫《くろねこ》だった。

　白猫は平穏な国に深く侵入したけれど、リーダーであるリリィの前で踵《きびす》を返した。その理由が、死者蘇生《そせい》能力の獲得の約束だ。白猫は黒猫が蘇《よみがえ》ることを望んでいる。

「トーマから連絡があった。すでに類似するその他《オリジナル》能力を、誰かが持っているみたいだよ。それを理由に、白猫さんを使ってPORTと連絡を取る」

　なるほど、と秋穂がつぶやく。

　死者蘇生の能力がどこにあるのかは知らない。でもおそらく高い値のつく能力だろう。なら持っているのは弱小チームではないはずだ。大手の中で、平穏は外れる。平穏であればトーマが知っているはずだから。その辺りの中堅というのも考えづらい。平穏の検索《サーチ》からも情報を隠せるチーム。

――それに該当するのは、ＰＯＲＴくらいだ。

あるいは月生がこっそり持っているか。でもたったひとりきりのチームが死者蘇生の能力を獲得するのは不自然だ。そんな可能性まで考慮していては、なにも判断できなくなってしまう。やはり本命はＰＯＲＴ。次に疑うべきなのは、月生よりはトーマが嘘をついている可能性。

香屋は立ち上がって、小さなため息をこぼす。

「だからこれから、怖い人と話をしてくる。手伝ってよ」

「なにを手伝うんですか？」

「とりあえず、僕が隠れられる背中が欲しい」

「嫌です」

なんて素っ気ない言葉を返しながら、秋穂も腰を上げる。

おそらく次のループで、大きな戦いがある。表向きは平穏とＰＯＲＴが組んで、月生のポイントを狙《ねら》う戦いだ。裏側では、何人もの思惑が絡《から》み合うだろう。

それまでに、できる限り準備を進めなければいけない。

平穏じゃなくて、ＰＯＲＴじゃなくて。トーマでも、ユーリイでもなくて。

香屋歩が月生を獲得するための準備だ。

第一話　誰もがコインの結果よりも

1

現状、キネマ倶楽部《くらぶ》は今までになく安定した立場にある。

キネマに隣接しているチームは、ミケ帝国と平穏な国のふたつだ。共にキネマに比べれば圧倒的に巨大だが、ミケ帝国とは良い関係を築けている。前ループの戦いで、キドが黒《くろ》猫《ねこ》と共闘したのが良かった。

一方の平穏な国は実質的な支配者がトーマに代わり、今は内政に力を入れている。彼女の考えは読み切れないが、もしキネマを欲しがったとしても、交戦という方法は選ばないように思う。より双方に被害がでない形で話をまとめる。現にキネマと平穏のあいだにあった、領土に関する問題――以前の戦いで、キネマの領土が飛び地の形でミケ帝国に食い込んでいた問題――も、前のループの終わりに解消された。キネマが奪った平穏な国の領土と、平穏が取り込んでいた元トリコロールの領土を交換し合っている。

トーマの平穏な国は、大枠では理性的で友好的だ。だから一時的にミケ帝国に逃げ込んでいたキネマの面々は、すでに本来の拠点である映画館に戻っている。例外は、香屋歩《かやあゆむ》と秋穂栞《あきほしおり》のふたりだけだ。

香屋はトーマへの人質として白猫《しろねこ》に捕らえられている。黒猫が生き返るまでは解放されない予定だ。香屋自身は比較的、その立場が気に入っている。重要な目的のための人質というのはそこそこ安全だから。自由に動き回れないのが不便ではあるけれど、「ミケ帝国内で白猫に守ってもらえる」という点のみを抜き出せば深窓のお姫様みたいなものだ。

一方で秋穂は、気ままにミケ帝国とキネマ倶楽部の領土を行き来している。食事が良いという理由で、どちらかというとミケ側に軸足をおいている様子だ。

「なんなら、うちのチームに入りますか？」

とコゲが言った。

ミケ帝国の三人の権力者のひとり――今は黒猫がいないから、二人のうちの一方。リーダーである白猫が働かないから、彼がチーム内の雑務を一手に引き受けている様子で、顔色に疲労がみえる。

秋穂は軽く答える。

「どっちでもいいから、キドさん辺りと話し合っておいてください」

所属がどこであれ、ミケもキネマも秋穂を攻撃することはないだろう。彼女は基本的に無害で、本質的にとても優しい。だからつまらない嫉妬《しっと》くらいでしか敵を作らない。香屋自身はどう頑張っても秋穂のようになれないから、内心では少し憧《あこが》れている。

香屋と秋穂は学校の保健室を訪ねていた。ベッドのひとつに白猫が寝転がり、そのすぐとなりにコゲが立っている。額を右手で押さえて白猫が言った。

「報告は聞いた」

不機嫌そうな声だ。

ま、それはそうだろう。平穏な国は約束を守れなかったのだから。彼女は白い腕の奥から、投げ出すように視線をこちらに向ける。

「苛立《いらだ》たしい状況だな。人質の指でも送りつけるか？」

本気で言っているわけじゃないだろうけれど、白猫はやっぱり怖い。自分であれ他人であれ傷つくことにあまり興味がない感じがする。

香屋は震えながら彼女の言葉を無視して話を進める。トーマは、と言おうとして、架見《かみ》崎《さき》で彼女が使っている方の名前に言い換えた。

「ウォーターは約束を破るのが嫌いだから、きっと黒猫さんを生き返らせる能力を探しています」

まあ、嫌いなだけで、破るときは破る。でもあいつは白猫がわりと好きなのではないかという気がするから、今回は信用できるだろう。

白猫は、黒猫との再会が延期されたことで、やはり気落ちしているようだ。つまらなそうな瞳《ひとみ》で保健室の天井を見上げる。

「コゲ。お前なら、死者蘇生《そせい》の能力者をみつけられるか？」

コゲはすっと目を細める。

「わかりません」

「わかるまでやれ」

「ずいぶん高くつきます」

「値段は関係ない。必要なら私のポイントも回す」

「ポイントだけでは足りません。ＰＯＲＴとやり合う覚悟がいります。それはつまり、ミケ帝国をつぶす覚悟という意味です」

やはりコゲからみても、死者蘇生の能力を持っているチームの本命はＰＯＲＴなのだろう。そして、あのチームの内情を検索《サーチ》するのはリスクが高い。

白猫が淡々と尋ねる。

「うちとＰＯＲＴがやり合ったら、どうなる？」

「あそこには、あそこと月生《げっしょう》だけには、手を出すべきではありません」

「私よりも強いか？」

「月生は確実に。そしてＰＯＲＴは、質が違います。おそらく架見崎の他のどこよりも、能力というものへの理解が深い」

「どういう意味だ？」

「ただ殴るだけでは勝てない相手だという意味です」

「そうか。それで？」

「それで、とは？」

「私はこのチームを使って、負け戦を仕掛ける権利を持っているのか？」

コゲが笑う。

「もちろん。ですが、まだ早い。しばらくはウォーターに期待していましょう」

白猫は架見崎に染まり過ぎている。黒猫との再会が目的であれば、彼女を生き返らせるのと同じように、白猫自身が安全に生き延びることも重要だ。気楽に安直に身を投げ出されると困る。端的には香屋の盾がなくなるし、純粋に思想として嫌いだ。

香屋は秋穂の背中に隠れて言った。

「なにも、こっそりPORTを探る必要はないでしょう。堂々と質問すればいい」

ただ「人を生き返らせる能力を持っていますか？」と尋ねるだけなら、交戦にはならない。対話で済む問題をわざわざ争いにするのは愚かだ。

コゲが顎《あご》に手を当てて、こちらに目を向けた。背の高い彼の視線を完全に遮るには、秋穂の背中は小さすぎる。

「尋ねるだけなら無料ですが、無意味にチームの能力を開示しないでしょう」

「僕には対価を用意できます」

PORTというより、ユーリイに対して。彼が知らないホミニニへの協力者の名前には価値があるはずだ。加えて香屋の能力なら、その価値を吊《つ》り上げることもできる。

「ユーリイと交渉する許可をください。通話と手紙、安全なのはどちらですか？」

白猫が、ベッドの上で身を起こす。

彼女は眠たげな細い目で、なのに鋭く睨《にら》みつける。

「お前はなにを狙《ねら》っている？」

香屋が黒猫の再生に協力的な理由。そんなもの、いくつもある。

死者蘇生の能力をできるなら手に入れたい。少なくとも誰が持っているのか知っておきたい。ミケ帝国に恩を売りたい。PORTとの友好的な関係を作りたい。ユーリイを理解したい。PORTと平穏が手を組んで月生のポイントを狙う戦いに、少しでも香屋の手札を紛れ込ませておきたい。でもどれも今は答える必要がない。

どうせ白猫は、こちらを蔑《ないがし》ろにできはしない。香屋は黒猫の再生の件で、具体的な提案ができる数少ない人間なのだから。彼女がトーマへの人質として香屋を手元に置いているように、香屋からみれば黒猫の存在が白猫に対する人質のようなものだ。

だから香屋は、秋穂の背中で怯《おび》えながらも交渉する。

「僕に任せてください。平和的に、PORTとの話をまとめてみせます」

「それで？」

「それだけです。報酬はいらない。ただ、必要経費は払っていただきます」

「ポイントか？」

「どちらかというと、人員」

「どういう意味だ？」

「まずは、許可を。それから詳細を説明します」

実のところ、香屋の中でも、まだ考えがまとまっているわけではなかった。PORTと平穏の動きを読み切れない。でも時間もない。読めないまま、なんらかの手を打たなければいけない。ならできる限り応用の幅が広い手が必要だ。

白猫が言った。

「お前は、気持ち悪いな」

「そうですか？」

「素直に答えろよ。お前は架見崎で、なにを目指している？」

そんなものひとつしかない。

「僕は怖がりなんですよ。だから、安全が欲しい」

臆病者《おくびょうもの》のプライドは、恐怖心の価値を証明し続けることだ。それはつまり平和な日常の価値ということになる。

白猫は小さな舌打ちをして、「好きにしろ」とつぶやいた。それからベッドの上に乱雑に放り出されていた端末をつかみ、モニターに目を落とす。

最近、彼女がそうしている姿をよくみる。モニターにはミケ帝国のチームのデータが表示されている。だが、すでに死亡している黒猫は、チームメンバーから外れている。

まるで自傷のように、白猫は黒猫の名のないリストを眺める。

＊

平穏な国の語り係とナンバー2を兼務するなんて面倒な状況の、数少ないメリットは教会に個室を与えられたことだった。その古い一室は薄暗く、なんだかかび臭いから気が滅《め》入《い》るが、家具は質の良いものが置かれている。それに、好きなときにリリィに会えるし、友達との内緒話にもうってつけだ。

トーマは猫足のソファーに腰を下ろし、肘《ひじ》置《お》きで頬《ほお》杖《づえ》をついていた。向かいには紫《むらさき》という名の女性が座っている。架見崎を訪れたときは二四歳だったようで、トーマからはずいぶんお姉さんにみえる。でも現在の彼女の立場はトーマの部下のひとりで、トーマ自身は友人だと認識している。比較的、仲の良い友人だ。

トーマは片手の資料に目を落として、独りごとのようにつぶやく。

「平穏は意外に、人材がいないな」

物資はある。どこよりも広い領土を持っている。人員も多い。前のループの終わりにブルドッグスを取り込んだから、失ったポイント――大半は高路木《こうろぎ》というかつての平穏のナンバー2が落とされて失ったポイントだ――もそれなりに取り戻した。でも純粋に強い人間が少ない。

紫は一応、トーマの部下であるという立場に従っているのだろう、必要もないのに敬語を使う。

「うちで人材が足りないというのは高望みですよ。ＰＯＲＴの他には負けはしないでしょう」

「それはポイントで底上げされた強さだよ。オレが欲しいのは、ベースが強い人だ」

たとえば、架見崎の戦闘の主役は強化士《ブースター》だ。強化《ブースト》は使用者本来の性能を掛け算で上昇させる。多くのポイントを突っ込めば、誰だってそれなりに強くなるけれど、元値が高ければ高いほど効率が良い。

その意味で、ミケ帝国の白猫なんかはとても良い人材だ。ポイントを突っ込んだだけ、そのまんま強くなる。反対に並の人間をポイントで強化しようとすると無駄が出る。殴り方を知らない人間が強い力で殴って拳《こぶし》を傷めないためには、理論値以上の強靭《きょうじん》さが必要になる。戦い方のアイデアがなければ、そのアイデアを埋められるだけの圧倒的な強さか高価なその他能力《オリジナル》を上乗せするべきだろう。

だが平穏な国はこれまで、優秀な人材という効率を追わなかったチームだ。代わりに従順さを基準にポイントや地位が与えられてきた。ＰＯＲＴの背を追うために大勢を取り込みながらチームの結束を保つためには仕方のない方針だったともいえるけれど、本当にＰＯＲＴと肩を並べようとするなら改善が必要だ。

「とりあえず、部隊のリーダーがひとり足りない。誰かをピックアップしないといけないんだけど――」

平穏な国にはメインチームに加え、一〇の部隊がある。それぞれの部隊のリーダーは聖騎士と名付けられているけれど、いまいち好みじゃないからトーマはその呼び方を使わない。なんにせよメインのリーダーであるリリィの他に、一〇人の「そこそこ優秀な人材」が必要だ。

前ループの戦闘で、ナンバー2だった高路木が死に、語り係だったシモンが失脚した。ついでに強固なシモン派だった部隊リーダー三人の格を下げた。別にシモン派なのはかまわないけれど、トーマの目からみて部隊を預けられるほどの人材ではなかったことが理由だ。おそらくシモンとのコネクションで成り上がった三人なのだろう。それで、高路木と合わせて四人、部隊リーダーを補充する必要が生まれた。

その四人のうち、ひとりは元ブルドッグスのリーダーを採用した。もうふたりは平穏内からそれなりにできそうなのを見繕った。でもひとり足りない。多くのポイントを預けてすぐに使いこなせるプレイヤーが欲しい。

「データでみると、ニックなんだけどね」

トーマの手元にある資料には、全員参加を強制して実地した身体測定の結果が並んでいる。能力を使わない身体測定だ。ニックの総合成績は三位で、上のふたりはすでに部隊リーダーになっている。ニックは元々、それなりに高いポイントを持つプレイヤーだし、トリコロールというチームを率いていた実績もある。

だが紫は顔をしかめた。

「あいつは、リーダーに向いた性格ではありませんよ」

「そう？　トリコロールじゃ慕われていたって聞いてるけど」

「悪いやつじゃないけど、すぐ感情的になります」

「感情的な人は好きだよ」

「貴女《あなた》が好きでも。仲間を置いてひとりで戦いたがるやつに、平穏の部隊は任せられないでしょう」

「まあね」

部隊リーダーとしてみたとき、ニックの最大の欠点は、それだ。きっと優しすぎるのだろう、前線に立ちたがる。加えて、ある程度有能な人間にありがちな傾向で、人の手を借りず、すべてを自分で片付けたがる。管理職には向かない。

死にやすい人間を、死にやすい場所には置きたくなかった。だから本音じゃ、ニックをリーダーにするつもりはない。

トーマは気軽に本題を切り出す。

「じゃあ、君がやってよ。ニックをつけるから」

紫はクレバーなプレイヤーだ。守備的な強化士《ブースター》で、数字には現れづらいが戦場では頼りになる。リーダーは紫、でも彼女のポイントはやや抑えて、そのぶんをアタッカーのニックに回す。ふたりは付き合いが長いから連携が取れているし、後ろに紫がいれば、ニックも多少は守ることを意識するだろう。現状、余っている人材でこれ以上の部隊は想像できない。

だが紫は不満げに口角を下げた。

「すごく嫌です」

「オレがお願いしても？」

「命令であれば、従いますよ。立場上」

「嫌いなんだよ。命令って」

必要であればするけれど。

なんにせよ紫、ニックを主軸にした部隊を作ることは、トーマの中ではすでに決定している。少し急がなければいけない理由もある。

ＰＯＲＴとの約束で、次のループでは、月生に戦いを仕掛ける予定だ。このループ中に作戦をまとめ、次のループ時に必要な能力を獲得して、万全の状態でやり合う。それに向けた面倒な会議がたくさん入っている。ＰＯＲＴとの打ち合わせよりも、平穏内でトーマの考えを押し通すための会議が面倒だ。

対月生にこだわっていたのはシモンだが、前任者が進めていたチームとチームの約束を一方的に破棄するわけにもいかない。でも月生はやはり強い。トーマはできる限り平穏を傷つけないまま対月生戦を乗り切りたかった。だから、紫とニックを使いたい。

強さじゃなくて。賢さじゃなくて。このふたりを絡《から》めると、極めて強力なカードがおまけでついてくる。トーマが知る限り、架見崎において数少ない、月生に対抗できるカードだ。もちろんその一枚で月生を上回れるわけじゃないけれど、ある一点でなら彼と張り合える。

　命令だ、と言ってあげた方が、紫にとっては気が楽かもしれない。

　でもトーマは自身の好みに従って、もう少し素敵な提案をすることに決めた。

「君がリーダーをやってくれるなら、外部からひとり、優秀なプレイヤーをスカウトしてくるよ」

「なんだかとても、嫌な予感がします」

「キドさんへのお土産はなにがいいかな？」

　キネマ倶楽部リーダー、キド。天才と呼ばれた男。

　もちろん彼は、月生に対抗できるレベルのプレイヤーではない。一方で弱小に身を置くのは勿体《もったい》ない人だ。純粋に元値が高い。おそらく平穏の身体測定で三位だったニックより上だ。本来であれば、高路木くらいの役割を任せられる。つまり大量のポイントを突っ込んで、大手チームの主力として活用できる人材。

　――ま、彼にも、弱点はあるけれど。

　死にたがりという弱点。それはニックにも似ているが、キドの方がより悪い。ニックはただ、すべてを自分で背負いたがるだけだ。対してキドは、まるで安らかな死に場所を探しているようにみえる。

　だからキドと高路木が並んでいたら、トーマであれば高路木を選ぶ。戦闘のセンスで劣っても、簡単には死なない方がいい。

小さな声で、紫が言った。

「少し、考えさせてください」

「うん。でも、もうあんまり時間はないんでしょ？」

ニックと紫がキネマ倶楽部を出て、今回で九ループ目だ。そして彼女はキドとある約束を交わしている。一〇ループ以内にニックを説得して連れ戻す、という約束だ。

次のループ。平穏な国とＰＯＲＴが組んで月生に宣戦布告するループ。ちょうどキネマ倶楽部も、約束の期限を迎える。

紫は顔をしかめてみせた。

「いまさら、そんなこと言わないでくださいよ」

ごめん、とトーマはささやく。

彼女にキドとの約束を破るよう提案したのは、トーマ自身だった。

＊

ひと月ほど平穏な国に囚《とら》われていたせいで、なんだか身体《からだ》が鈍《なま》ったような気がする。

もちろん肉体はループで元に戻るが、身体を動かしていないと、意識の方が上手《うま》く神経に繋《つな》がらない。だからキドは路地裏で、シャドーボクシングに勤《いそ》しんでいた。前ループで共闘した黒猫の動きをイメージし、そのひとつひとつに対応する。能力を使用していない肉体はひどく緩慢で、想像上の彼女にもまったくついていけない。

キドは大学生のころ、それなりに誇れる成績を収めたアマチュアボクサーだった。だからシャドーには慣れている。それに三分で一ラウンドというルールは架見崎とも相性が良い。強化《ブースト》の継続時間が、基本的には三分間だから。

――本来、射撃《シュート》はポイントの多寡《たか》を超越する。

と、キドは信じている。射撃《シュート》の光線は偽りなく光速なので、どれほど高レベルの強化士《ブースター》であれ目でみて回避するのは不可能だ。みえたときにはもう、攻撃が届いている。なのに当たらないのは、早すぎる相手に照準を合わせるのが困難なのと、射撃にタイムラグがあることが理由だ。端末を叩《たた》いた直後、射撃は特徴的な輝きを発し、その〇・五秒後にようやく攻撃が放たれる。

――重要なのは〇・五秒後をイメージし続けることだ。

それを成し遂げられたなら、獲得したての射撃《シュート》であれ高ポイント強化士《ブースター》にぶつかる。有効打になるのかは威力次第だが、とにかく当たることは当たる。問題は敵がどう動くのかではない。敵の動きを想定の範囲内に収めるために、こちらからどう仕掛けるか。どれだけ相手の思考を奪う手札を用意できるのか。イメージ上の黒猫はキドの攻撃すべてを綺麗《きれい》に回避してみせる。まだアイデアが足りない。

――というか、このレベルの強化士《ブースター》と戦っちゃだめってことだよな。

射撃《シュート》がどれだけ速くても、現実的に戦いようのない相手もいる。黒猫の合計ポイントは二万ほどだろう。一方のキドは九〇〇〇Pにやや届かず、ポイントで二倍を超える相手はさすがにきつい。さらに黒猫は二万Pの中でもずいぶん手ごわい。もともと格闘技の心得があったのだろうということは、彼女の動きをみていればわかる。

　三分間で想像上の彼女に七回殺されて、アスファルトに置いていた目覚まし時計がぴぴぴと音をたてる。それでキドが動きを止めると、白いタオルが飛んできた。

　受け取って、「ありがとう」とほほ笑む。すぐ隣の建物――キネマ倶楽部が本拠地にしている映画館の壁に背を預けて、藤永《ふじなが》が立っている。

「ずいぶん熱心ですね」

「動いていた方が楽なんだよ。夜に良く眠れる」

「それはいいんですが、あまり前線で戦う練習ばかりをされても困ります」

　キドは二ループ前のトリコロールとの戦いで手足を失い、前ループの平穏な国との戦いであちらに捕らえられている。チームリーダーがこの調子では、藤永も不安になって当然だろう。

　キドはタオルで身体の汗を拭《ふ》く。

「香屋くんの話だと、うちはしばらく安全らしいけどね」

「そのしばらくというのが、いつまで続くのかが問題です」

「あと二ループ持てば、とりあえずの目標は達成だね」

　このループと、次のループ。ふた月間を乗り切れば、紫との約束はクリアできる。

　藤永が不機嫌そうに顔をしかめた。

「紫はともかく、ニックを信じる根拠がありません」

「そうかな」

キドからみれば、ニックの考えの方がまだ想像しやすい。彼がトリコロールを率いていたころ、キネマと戦ったのは紫を守るためだろう。少しでも平穏に使える駒《こま》だと思われる必要があった。だが、紫はわからない。キドは紫の手によって平穏な国に捕らえられた。

もちろんそんなこと、藤永には説明していないけれど。

――紫にも、なにか事情があったんだろう。

そう、とりあえず納得している。でもいったい、どんな事情だろう？

躊躇《ためら》いがちに、藤永が言う。

「あのふたりが平穏な国で生きていけるなら、それはそれで悪くないような気がします」

「うん。銀縁《ぎんぶち》さんがいたころのキネマにこだわっているのは、オレの我儘《わがまま》だね」

「それは、私も同じですが――」

銀縁。キネマ倶楽部の初代リーダーであり、キドにとっての「家族」という言葉が持つ意味そのものみたいな人。キドはいつまでだって、あの人がいたころのキネマ倶楽部を追い求めている。もうそれが決して手に入らないとわかっていても。

言いよどんでいた藤永が、続きを口にする。

「私たちもそろそろ、どちらにつくべきなのかを考えた方がいいかもしれません」

「平穏か、ＰＯＲＴか？」

「はい。なんだか最近、架見崎が慌《あわ》ただしい」

それはきっと、どこのチームも感じていることだろう。前のループで大きな戦いが発生した。ＰＯＲＴ、平穏な国、月生。三大と呼ばれるチームすべてが参戦する戦いだ。平穏はともかく、ＰＯＲＴと月生が動いたことは衝撃だった。ＰＯＲＴはチーム内の権力争いで身動きが取れず、月生はただこのゲームを見守っている。それが架見崎中の共通した認識だったから。

「君は、どっちにつくべきだと思う？」

「安全なのはＰＯＲＴです。でも」

「平穏には、ニックと紫がいる」

「ええ。まあ」

キドにとっては、答えが明白な二択だ。

あのふたりとは敵対できない。それにＰＯＲＴには私怨《しえん》もある。かつて一度だけ、キネマはＰＯＲＴと争っている。ニックと紫がキネマを出る少し前のことだった。

キドはふっと息を吐いて、意識を切り替えた。

「面倒なことは、次のループに考えよう」

藤永は苦笑する。

「次のループで、なにが変わるっていうんですか」

そんなの決まってる。

「ニックと紫が戻ってくる」

「まだ信じているんですか？」

「もちろん」

本音じゃ、信じているのとは違う。

紫の手によって、キドが平穏な国に捕らえられたとき、彼女はなにを考えていたのだろう？　今、どんな未来を想像しているのだろう？　わからないが、紫を疑うのはつらい。信じ抜いて上手く行かなかった方が、ずっと気持ちは楽だ。

——なんて言っていたら、香屋くんに叱《しか》られるんだろうな。

なぜだろう、彼のことをよく考える。あの弱さを集めて強さにしたような、架見崎においてはあまりに異質な少年のことを。

きっと彼とは、根本的に考え方が合わない。でも、反発しようとも思えない。まるで心に新たな回路が組み込まれるように、彼の思想は伝染する。

キドは香屋歩が気に入っていた。

＊

ランチの時間に、珍しい来客があった。

アポイントもない無粋な客ではあったが、ユーリイはタリホーに、丁寧にもてなすように伝えた。それで今、テーブルにふたりぶんの食事が並んでいる。更科粉《さらしなこ》を使ったまっ白な蕎麦《そば》と、揚げたての天ぷらだ。

テーブルの向かいには来客――ホミニニが座っている。ふたりはミネラルウォーターのグラスを持ち上げて、形だけの乾杯をする。

ホミニニは、大ぶりの石のような男だ。身長は一七〇ほどだが、肉付きが良い。筋肉も贅肉《ぜいにく》もついている。全体的に丸っこい身体はよく日に焼けていた。華麗さのない男だが、一方で服装にはこだわるようで、洒落《しゃれ》たストライプのスーツを丁寧に着込んでいる。

彼は妙にねばついた笑みを浮かべる。

「たいしたもんだな。あんたは、ライバルが好きな飯まで知ってるのか」

「僕じゃない。優秀な部下だよ」

来客があった場合の食事は、基本的にはタリホーに任せている。本当に重要な客が相手であればユーリイからメニューを指定することもあるが、それが効率的な方法なのかは疑問が残る。この手のことはタリホーに任せた方が間違いないようにも思う。

ホミニニは二本の箸《はし》が交差する下手な持ち方で蕎麦を啜《すす》る。それで出汁《だし》が飛び、白いテーブルクロスに跡を残す。「いい味だ」と彼は満足げだが、スーツの前に言葉遣いと所作で着飾るべきではないだろうか。

ユーリイはホミニニを、自身のほぼ対極に位置する男だと認識している。

たとえば服装も反対だ。今日は誰とも会わない予定だったから、ユーリイはラフなTシャツとジーンズで済ませた。かわりに箸は丁寧に扱う。蕎麦は啜るのがルールだからそうするが、決して下品にみえないように心がける。麺《めん》を出汁に浸す割合さえ味よりも見え方を基準に決める。

ホミニニは大きな海老《えび》の天ぷらを尻尾《しっぽ》まで食べて口を開く。

「来月の話をしに来たんだよ」

「来月の、どれだい？」

「そんなにいくつもイベントがあるわけじゃねえだろ」

「そうでもない。PORTのリーダーともなると、それなりに多忙でね」

たとえば来月には、ニューイヤーの催しが予定されている。架見崎はいつも八月だが、現実――という表現が正しいのかは定かではないが、ともかくプレイヤーたちが元いた世界――とある程度は時間がリンクしているようだ。あちらは来月、新年を迎える。

そのリンクが「ある程度」である理由は、単純に考えて計算が合わないからだ。一年は三六五日、うるう年であれば三六六日。でも八月を繰り返す架見崎は、一二ループで三七二日になる。本来は年間で七日ほど日づけがずれていくはずだが、新人からの聞き取りではそのずれが発生していない。

なんにせよPORTにとって、ニューイヤーの催しは重要だ。PORTは多くの、戦闘に参加しないメンバーを抱えている。市民と呼ばれる彼らは、ポイントを貨幣として流通させている。おおよそ、一ポイントが一〇〇〇円程度の価値だ。

彼らに売りつけるものには困らない。ループのたびに湧《わ》いてくる。一方で、彼らにはループごとにポイントを配布することに決まっているから、妙にため込まれるとチームの戦力が落ちる。上手く回収しなければいけない。そのため、今回のループのクリスマスと次のループの新年祝いは盛大に行う。税金に似た制度も用意しているから放っておいてもそれほどひどいことにはならないはずだが、彼らが自発的にポイントを差し出す機会を作った方がチームの運営が潤滑だ。

だがホミニニは、ＰＯＲＴの懐《ふところ》事情にはあまり興味がない様子だった。

「来月のイベントっていや、月生戦と選挙だろ」

と蕎麦を啜るあいだに気楽に言う。

ユーリイからみても、そのふたつが大きなイベントなのは間違いない。

「粛々と進めるだけだよ。なにか提案があるなら円卓に上げてくれ」

「嫌だよ。面倒だ。会議は参加者が少なければ少ないほどいい」

「たしかにね。聞くだけは聞こう」

「まず、月生戦。オレの部隊が前に出る。問題ないな？」

「だれも反対はしないだろう。よく働くね」

「あんたは怠けすぎだ」

そうでもない。意外に働いている。

だがユーリイは、そんな風には答えない。

「大きなチームのリーダーというのは、怠けるのも仕事なんだよ」

「へえ。どうして？」

「上が働くと、下も働く。下は上の倍働く。その下はさらに倍。やる気に満ちたリーダーというのは、チームを疲弊させるばかりだ」

「上だけで片付く仕事もある」

「それをできるだけ作らないのが、組織だよ。優れたリーダーは下に仕事を回す。代わりに彼らのために、最低限の手数で物事が片付く方法を提案する」

「あんたはいつも、効率的だな」

「どうかな。でも、そうありたいと思ってるよ」

「その効率が気に入らないって言ってんだよ。前の選挙、勝つのはオレのはずだった」

ＰＯＲＴでは、一〇ループに一度、選挙が行われる。一〇ループという期間にこれといった理由はない。なんとなく決まり、その慣例を変えられないでいる。ユーリイはこれを一二ループごとにするべきだと主張している。年間行事に組み込んだ方がスケジュールを立てやすいし、平民たちからポイントを巻き上げる理由にもなる。今回のように、新年と選挙が重なるのは非効率的だ。しかし在任中のリーダーが任期の引き延ばしを要求すると反発が強く、なかなか議会を説得できない。

リーダー決定の投票権を持つのも、その議会だった。

九人の議員で席が埋まる円卓。ＰＯＲＴ――Philosopher of the Round Table というチーム名は、賢者の円卓と訳される。その名前の由来になった集まりだ。

ＰＯＲＴのリーダーは、議員たちの投票により、議員の中から選ばれる。

その議員を務める九人は、簡単に言ってしまえばＰＯＲＴの大株主だ。ＰＯＲＴは結成時、チームへの参加者にポイントで買える株式を発行している。「より多くの株を持つメンバー九名でチームを運営する」という約束だったから、株はまずまず売れた。それで得たポイントは、一部が市民の通貨となり、その他の大部分が兵力となった。

多くのポイントを差し出した九人は、ＰＯＲＴ内での権力を得た。全員が円卓に着くことが許された議員で、それぞれの部隊を持っている。ＰＯＲＴの物事はほとんどすべてをこの九人が決定する。新たに大株主が生まれれば議員も入れ替わることになっているが、株式の追加発行も議会が決定するため、よほどの理由がなければメンバーに変動はない。言い方を変えれば、「よほどの理由」があれば、メンバーが入れ替わる。

ホミニニはむしろ楽しげに告げる。

「オレか、お前か。前回の選挙でも、投票先はその二択だった」

「どうかな。なんにせよ僕が、五票取った」

ユーリイ自身の一票に加えて、四票。それだけ押さえれば、ＰＯＲＴのリーダーの座が手に入る。

「普通に進めりゃ、六対三でオレが勝っていた選挙だ」

「君の思い込みだ。事実は違った」

「直前で、ふたり死ななきゃオレの勝ちだったたって言ってんだよ」

ホミニニの言葉は、ある程度真実だ。

前回の選挙の直前に、ホミニニ派だった議員がふたり亡《な》くなっている。代わりに株式の所有率を根拠にして、新たな議員ふたりが選ばれた。一方は、もともと多くの株を持っていたがチームを離れていた変わり者。もう一方は、こつこつとポイントを貯《た》めて株を買った頑張り屋。変わり者の名をイドという。頑張り屋の名をタリホーという。

「ふたり減って、ふたり増えた。オレの票が二票減って、お前の票が二票増えた。その結果が五対四だ。ずいぶん効率的だな、ユーリイ」

「あんまり褒めるな。照れるよ」

「もう同じ手は使わせねぇ。現状の、PORT株の所有率リストを作った。もしも次に議員に欠けが出たときは、このリストに従って新たな議員を選んでもらう。ここから先、次の選挙までの株の移動は無効だ」

「それこそ議会に言ってくれ。僕に決定権はない」

「議会は通すさ。自分たちの命を守るためだ」

前回のホミニニは脇《わき》が甘かった。まずタリホーを議員に通したのが誤りだ。あのとき彼は、タリホーの票を含めても五対四で勝てると考えていた。もしもうひとり欠員が出たとしても、新たな議員はホミニニ派になるはずで、だから彼は仲間の裏切りを怖《おそ》れた。そちらにばかり気を取られていた。外から本来の大株主――イドを引き込んでくるプランまで気が回らなかった彼は、ユーリイからはずいぶん滑稽《こっけい》にみえたものだ。

「票は今、どう割れていると思う？」

尋ねられて、ユーリイは首を傾《かし》げる。

「さあね。投票は、各議員の自由意志に委《ゆだ》ねられている」

「ああそうだな。だが選挙活動に関するルールはない」

「うん。好きにすればいい」

「オレは月生戦で最前線に立つ。代わりに、パンに会わせろ」

パン。九人の議員のうちのひとり――通称、未確認のパン。

イドが変わり者であるように、パンもまた変わり者だ。彼女はもうずいぶん長いあいだ姿を消している。議会も欠席続きだ。パンに会う方法は、ＰＯＲＴ内でもほとんど知られていない。本人とユーリイを除けば、あとは、誰だろう？　もしもイドが興味を持っていたなら知っている、というくらいだろうか。

パンは前回の投票でユーリイを選んでいるが、強固なユーリイ派というわけでもない。ホミニニがこちらの票を奪おうと考えたなら、筆頭に上がる名前だろう。

ユーリイはグラスのミネラルウォーターに口をつける。

「女性を口説くのに他人を頼るなよ、ホミニニ」

「リーダーなら議員の連絡先くらい共有しとけって言ってんだ、ユーリイ」

「なるほど」

まあ、別にいい。今回はパンの票には期待していない。どちらかといえば、月生との戦いで手駒を失わないことの方が重要だ。

「君が月生戦を生き延びたなら、電話番号くらい教えてあげよう」

答えると、ホミニニは嬉《うれ》しげに笑う。

「よし。約束だ」

実のところ、ユーリイはホミニニが嫌いではない。素直な笑顔は純情で、こちらが恥ずかしくなるくらいだ。この手の口約束が守られると信じているところも素敵だ。ユーリイは守る約束とすぐに忘れる約束に明確な線引きをしているが、その基準はなかなか理解してもらえない。今回の約束は、明らかに守る側だった。

ユーリイはホミニニを高く評価している。

でも残念なことに、彼はユーリイのほぼ対極に位置する男だ。

ホミニニはよく働き、仲間も多く、向上心が強い。でも所詮《しょせん》はナンバー2だ。対してユーリイは怠け方を考えることばかりに注力していて、仲間と呼べる人間は極めて少なく、向上心なんてものはない。馬鹿《ばか》に負けるのが嫌いなだけだ。そして素直に馬鹿を見下していると、いつの間にかいちばんになっている。

――ホミニニ。君は、根本的に間違っているよ。

と教えてやろうかとも思う。

でも彼があんまり美味《うま》そうに蕎麦を啜るから、微笑《ほほえ》むだけに留《とど》める。

ホミニニは根本的に間違っている。次の選挙なんか関係ない。

ユーリイは彼が、そろそろＰＯＲＴの権力争いから脱落するだろうと予想している。

2

架見崎の八月八日はいつも悪天候だ。

午前中から灰色の雲がじんわりと広がり、青空を覆《おお》っていく。正午になる前には頭上のすべてが重たい鈍色《にびいろ》で閉じられ、夕刻になると奔放な打楽器みたいに、大粒の雨が地を叩く。勢いがよいのは初めの二時間くらいだが、なかなかすっきりとは降りやまず、翌日もまだ雨が残っている。

ミケ帝国に来客があったのは、夕刻の大雨が降る直前だった。作業服を着た四人組だ。軽トラックの運転席にひとり、助手席にひとり、残りのふたりは荷台に乗っていた。

架見崎の弱小にして異端、タンブル工業。

このチームの名前は、「タンブル同盟」という言葉と共に知れ渡っている。たった四人だけのタンブル工業は、架見崎中の家電を修理して回っている。どこのチームもタンブルを歓待する。彼らの手を借りなければ、ろくにクーラーも冷蔵庫もないような環境で八月の架見崎を暮らさなければならないのだから。どれだけ直してもループのたびにまた家電が壊れる架見崎において、彼らが価値を失うことはない。

そのチームのリーダーは、助手席に座っていたひとりだ。登録名、太田《おおた》。三〇代の半ばほどの、大きな口がチャーミングな女性だった。

タンブルを迎え入れたコゲに、太田は迫力のある笑みを向ける。

「こっちの希望は一泊三食。かわりにそこそこ文化的な生活を取り戻させてあげる。それから、届け物がひとつ。送料は元払いで受け取ってる。追加の交渉は、汗を流してからで頼むよ」

タンブルの面々が学校に入ってくる様子を、香屋歩は二階の窓から見下ろしていた。隣には同じように窓から顔を出す秋穂がいる。こちらの視線に気づいたのだろう、太田が足を止めて手を振った。香屋は慌てて顔を引っ込めて、秋穂はにこやかに手を振り返す。

「タンブルから身を隠しても仕方ないでしょ」

と秋穂がため息をついた。

「知らない人に手を振られるのって、なんか怖くない？」

「それは臆病っていうより人見知りのような気がしますね」

「どっちでもいいよ、そんなの」

香屋が再び窓から顔を出すと、すでに太田たちはみえなくなっていた。代わりにミケの数人が、トラックの荷台から大きな木箱を下ろしている。

タンブル工業の届け物。中身は香屋も知っている。それは黒猫だ。まだしばらく彼女を生き返らせられないと知った白猫は、平穏な国――トーマに黒猫の遺体を差し出すことを求めた。タンブルはこんな風に、架見崎内で物を運ぶ役割も担《にな》っている。運送もするし、物々交換で利益を上げてもいる。

実のところ香屋も、タンブルに届け物を頼む予定だった。荷物は一通の手紙で、スケジュール通りにいけば三日後にユーリイに届けられる。

香屋は秋穂を見上げる。

「タンブルはどこに泊まるの？」

ミケ帝国は、白猫を含む一部の主力が学校で、残りのメンバーは近くの団地で生活している。

「通例では、こっちみたいですよ。今回も食材を学食に運び込んでいたから間違いないはずです」

「よく調べられたね」

「というか、私も手伝いました。クッキーひと缶ぶんのバイトです」

「とても効率がいい」

タンブル工業は気になるチームだ。

月生やPORTと同じように、放置できない。

＊

PORT側の打ち合わせの希望日は八月八日の午後五時で、面倒だなとトーマは思っていた。その時間は土砂降りだから、傘をさしても多少は濡《ぬ》れる。

トーマひとりであれば、雨が降り始める前に歩いて向かってもよかった。でも、リリィも同行する予定になっていたから車を手配した。向こうからは四人来るそうだ。わざわざ人数を揃《そろ》える必要はないように思うけれど、トーマの方も適当にもうふたりピックアップした。順当に第二部隊のリーダーと、現在の平穏ではまだしもポイントの高い、パラポネラという名の検索士《サーチャー》を選んだ。

車は二台、用意した。これはリリィの希望だ。

彼女は未《いま》だ、語り係以外とは会話をしてはいけないことになっているから、近くにトーマの他のチームメイトがいると窮屈そうだ。だから運転しやすい軽自動車を用意して、トーマ自身がハンドルを握った。かつて自身のチームを持っていたころに見様見真似《みようみまね》で覚えた運転で、もちろん無免許だから聖女様の送迎には向かない。

平穏な国が本拠地としている教会は架見崎の北側の山中にあり、PORTとのチーム境までは直線で二キロと少し離れている。行程の大半は曲がりくねった山道になるため、移動距離はもう少し伸びる。フロントガラスの雨水をワイパーが撥《は》ね除《の》ける様子を、助手席のリリィが不安げにみつめている。

「その、月生って人とは、戦わないといけないものなの？」

トーマは下り道で速度が出すぎないよう注意深くブレーキを踏みながら答える。

「いけないってことはないですよ。いつだって、誰が相手だって」

「じゃあ、どうして戦うの？」

「オレも不思議です。でも、知らないあいだにそんな風になっているんです。別に戦いたくもないけれど、戦った方がまだましだってことに」

「どうして？」

「引き際《ぎわ》を見誤っているからですよ」

ここで引き返さなければいけない、という線が、本来ならあるはずだ。でもついうっかりその線を甘く引いてしまう。だから線はときに重なり合い、侵食し合う。それで無意味に人が戦ったり死んだりする。悲しい話だ。

「ウォーターでも間違えるの？」

「もちろん。できるだけ注意しているつもりですが、それでも」

「月生って人との戦いも？」

「これはシモンが進めていた話なので、オレに責任はないと言いたいところです。でも、上手くやれば回避できたかもしれないなとは思います」

PORTに「やっぱりやめます」と伝えられなかったわけではない。でもそうした場合の方が高くつきそうで、けっきょく月生戦を受け入れることにした。

「約束を一方的に破棄すると、PORTと争うことになりかねません。それよりは手を組んで月生さんとやり合う方が気楽です」

「でも、強いんでしょう？　月生さん」

「とても。だから、PORTに頑張ってもらいます」

「誰も死なない？」

「誰かは死にます。きっと」

　そう、とリリィは視線を落とす。トーマもそうしたいところだけれど、慣れない運転中なので我慢する。

　戦えば、誰かは死ぬ。トーマに出来る努力は、その犠牲者がチームメイトにはならないよう苦心することくらいだ。でも上手くやり過ぎると月生が死ぬはずで、トーマはできれば、彼にも生きていて欲しい。なんとかＰＯＲＴを刺激せずに裏切りたい。

　――なんてことを、考えている余裕があるかな。

　ＰＯＲＴは怖いチームだ。もちろん、月生も。だいたいややこしいことを考えるのは香屋の仕事で、トーマは本来、王道的に勝つのが得意だ。

　やっぱりあいつを人質に取られたのが痛い。とはいえあのタイミングで、香屋を平穏に残す判断もできなかった。白猫が怖いだけではない。トーマが語り係とナンバー２を兼務していることに良い顔をしない連中が、彼を狙ってもおかしくない。

　トーマは今、自分自身への暗殺を警戒している。まだそういった動きがないのは、リリィへの信仰が強いおかげだ。でもその信仰はいつ反転してもおかしくない。つまりトーマはリリィをそそのかす悪魔だ、みたいな話になりかねない。友人の検索士《サーチャー》数人に見張ってもらっているけれど、彼女たちにはポイントを与えたばかりで、まだその性能に慣れていないだろう。結局みんなシモンが悪い。あいつは元々、平穏の検索士《サーチャー》のトップだったけれど、後続をまったく育てていない。

――やっぱ、ミケが欲しいな。白猫さんは強いし、コゲさんは良い検索士《サーチャー》だし。それにキネマ。キドさんと、藤永さんと、あとはなんて名前だったかな。あそこの検索士《サーチャー》も、たしか腕は悪くない。

香屋が持っているものは、なんだって欲しくなる。秋穂だって、もちろん香屋自身だって。全部に自分の名前を書きたい。

なんて夢のようなことを考えていると、リリィが現実的にささやいた。

「今日の食事会は、なにをすればいいの？」

返事には迷わなかった。

「今のままで。悲しそうにうつむいていてください」

平穏は大手と呼ばれているわりには物足りないチームだし、シモンの運営は保身にばかり気を遣っていて非効率的だった。でも、もちろん良いところもある。

リリィという少女がリーダーを務め、チーム内の敬愛を集めている。意外に深く。本物の信仰みたいに。理屈ばかりの人殺しの会議に、心優しい少女がひとりいることが、どれほど救いになるかわからない。

軽自動車は山道を抜け、市街地に入る。

雨は勢いよく降り続いている。夜の訪れはまだ先だが、巨大な雲の影にすっぽりと収まった暗い架見崎の街並みに、一軒だけ光が漏れるレストランがみえる。

「雨の日はきらい」

とリリィが言った。

約束のレストランに入ったとき、すでにPORTの面々は席に着いていた。向かって左から順に、ユーリイ、タリホー、ホミニニ、それからもうひとり。いちばん右端で視線を止めて、トーマは息を呑《の》む。

――イド？　彼が？

こんなことが、あり得るのか。

トーマは検索士《サーチャー》の通信越しに、イドと会話を交わしたことがある。かなり深いところまで話をした。共通の友人がいるため、彼の事情にはずいぶん詳しいつもりだった。でも顔をみるのは今日が初めてだ。

本当に、この男がイドなのか？　見間違えはしないはずだ。でも、ただよく似ているだけだということはないのか。だって、どうして、彼がここに。

ふいに足を止めたトーマを、リリィが不安げに見上げる。聖女としての役割に従ったのか、ただ言葉が出てこなかったのかわからないが、彼女は口を開かなかった。

代わりに声をかけたのはユーリイだ。

「どうかしたのかい？」

「いえ」

トーマはどうにか混乱を呑み込む。だがそれは胸の奥の、より深い場所でわだかまる。

――オレはウォーターです。

とは、どうしても言えなかった。なんだか恥ずかしくて。

カウボーイハットを手に取り、イドに向かってほほ笑む。

「初めまして。お会いできて、光栄です。私は冬間美咲《とうまみさき》。架見崎ではウォーターと名乗っています」

そう告げると、PORTよりもむしろ、平穏側の面々が息を呑む。

わかっている。トーマが本名を名乗るのは極めて異例だ。立場上、PORTを相手にこんな挨拶《あいさつ》をするべきではない。

――でも、仕方がないでしょう。

これだけだ。これだけは、我儘を通させて欲しい。

彼に雑な挨拶なんかできない。

＊

シャワーの音は、激しい雨音に混じってよく聞き取れなかった。

秋穂栞はすりガラスの向こうに声をかける。

「タオルと、傘をお持ちしました」

学校には生活に必要なものがひと通り揃っているが、暮らしやすいとも言えない。たとえば汗を流すにはプールに併設されているシャワールームを使うことになるが、校舎からだと校庭を横切る必要がある。雨の日はとくに面倒だ。

シャワールームの太田が答えた。

「ん。助かるよ」

「少しお話ししても？」

「え？　なんて？」

雨とシャワーの音でよく聞こえなかったのだろう。秋穂は「上がるまで待っています」と大声で叫び、シャワールームに背を向ける。

タンブル工業は、その存在を知ったときから気になっていた。彼女たちがやっていることは、香屋の考え方に近い。周囲の役に立つことで自分たちの価値を高め、戦いから距離を取り、安全を手に入れる方法。

——暴力の価値を貶《おとし》める意志を文化と呼ぶ。

と香屋は、「ウォーター&ビスケットの冒険」の台詞《せりふ》を引用した。その定義に従うなら、タンブル工業は架見崎では珍しい文化的なチームと呼べる。

秋穂は更衣室の出入り口の前に立ち、騒々しい雨音を聞いていた。やがてシャワールームのドアが開き、太田が言った。

「なに？」

彼女に背を向けたまま、秋穂は尋ねる。

「ウォーターを知っていますか？」

「水」

「プレイヤー名です」

「取引相手のひとりだよ」

「それだけですか？」

香屋がタンブルに興味を持った理由は、チームの特殊性だけではない。

「タンブル工業の創設には、ウォーターが関わっているんじゃないんですか？」

はっきりしたことはわからない。でも、キネマ倶楽部の検索士《サーチャー》――リャマが持つデータだけでも、それを疑う根拠はある。タンブル工業はかつてトーマが率いていたチームのすぐ隣で生まれている。加えて、現タンブルのメンバーのひとりは、かつてトーマのチームメイトだった。

タンブル工業の存在は香屋的だ。もっと言うなら、香屋を真似たトーマ的だ。それは香屋自身の手で行うよりもスマートで、物語的で、よく目立つ。

笑うような声で太田が言う。

「あんたが、秋穂栞」

「登録名は『あっきー』です。正確には後ろに音符がつきます」

「自分であだ名を名乗る子は苦手なんだ。名字の方をあだ名にしているならなおさらだ」

「ウォーターなんてアニメキャラですよ」

「たしかにね。秋穂、こっちを向きな」

振り返ると太田は、まだ着替えの途中だった。上はシンプルなスポーツタイプの下着のまま、下は七分丈のガウチョパンツをはいている。

だぼんとしたTシャツを頭から被《かぶ》りながら彼女は言った。

「ウォーターから伝言がある。あんた用と香屋歩用。でもどちらか一方しか伝えない」

「どうして？」

「そうしてくれって言われてるからだよ。あんたの方を聞きたい？　それとも、香屋って子に会わせてくれる？」

「両方ください」

「だめ。これも仕事だから」

「おすすめはどちらですか？」

太田はTシャツの裾《すそ》を伸ばしながら、小さな声で笑う。

「さあね。どっちかっていうと、あんた宛《あて》の方が面白いかな」

トーマは、タンブル――太田に秋穂が接触するパターンと、香屋が接触するパターンに場合分けした。その意図はなんだ？　ミケ帝国の香屋の扱い次第で伝言を変えようとしている？　でも相手がトーマであれば、とくに理由なんてないのかもしれない。ただの気まぐれであってもおかしくない。反面で秋穂には想像もつかないような思惑が潜んでいる可能性もあるから、もうほとんど考えるだけ無駄だ。

「だってそっちの方が面白いんですよね」

　つまらないよりは面白い方がいい。

　太田がこちらに向き直る。彼女のTシャツには、無暗《むやみ》にリアルなコアラがプリントされている。太田とコアラがまっすぐに秋穂をみつめる。

「香屋を裏切ってオレにつけ。報酬は、なんでも好きなものをひとつ」

　秋穂は思わず鼻で笑う。

「どこが面白いんですか」

　太田の方は、秋穂の反応に軽く驚いた様子だった。

「だって仲が良いんでしょう？　香屋って子とも、ウォーターとも」

「そういう仲の良さじゃないんですよ」

　別に、必要であれば香屋を裏切る。以前、三人で一緒にいたころだって、秋穂はトーマ側についたことが何度もある。どきどきするような話でもない。

　とはいえ一点、気になるところがあった。

「その伝言、間違いないんですね？」

「うん」

「一言一句違《たが》わずに」

「いいの？」

「じゃあ、私宛で」

「そう言われると不安になるな」

「本当にウォーターは、オレと言ったんですね？」

私、ではなく。冬間美咲としてではなく、あくまでウォーターとして。

「そうだよ。それが？」

「いえ」

なら返事はだいたい決まっている。

「こちらからも、伝言をお願いしても？」

「料金は？」

「いくらでもいいから、着払いでお願いします」

「オーケイ。でも向こうが拒否したら伝えないよ」

かまわない。どうでもいい。

「欲しいものをなんでも、なんてださい誘いじゃ乗る気になりません。私は、プレゼントは選んでもらいたい派です」

すでに自分でわかっている欲しいものなんか、勝手に手に入れてやる。まだ秋穂自身が気づいていない、本当は欲しかったものを差し出すくらいでないと、香屋を裏切るコストに釣り合わない。

「了解。ウォーターに会ったら伝えておくよ」

太田がロッカーに立てかけていた傘を手に取る。男物の黒く大きな傘だった。

「待ってください」

「ん？」

「まだ話は終わっていませんよ。タンブル工業とウォーターの関係は？」

太田は歩みを止めず、すれ違い様に言う。

「友達だよ。それだけだ」

トーマはすぐに友達を作る。

いったいこの架見崎に、どれだけの友達がいるのだろう？　やっぱり香屋よりもトーマについた方が安全なのではないか、という気がして、秋穂はひとり苦笑した。

＊

「以上で、ふたりの会話はおしまいですね」

とコゲが言った。

彼が私室として使っている理科準備室だ。あまり広いと落ち着かないそうで、程よいサイズの部屋を探した結果なのだという。たいていよれた白衣を羽織っている彼には、理科準備室はよく似合う。

香屋は短く尋ねる。

「検索《サーチ》の結果は？」

能力は、自身が所属するチーム内であればいつでも自由に使える。そして検索士《サーチャー》は、理論上――充分なポイントと腕があれば――能力の効果範囲内のすべてを知ることができる。運営が隠そうとしていないことであれば、すべて。

とはいえ現実的には、もちろんできることに限りがある。コゲのように多くのポイントを持つ検索士《サーチャー》でも、他者の記憶をまとめて奪い取るようなことはできない。強く意識したことを漠然と読解する、嘘《うそ》発見器の拡張版程度の機能しかないそうだ。しかも秋穂から――相手が女性であり、場所が更衣室だというひどく真っ当な理由で――視覚情報の獲得は制限するよう指示されている。とはいえ今回の件に関しては、目でみえるものにそれほど価値はないだろう。

香屋が知りたかったのは、もちろんトーマとタンブル工業の関係だ。

――だいたい、名前から気になるんだよな。

香屋がタンブルという言葉を初めて耳にしたのは、「ウォーター&ビスケットの冒険」だった。砂漠の惑星を旅する元保安官と相棒の少女、という設定のこのアニメは、西部劇のイメージが強い。西部劇にはいくつかのアイコンがある。酒場の入り口のスイングドア、シェリフスターと呼ばれる星型のバッジ、回転式拳銃《けんじゅう》とブーツとハット、それから丸まって転がる枯れた色合いの草。この草の名を、タンブルウィードという。

架見崎中を転がるように移動するタンブル工業には似合いの名前だ。でもあえてその言葉を選ぶのは、トーマのセンスが見え隠れする。

キャスターつきの丸椅子《まるいす》に腰を下ろしたコゲが、腕組みをして言った。

「具体的なところまでは抜けませんでした。太田さんの検索《サーチ》は意外に骨が折れる」

「彼女は今、ただの人でしょう？」

タンブルだってもちろん、他のチームの領土じゃ能力を使えない。家電の修理は知識と知恵と工具で行う。コゲの検索《サーチ》を邪魔する手段はないはずだ。

「純粋に、検索《サーチ》しやすい人としにくい人がいるんですよ。貴方《あなた》はかなり難しい」

「どうして？」

「あれこれ考えすぎるから。天然のジャミングみたいなものです」

コゲがどこまでこちらの頭の中を覗《のぞ》いているのか、気になったが尋ねなかった。彼の言動を素直に受け取れば、少なくとも一度は香屋に対して検索《サーチ》を使ったことがあるようだ。いったい、どこまでばれている？　わからない。わからないなら、大事なところまでばれている可能性まで踏まえる必要がある。

考えながら尋ねた。

「つまり太田さんも、あれこれ考えるタイプというわけですか？」

「いえ。彼女の場合は反対です」

「反対」

「秋穂さんの質問では、あまり意識が動かない。彼女が考えていないことまで検索《サーチ》するのが大変なんですよ」

「質問をされて、そのことについて考えない人間なんていますか？」

まずは記憶を辿《たど》り、なにを答えるべきなのか、なにを隠すべきなのかというところに意識が行くのが当然じゃないのか。

「もちろん、まったく考えないわけではありませんよ。でも、そうですね、ウォーターのことは、今日の夕食の献立ほども意識していません」

「あいつが聞いたら悲しみそうですね」

「友達だ、というのは嘘ではないようですよ。太田さんはウォーターを信頼している。でもわかったのはその程度です」

なかなか上手《うま》くいかないものだ。

そもそも、香屋にしてみればコゲだって信用できる相手ではない。疑いつつも頼りにする、という温度感だ。疲れる状況ではある。

コゲは、腕組みを解いた代わりに足を組んだ。反り返るように丸椅子の背もたれに身体《からだ》を預ける。

「ご期待に添えず残念ではありますが、こちらは約束を果たしました。貴方もお願い致します」

もちろんコゲも、理由なく香屋に手を貸してくれたわけではない。それなりの対価を約束している。

香屋は軽く、首を振った。

「いえ。もうひとつ」

コゲにはまだ、頼み事をしている。

──黒猫の遺体を確認したい。

という頼みだ。

コゲはふうと息を吐き出す。

「黒猫さんに会って、どうなるっていうんですか。死んでるんですよ？　今は」

「試してみたいことがあるんですよ」

「ま、止めはしませんけどね。先に貴方の話を聞かせてください」

仕方ない。香屋は頷《うなず》く。

「ではこれまでの、僕の質問についたポイントを公開します」

コゲは架見崎の真実を知りたがっている。

＊

トーマは内心で認める。

──ＰＯＲＴとの会議は、楽しい。

ほどよい緊張感がある。月生という殴り合いでは最強の敵に対し、なんとか隙《すき》を突ける能力を考えるのは解きがいのあるパズルのようだ。さらに今回は、ただ月生に有効な能力を生み出すだけでは足りない。平穏とＰＯＲＴの二チームがポイントを出し合って能力を獲得する、という前提に合ったものでなければならない。

もちろんこれは結局、人を殺すための会議だ。そのことを意識すると、ふっと気持ちが重くなる。けれどテーブルの向かいに座る人たちがわりと優秀だから飽きはしない。

この会議で、もっとも多くの発言をしていたのは、ホミニという男だった。

「――で、ずばん。こいつでおしまいだ」

とまったく詰めの甘い作戦を彼は身振りを交えて語る。

馬鹿なのではない。いや、もしかしたら馬鹿なのかもしれないけれど、どちらかといえば豪胆だ。彼の作戦は宣戦布告のようなものだった。月生に対するものではなく、平穏に対するものでもなく、自分たちのリーダー――ユーリイへの。

――彼は腹の内を隠すつもりがない。

なのにPORTのナンバー2にいる。意外に面白い男だ。

トーマは微笑みをユーリイに向け、瞳《ひとみ》だけで「どうですか?」と質問する。

彼の方も笑って答えた。

「いいんじゃないかな。平穏さんに異存がなければ、これで」

なんて、平然と言えるユーリイもやはり面白い。PORTは悪くないチームだ。

トーマはリリィに尋ねる。

「いかがでしょう?」

リリィは困った風に顔をしかめる。でも、とくになにも答えはしなかった。

自身がいちおう語り係という役職なのだということを思い出し、トーマは言った。語り係というのはつまり、リリィの表情を曲解して好き勝手に話を進める役だ。

「大枠では、こちらも異存ありません。疑問点はふたつ。ひとつ目は、能力獲得に必要なポイントの計算です」

平穏とPORTは六〇万Pずつ、計一二〇万Pぶんの戦力を出し合うことを約束している。半分は純粋に兵力で、もう半分――両チームとも三〇万Pずつ、計六〇万Pで「対月生用の能力」を獲得する。とはいえどちらか一方にポイントを集めるのではなく、それぞれのチームが必要な能力を取り合う予定だ。部品を持ち寄り、ひとつの大きな能力を作る形になる。

この会議で出た能力が、その「三〇万Pずつ」で取れるのかはわからない。その他能力《オリジナル》は運営者たちの話し合いで必要ポイントが決まる。でもPORT側は、かなり自信のある計算式を持っているようだった。

ホミニニが自慢気に笑う。

「架見崎中で、まともに能力の研究をしているのはうちくらいだ。うちで外していたなら、どこにも当てられねぇ」

ひと呼吸おいて、ユーリイが補足する。

「平穏さんに取ってもらう能力は、三〇万あれば充分だ。値段が吊《つ》り上がるのはうちの方だが、まあ、多少足が出てもなんとかするよ」

さすが金持ちだ。素直に甘えておこう。

「では、もうひとつ」

問題なく能力を買えたとしても、ホミニニが主となり語った作戦には大きな欠点がふたつある。でも一方はユーリィが受け入れているようなのでかまわない。なんとかしてくれるのだろう。

問題は、もう一方だった。

「この能力だと、月生さんに一撃を当てる必要がある。極めて困難なことです」

店頭のマネキンみたいに見栄《みば》え良くパンツスーツを着込んだ、長い黒髪の女性――タリ
ホーが口を開く。

「うちには月生とやり合う覚悟があります。そちらは、そうではないと？」

トーマはゆっくりと首を振る。月生戦の第一の目標は、平穏側の消耗を極力抑えること
だが、多少は欲を出しても良いだろう。

「この戦闘で、最大の戦果はその一撃になるでしょう。だから契約に反映させたい」

平穏とPORTの約束は、能力を用いた特殊な契約で縛られる予定だ。その契約の詳細
はだいたい決定していたが、少し文面を書き換えたい。

「現状、月生を倒して獲得できるポイントは、五対五で振り分けられる予定です。でも最
初の一撃を当てた方のチームが六割、もう一方が四割でいかがでしょう？」

そのくらいのボーナスがあった方が、戦いが面白い。

「いいじゃねえか、やる気になる」

とホミニニが笑う。

彼はユーリイに向かって続けた。

「おい。そいつはオレが当ててやる。余分に回ってくる一割は丸々よこせよ」

ユーリイはテーブルに頬杖《ほおづえ》をついて、ホミニニに笑みを返す。

「丸々、というのは議会が承認しないだろうね。でも、できるだけ配慮しよう」

そうしているとふたりは仲の良いチームメイトのようだ。裏で、というかほとんど表でも、互いの首にナイフを向け合っている関係にはみえない。

話はまとまりつつあった。

トーマは右端のひとり――イドに目を向ける。彼はこの会議のあいだ、検索士《サーチャー》としての補佐に徹していた。案に出た能力の予想必要ポイントを淡々と答えるばかりで、自分からは意見を出さない。

――でも、対月生戦の、主役のひとりは彼だ。

ユーリイが信頼する、おそらくは架見崎で最高の検索士《サーチャー》。

月生という怪物をステータスで上回れる一点はそこしかない。トーマは彼を、戦場に引きずり出す用意を進めている。

＊

ユーリイにとって、今日の会議の目的はふたつだった。

ひとつ目は、シモン失脚後の平穏な国で実権を握る少女、ウォーターへの評価。だがこちらはよくわからない。どうやらそれほどやる気がないようで、性能を充分に見極めるには至らない。少なくともこの、PORTと手を組み月生を倒そうという会議で、前のめりにならない姿勢には興味を惹《ひ》かれた。なんだか少しユーリイ自身に似ているような気もして、だとすれば大嫌いなタイプの人間ではあるが、そのぶん好奇心がくすぐられる。

もう一方の目的は、ホミニニの勢力調査だ。

こちらの方は、発見が大きい。対月生戦において、彼が提案した作戦はユーリイの予想よりも大胆なものだった。ずいぶん自信があるようだ。

——選挙戦の前に、決着をつけるつもりかな？

だとすれば、効率が良い。ユーリイはより速く進む時計を求めている。

会議は対月生戦を終え、次の議題に移っていた。

PORTと平穏な国の同盟の件。現状では、一方が参加している戦闘へのもう一方の不参加が約束されている。だがそれだけであれば純粋に早い者勝ちで、たとえばPORTが平穏を除くすべてのチームに宣戦布告をする、といった事態が発生し得る。だからもう少し状況を整理したい、と平穏側から提案があった。

具体的には、獲得するチームの事前決定だ。大手と呼ばれる三チームとタンブル工業を除く、架見崎中のすべてのチームを、PORTの標的と平穏の標的に仕分けてしまおうという話だった。

ルールは簡単だ。

互いが第一希望から順にチームを指名しあい、バッティングしたなら抽選になる。抽選に敗れた方は、より下位の希望のチームを繰り上げて獲得する。一方が獲得したチームには、もう一方は手を出さない。

当たり前に考えれば、欲しいのは中堅と呼ばれるチームだ。少し前まで五チームあったが、ブルドッグスが平穏に統合され、今は四チームになっている。筆頭はやはりミケ帝国だろう。それに、架見崎の狭い海を治めるメアリー・セレスト、ひたすらに守備的なロビンソン、PORTと同盟関係にあるエデンが続く。

平穏からみれば、エデンを取るのはリスキーだろう。PORTの協力者をチームに抱き込むことになるのだから。メアリー・セレストとロビンソン辺りでポイントを稼いでおく、という考えもあり得るが、本命はミケ帝国か。前ループの戦いで、高路木という平穏の部隊リーダーが白猫に落とされ、ミケの領土が平穏に食い込んでいる。それを気持ち悪く感じるのが正常な判断のように思う。

取りたいチームは、互いが紙に書いて交換し合うことになっていた。

ユーリイは事前に決めていた一チームの名を記載し、タリホーに手渡す。向こうはリリィがペンを取るが、隣からウォーターが覗き込んでいる。もちろん、決定権はウォーターの方にあるのだろう。その紙を運ぶのはあちらの検索士《サーチャー》だ。

タリホーと平穏の検索士《サーチャー》がテーブルを回り、それぞれの手元に相手の希望が届いた。半分に折りたたまれた紙を開き、ユーリイは思わず笑う。

——キネマ倶楽部。

と、可愛《かわい》らしい字でそこには書かれていた。

ユーリイはウォーターをみつめる。

「バッティングのときの抽選は、具体的な取り決めがあったかな？」

ウォーターの方も、苦笑のような笑みを浮かべていた。

「いえ、とくには」

まさか、ここで被るとは思わなかった。

PORT側がまず名前を書いたのも、キネマ倶楽部だ。特徴といえば古い映画館をもっていることくらいの、取るに足らないチーム。

ウォーターはポケットからコインを取り出した。

「こんなもので、良いのではないですか？」

「うん。かまわないよ」

彼女はコインを親指で弾《はじ》く。それを右手で受け止めて、テーブルに伏せた。

ユーリイは尋ねる。

「どっちが表だったかな？」

「数字がない方です」

「そうか。ううん、迷うね」

ユーリイはイドに視線を向けた。

「どう思う？」

検索士《サーチャー》はあらゆる情報にアクセスできる。もちろん、少女の柔らかな手のひらとテーブルに挟まれたコインにだって。とはいえ検索《サーチ》も、一般的には能力の効果範囲――自身の領土か、交戦中のチームの領土――の影響を受ける。そしてこのレストランは、テーブルを中心にチームの境界線が引かれている。ウォーターの右手があるのは平穏の領土だ。

イドが二分の一に賭《か》けるのか、彼の素晴らしい検索《サーチ》能力で望む結果を勝ち取るのか、興味があった。

彼は静かに首を振って答える。

「イカサマです」

ウォーターが笑う。

「証拠は？」

「まずは、端末を手放して」

「はい」

彼女はそれまでテーブルの向こうに隠れていた左手を、顔の横まで持ち上げる。

イドは続けた。

「それから、右手の手首に、別のコインが」

「ではそちらを賭けましょうか。オレがコインを隠しているのか、いないのか」

短い沈黙のあとで、イドはふうと息を吐き出した。

「失礼。私の勘違いだったようです」

彼はこちらに顔を向け、ささやくような声で「どちらに賭けるのかは、お任せいたします」と言った。

頷いて、ユーリイは答える。

「では、僕は表に」

ウォーターが手を開く。自信に満ちた、挑戦的な笑みを浮かべて。

その瞬間、ユーリイは確信した。彼女は王者になり得る。

誰もがコインの結果よりも、その少女の顔つきに目を奪われていたから。

――王というのは物語の中心に立つものだ。

主役になれない王はいない。もちろん主役も王も、常に勝者だとは限らない。だが敗れるときは劇的に敗れる。

「オレの勝ちです」

とウォーターが言う。テーブルのコインは誇らしげに背を向けている。

なにか演劇の一幕をみたような気持ちがして、ユーリイは拍手でそれに応《こた》えた。

第二話　誰も誰も生きているものたちの

1

枕元《まくらもと》からアラームが聞こえていた。

八月九日の午前五時三〇分、起床したばかりの月生《げっしょう》は、ベッドの上で細く長い息を吐き出した。久しぶりに懐《なつ》かしい夢をみた。もうどこにもいない何人かの友人と、それから、会える見込みのない女性の夢だった。

眉《まゆ》を寄せてほほ笑む彼女を月生は忘れない。お気に入りの人形から求愛されたような、困り果てた彼女の表情を。月生はもちろん、彼女を苦しめたいわけではなかった。できるなら喜ばせたかった。でも、人形の身でなにができる？　花束のひとつも買えはしないのだ。ショーケースの中で、歯車が回る通りにかたかたと手足を動かして、必死に彼女の気を惹《ひ》こうとするのが精いっぱいだ。

懐かしい夢をみた。それは七月の夢だった。

夏になりたての空は初々《ういうい》しく、日の光は希望に満ちていた。まるで休日の公園をかけまわる小学生みたいに。

八月の架見崎《かみさき》とはやはり違う、その光の中で、彼女は眉を寄せて笑っていた。

＊

八月九日の朝は、前日からの憂鬱《ゆううつ》な雨が降り続いている。

ベッドを出るのが三分遅れた月生は、その三分間を朝食の時間を短縮することで取り戻して駅の改札前に立った。

胸にはまだ、夢の余韻の甘い痛みが残っていた。得をしたな、と月生は笑う。胸を痛める夢は良い夢だ。代わり映えのしない毎日に、今朝はひとつだけ良いことがあった。

懐中時計をみつめていると、足音が聞こえた。この駅を訪れる人間は限られている。でも最近は、来客が珍しいということもない。

ひとりきり歩いてくるのは、平穏な国に所属する少女だった。

ウォーター。有力なプレイヤーのひとりだ。ここを訪れてわずか二年少々で成り上がり、今は大手チームの実権を握っている。だがこの駅に隣接する、平穏な国側の領土は今はミケ帝国に奪われているはずで、彼女が平然と姿を現すのは不思議なことだった。

足を止めて、彼女は言った。

「少しお時間をいただいても？」

「立ち話でよろしければ」

「昨日、ＰＯＲＴの偉い人たちと、貴方《あなた》の倒し方を話し合ってきました」

「存じ上げています」

平穏とＰＯＲＴが手を組んで月生と戦う計画がある、という話は、ＰＯＲＴ側からも聞いていた。二チーム共がわざわざそれを伝えにくるのは、不思議な状況だ。どちらもが相手の裏をかきたがっているということなのだろう。

ウォーターは子供じみた、魅力的な表情でほほ笑む。

「貴方のポイントは、欲しい。もちろん欲しい。でも絶対ではありません。手を組む相手がＰＯＲＴほど巨大でなければ、裏切ってもいいのだけれど」

「ええ。あそこには逆らえないでしょう」

「まだ少し早いですね。準備ができていません」

「それで？」

「でも貴方がこちらについてくれるなら、ＰＯＲＴともやり合えるんじゃないかという気がしています」

「どうでしょう。にらみ合って停滞、くらいが自然な予想のように思いますね」

「貴方でも、ＰＯＲＴに攻め込むのは怖《おそ》ろしいですか？」

「もちろん」

月生はおそらく、この駅にいる限り誰にも負けはしないだろう。問題は月生の方に戦闘の意思があるのか、という一点で、命を奪うつもりでやり合えば敗北は想像できない。だが他所《よそ》の領土に踏み込むとなると話が違う。どんな罠《わな》が仕掛けられているのだかわかったものではない。ただ速く、ただ強いだけでは太刀打ちのできない戦い方もある。

「にらみ合いで良い。オレが求めているのは、それです。うちにつきませんか？」

「残念ながら、私はどこのチームにも所属しません」

「どうして？　電車を待っていたいなら、そうすればいい。貴方の自由はオレが約束します」

「面倒な理由があるのですよ。社員というのは、守るものが多くあります」

「ああ。名刺をいただきましたね。株式会社アポリア」

「貴女《あなた》はアポリアをご存じですか？」

「それなりに」

息を吐いて、月生は笑う。なんとなくそんな予感はあったが、彼女は「あちら側」の人間なのだろう。からくり人形とは違う、生物としての心臓を持っている人間。

「貴女はアポリアの命題に答えを出すために、ここに？」

ウォーターは気軽な様子で首を振る。

「いいえ。それほどの向上心はありません。ただ一緒に遊びたい奴《やつ》がいたので」

「あの、香屋歩《かやあゆむ》という少年」

「はい」

「彼は貴女にとっての、ゼロ番目のイドラになり得ますか？」

「すでにそうなのだ、とも言えます。オレがここにいるのだから」

「なるほど。おめでとうございます」

「ありがとうございます」

運営たちはこの会話を、どんな気持ちで聞いているのだろう。彼らにとってはこれも、取るに足らない日常の一部なのだろうか。それとも架見崎の価値を証明するもののひとつなのだろうか。もしもこの小さな世界の価値を証明できたとして、そのとき自分たちはどうなるのだろう。

月生の瞳《ひとみ》は懐中時計をみつめていた。分針が動き、電車の到着時刻が訪れる。でも車輪の音は聞こえない。静かだ。とても。まるで八月には似合わない。

充分に時間をおいて、月生は言った。

「なんにせよ、同盟の件は受け入れられません。すでに所属する組織が決まっているものですから」

「ＰＯＲＴにも同じ答えを？」

「あちらの担当者は、アポリアを知りません。だからもう少し回りくどい説明になる。でも返事は同じです」

「了解しました」

話はこれで、お終《しま》いだろう。

だが、ふと気になって、月生は尋ねてみた。

「貴女はこのゲームに勝利して、なにを手に入れるつもりなのですか？」

好きなものをなんでも。運営が提示するあの報酬は、彼女の立場であればあまり意味を持たないはずだ。

ウォーターは首を傾《かし》げた。

「楽しいゲームというものは、クリアが目的ではありません。プレイ自体に価値がある」

「なるほど。では、クリアするつもりはないのですか？」

「いいえ。勝ちを目指さなければ、プレイも楽しくありませんから」

「貴女の勝利で、香屋歩が消えるとしても？」

「消したくはない。でも生き物というのは、いつかは死ぬものです」

「永遠の生への憧《あこが》れは？」

「ないとも言い切れません。とはいえ恐怖も、やはりあります」

このウォーターという少女は、人間の身でありながら人形に恋しているのだろうか。人間同士が育《はぐく》む愛と同じものを手にしているのだろうか。それとも、人形なんておらず、この舞台に上るのは全員が人間だと考えているのだろうか。

わからない。けれどこの少女は、月生にとっての救いなのかもしれない。もしも彼女にとっての救いが、ひとりの少年であり続けるのなら。

「月生さん。うちとPORTが手を組めば、貴方は必ず敗れます」

感情的ではない口調で、ウォーターは言った。

「私は貴方を、死なせたくはない。本当に危なくなったときは、平穏な国に逃げてくださ い。命までは奪いません」

彼女が一人称に「私」を使ったのは、意図的なものだろうか。

「ありがとうございます。貴女たちがどんな方法で私を攻略するのか、楽しみにしております」

月生は自分自身が、無敵ではないことを知っている。ただ強いだけで、その強さは架見崎において絶対ではないことを。

死にたくはなかった。でも、生き続けたいのとも違う。

ただ待っている。ショーケースの中で、歯車を回して待ち続けている。その無意味で安らかな時間が終わりを迎えることへの、仄暗《ほのぐら》い期待もある。からくり人形は同じ動作の繰り返しの中で、やがてゼンマイが切れるのを待ちわびている。タナトスに惹かれる生きた人間のように。

そのとき、もしもあの女性が一筋でも涙を流すなら、それは悲しいことだった。

悲しく、甘く、胸が痛い。それは素敵なことだった。

2

タンブル工業はきっちりと仕事をしてくれたようだ。

八月一一日に、香屋歩が待ちわびた連絡があった。

でもその連絡は、理想の通りではなかった。香屋は自身の端末が鳴り出すことを期待していたのだけれど、ＰＯＲＴ側は白猫《しろねこ》の端末を鳴らした。

——空気を読めよ。

と香屋は顔をしかめる。たしかにあの手紙には、ミケ帝国に連絡をして欲しい、と書いた。でも白猫に見張られていたから仕方なくそうしただけで、まずはこちらに連絡をくれてもいいじゃないか。なに素直に言いなりになってるんだよ。それでも架見崎最強のチームかよ。

とはいえ手紙を無視されるよりはずっと良い。

香屋はコゲから呼び出しを受けて、保健室に向かう。ふて寝をするのにちょうど良いのだろう、白猫は保健室から出ようとしない。

白猫の端末は、ベッドの上にぞんざいに放り出されていた。そこから楽しげな声が聞こえる。

「初めまして、香屋歩くん。僕はユーリイ。ＰＯＲＴのリーダーをしている」

香屋はその端末の前に立って応《こた》える。

「初めまして、キネマ倶楽部《くらぶ》の香屋歩です。ご連絡、ありがとうございます」

「こちらこそ手紙をありがとう。大方のミステリよりも続きが気になる文章だったよ」

PORTのリーダーに宛《あ》てた手紙には、香屋の能力の概要をざっと書いた。それから今回のループで購入した質問。「ユーリイが知らないホミニニへの協力者の中で、もっとも合計ポイントが多い人物の名前は？」。これが四〇〇〇Pだったことまでは書き添えた。でも答えは書いていない。

本題に入る前に、確認する。

「この通話は安全ですか？」

「架見崎中の、能力を使った通話の中ではもっとも安全なものだよ」

「それってどれくらい安全なんですか？」

「君のいう裏切り者が、僕が信頼する検索士《サーチャー》でなければ、まず外部には漏れないと断言できる程度だ」

「その検索士《サーチャー》の名前を教えていただけますか？」

「難しいね。うちのチームの主力メンバーに関しては外部にもらしてはいけないというルールがある」

「PORTのリーダーでもそのルールを守らないといけないんですか？」

「PORTのリーダーだから、守らないといけないんだよ」

形式だけの会話だ。いちおう確認してみたけれど、正直なところどうでも良いことだった。この通話が漏れて困るのはユーリイであってこちらではない。

香屋はできるだけ気軽な調子で本題に入る。

「僕の能力は、ユニークなことができます」

「みたいだね」

「たとえばユーリイさんは、ゼロ番目のイドラをご存じですか？」

「いや。なんだい？　それは」

「わかりません。でも、月生さんはそれを探しているのかもしれません」

トーマは月生に、こんな風に尋ねた。

――ゼロ番目のイドラは、みつかりましたか？

香屋は補足する。

「僕の能力であれば、六九〇〇Ｐで運営から聞き出せます」

「なるほど。興味深い」

「月生さんが死んでしまえば、真相は闇《やみ》の中かもしれません」

「君の能力がなければ」

「はい。僕の能力がなければ」

これは、嘘《うそ》だ。トーマも「ゼロ番目のイドラ」を知っているのだろう。ユーリイだって、本当は知った上でとぼけているのかもしれない。それは別にかまわない。

香屋は話を進める。

「平穏と手を組んで月生さんを狙《ねら》う計画は、順調に進んでいますか？」

「それも、もちろん機密事項だよ」

「そもそもどうして月生さんを狙うんですか？」

「うん？」

「僕にはまだ早いように思えます。ホミニニという人がライバルなんでしょう？」

ＰＯＲＴが月生と戦うのは、架見崎の終わりを想定した動きに思える。せっかく安定している三大チームのバランスが崩れる。だから、不思議だ。香屋がユーリイの立場であれば、月生を狙うのはホミニニを片付けてからにする。

ユーリイが軽い笑い声を上げる。

「ライバルってわけでもないよ。ホミニニは、頼りになるチームメイトのひとりだ」

「でも彼の方は、ＰＯＲＴのリーダーを狙っている」

「みたいだね。向上心が強いのは良いことだ」

「貴方は？　ＰＯＲＴのリーダーに、どれほどこだわっているんですか？」

「どうかな。美しい女性との、食事の約束ほどは大切じゃないな」

「月生さんとの戦いの、本当の目的は、ホミニニを排除することですか？」

そう考えると納得できる。ユーリイは月生との戦いを利用して、チーム内の自身の立場をより強固なものにしようとしているのかもしれない。トーマが前ループの大規模な戦いで、実質的に平穏な国の支配者になったように。

だがユーリイは気楽な口調で答える。

「そんなつもりはないよ。僕はただ、PORTのリーダーとしての職務をまっとうしているだけだ。次の選挙までね」

いつの間にか白猫が、すぐ隣に立っていた。

彼女は眠たげな眼つきのまま、鋭い口調で言う。

「そろそろ本題に入れよ。ここは、私の寝室だ」

だからこんなところで通話を受けたくはなかったんだ、と言ってやりたかったがもちろん言わない。

白猫の声が聞こえていたのだろう、ユーリイも彼女に乗る。

「僕にも次の予定があるんだ。そろそろ、手紙の話を始めようか」

いや、まだ足りない。もう少しだけ。

香屋は口早に尋ねる。

「その前にひとつだけ。ユーリイさんは架見崎の勝者になったとき、なにをもらう予定ですか？」

欲しいものをなんでも。運営が提示したあの賞品に、ユーリイがなんと答えるつもりなのかを知りたい。

「どうかな。まだ決めていない。情報が足りなくてね」

「情報、ですか」

「僕は欲張りだからね。夢はすべてを知ってから選びたい」

ＰＯＲＴのトップが語る「夢」には興味があった。あるいはそれで、架見崎の未来が決まるかもしれないから。ＰＯＲＴの全員を――いや、有力者だけでもいい。とにかく他者が共感し、説得される夢であれば、彼はこのまま架見崎の勝者になってしまうかもしれない。

「さあ、本当に時間がないんだ。本題に入ろう」

むう、と香屋は唸《うな》る。

この通話はボーナスタイムのようなものなので、できるだけ長く続けたかったのだけれど、まあ良い。押さえておきたい質問は押さえた。

「わかりました。取引をしましょう。僕は貴方にとって有意義な情報を差し出します。代わりに、ある能力を使ってもらえませんか？」

「どんな能力だろう？」

「死者の蘇生《そせい》。こちらの要求は、ミケ帝国のプレイヤー、黒猫《くろねこ》が生き返ることです」

「まずまず高いな」

ユーリイの声は楽しげだ。でもそれは表面だけのように、香屋は感じた。彼はこちらの事情をすでに知っていて、脚本も用意していて、その通りに話を進めている。だからこの会話に飽きている。そんな印象だった。

「順番にいこう。君はホミニニへの協力者の名前を答える。僕は君に、死者蘇生の能力者の名前を教える。それから先は次の交渉だ」

死者蘇生の能力者と、ユーリイが知らないホミニニへの協力者。そのふたつの情報は、等価だろうか。

どちらかといえば、香屋が差し出すものの方がより価値があるのではないか、という気がする。死者蘇生の能力者は、高ポイントの検索士《サーチャー》であれば——そして、PORTにケンカを売る覚悟があれば——調べることは可能だろう。でもホミニニへの協力者は、香屋の能力以外で証明することが困難なはずだ。

悩んでいると、白猫が言った。

「受けろ。ごちゃごちゃと話すのも面倒だ」

彼女がそう言うのであれば、まあいい。たしかに香屋よりもユーリイの方が圧倒的に立場が上なのだから、多少は安く買い叩《たた》かれるのは仕方がない。

「わかりました。どちらから情報を？」

「パン」

「え？」

「死者を生き返らせる能力、あるいはそれに類似する能力を持つうちのメンバーの名前だよ。パン。覚えた？」

「ええ。はい」

前ループ——平穏な国に捕らえられていたころ、トーマとの作戦会議で、PORTの有力者の名前はずいぶん覚えた。だがパンというのは初耳だ。

香屋はコゲに目を向ける。彼は「名前だけは」とささやく。

端末からは、ユーリイの柔らかな声が聞こえた。

「さて、次はそちらだ。わくわくするね。サスペンスドラマの次回予告のようだ」

彼の余裕はどこまで本物なのだろう。架見崎において最強のチーム、PORTのトップは、この裏切り者の名前にどんな反応を示すだろう。

香屋は告げる。おそらく、ユーリイにとっても価値を持つ名前を。

「タリホー」

端末が沈黙した。

でもその沈黙は、すぐに打ち壊される。ユーリイ自身の笑い声によって。

初めは小さく、少しずつ大きく、彼が笑っている。手を叩く音が聞こえた。ぱちん、ぱちんと、嬉《うれ》しそうに。笑いながら彼は言う。

「良いよ。とても良い。なんて素敵なんだろうね。僕のつまらない人生も、なかなか捨てたものではないな」

タリホー。PORTの有力者のひとり。ユーリイの優秀な参謀。彼のサポートを受けて議会に入った、ユーリイ派の筆頭といえる人物。

——なにが、嬉しいんだ?

どうして笑う？　なにに笑う？　この男は気持ちが悪い。怒ってもいい。悲しんでもいい。冷静を装ってもいい。でも、笑う場面じゃないだろ。

まだ笑い続けるユーリイに、白猫が言った。

「おい。話を進めるぞ。死者蘇生の能力を、黒猫に使え」

「ああわかった。こちらからの要求は、次の香屋くんの質問に、僕が知りたいことを加えてもらうことだ」

「方法は――」

「こちらでまとめて連絡する。アンフェアなことはしないよ。信用してくれ」

彼の反応に困惑したまま、香屋は口を挟む。

「指定通りの質問をするのはかまいません。でも、僕はそれほどポイントを持っていませんん」

「充分なポイントをつける。すべて綺麗《きれい》にまとめるよ。それじゃあ、また」

白猫が叫んだ。

「待て。今、私の前で具体的な話をしろ。なにを慌《あわ》てている？」

「僕が慌てる理由なんて、ひとつしかないだろう？　わからないかな」

ユーリイは最後まで笑っていた。

もう演技には聞こえない。心から楽しそうな声だった。

「今もすぐ隣に、タリホーがいる」

また連絡する、と言い残して、その通話は切れた。

＊

通話を終えたユーリイは、今もまだ湧《わ》き上がる笑いをどうにか堪《こら》えて深呼吸をした。非常に楽しい通話だった。

ＰＯＲＴの領土内にある、シティホテルの最上階の一室だ。ユーリイは柔らかなソファーに身を沈め、肘《ひじ》置《お》きで頬杖《ほおづえ》をついて隣に立つタリホーを見上げる。

「君、僕を裏切るの？」

タリホーは表情も変えずに応える。

「あの少年の言葉を信じるのですか？」

「いや。君は数少ない仲間のひとりだよ」

だから、面白い。もしもホミニニの手がタリホーまで伸びているのだとすれば、とても素敵だ。わくわくする。

「イド」

とユーリイは信頼する検索士《サーチャー》の名を呼ぶ。

白猫との通話を繋《つな》いでいたのは彼だが、近くにはいない。優秀な検索士《サーチャー》に距離は意味を持たない。能力の効果範囲――ＰＯＲＴの領土内にいるならどこでも同じだ。

すぐに端末から返事があった。

「なんでしょう？」

「話をしたい。時間はあるかな？」

「いつでも。すぐにお伺いいたします」

「いや。そちらで会おう」

香屋歩の答えは不思議なものだった。

――僕が知らない、ホミニニへの協力者の中で、もっとも合計ポイントが高い人物。

それがタリホーになるのは、おかしい。とはいえ絶対にあり得ないわけでもない。いくつかの推測はできる。

隣に立つタリホーが、魅力的なため息をついた。

困った風な彼女の顔が、ユーリイは好きだ。でもなかなか彼女は困らない――わざと困るような指示を出すのは紳士的ではない――から、その点でも香屋歩の言葉は有意義なものだった。

「本当に、貴方は誰も信じない」

「違うよ。僕が信じていないのは、僕だけだ」

「そのふたつに違いはありますか？」

「もちろん。君たちを愛せる」

ユーリイは席を立つ。軽くスーツの皺《しわ》を伸ばしながら告げた。

「少し外出する。一時間ほどだろう。そのあとに、紅茶を飲みたい」

準備しておきます、とタリホーが答えた。

＊

同じ日――八月一一日。

キネマ倶楽部リーダー、キドの端末が音を立てた。平穏な国からの通話だった。

そのときキドは、何人かのチームメイトと共にポーカーで遊んでいた。そろそろ目減りしてきた食料を賭《か》けたポーカーで、それなりに真剣にもなる。キドはずいぶん奪われたチップを多少は取り戻せるかどうかという手札が配られたところだったから、大きなため息をついて通話に応じた。

聞こえてきたのは、ウォーターと名乗る少女の声だ。

「こんにちは、キドさん。今、お時間をいただいても？」

「もちろん」

できるなら後にして欲しいが、だめとも言えない。平穏は大手で、キネマは弱小だ。

ウォーターは言った。

「PORTとの話し合いで、平穏がキネマ倶楽部を攻撃する権利を手にしました」

いきなりハードな話題だ。

「つまり、これから宣戦布告があるってこと？」

またミケ帝国に逃げ出そうか。白猫がそれを許してくれるだろうか。仲良くしているつもりではあるけれど、あの人は感覚で話を進めるからどうなるかわからない。

ウォーターは笑うような声で応える。

「今のところ、戦うつもりはありません。オレが欲しいのは人材なので、キドさんを倒して多少のポイントを手にしても喜べない」

「それはよかった。できるだけ、平和にいこう」

「ええ。なので、キドさん。うちに雇われませんか？」

「どういう意味？」

「そのままですよ。キドさんがうちのために戦ってくれるなら、そうですね。向こう一〇ループくらいは、平穏がキネマを守ります。多少は報酬にポイントも出す。悪くない話でしょう？」

良くもない。キドは戦いたいわけではない。戦場に出ると死ぬかもしれないし、キドが死ねばキネマ倶楽部も消える。

「断ると、やっぱり交戦になるのかな？」

「かもしれません。でも、そういった交渉は、オレの好みじゃない」

「どういうこと？」

「貴方には、紫《むらさき》がリーダーを務める部隊に入って欲しい。ニックもそこに加えます。やる気になりませんか？」

キドは口を閉ざす。

代わりに叫び声を上げたのは、藤永《ふじなが》だった。

「チームよりも、人間を人質に取る方が好みだということか？」

ウォーターは馬鹿《ばか》にした風でもなく応じる。

「その言い回し、なんか違和感ありませんか？　そりゃ人質は人間でしょう」

「そんなこと――」

「どうでもいいですね。オレは別に、なにを質に押さえたいわけでもない。キドさんも、紫もニックも死なないように手配するつもりでいます。純粋に、キドさんに助けて欲しいから、オレも貴方たちも得をする交渉をしたい」

死なない戦場、なんてものはない。どれほど弱小を相手にしても、うっかり死ぬことはあるだろう。強化《ブースト》が切れれば誰だってただの人だ。流れ弾だって致命傷になる。

さらになにか叫ぼうとしている藤永を手のひらで押さえて、キドは尋ねる。

「どこと戦う予定なの？」

「月生」

無茶苦茶だ。彼の前に立つ兵士なんてものは、何ポイント持っていようがみんな等しく捨て駒《ごま》だ。

藤永が苛立《いらだ》たしげにポーカーの手札を放り投げる。散らばった彼女の手札はスリーカードで、勝負が中断してよかった。キドの手札はツーペアだ。

キドの内心は――自分でも、意外なことではあったが――取り立てて感情的ではなかった。怒りも怯《おび》えも、まだ湧かない。ただ不思議なだけだ。

「つまり相手は、架見崎最強だね」

「ええ。純粋な戦闘力では」

「彼を相手にして、オレたちが死なずに戦える方法なんかあるの？」

当たり前に考えれば、あり得ない。死ぬとわかっている役割だから他所のチームにやらせたがっている、と受け取るのが順当だ。でも相手はあのウォーターだ。彼女が戦場で敗北したという話は聞いたことがない。キドたちが毎日をどうにか生き延びている隣で、瞬《また》く間に架見崎を駆け上がった、伝説と呼ぶには早すぎる伝説。

彼女は気負いもなく言った。

「月生を上回るプレイヤーを用意します」

そんなもの、存在するのか。ただひとりで七〇万を超えるポイントを持つ、彼よりも強い人物なんて。

「だとすれば、オレが協力する必要もないように思うけどね」

「もちろんすべてで月生を超えているわけじゃない。ある一点のみ上回ればそれでいい」

「それは、だれ？」

「秘密」

くすり、と、ミステリアスな少女の声でウォーターが笑う。

「すみません。オレから話せることは、あまりない。でも安心して欲しい。貴方も、もちろん紫もニックも守りたいというのは本心です」

「どうして話せないの？」

「向こうが嫌がるから。オレにとっても、とても大切な人なんですよ。礼を失せない」

藤永が言った。

「そんな話で、納得できるか」

でもキドの考えは違う。納得なんてものはどうでもいい。

もっとも本質的な部分を尋ねる。

「紫とニックは、月生さんと戦うことを受け入れてるの？」

「うちはそれなりに統率の取れたチームですからね。命令には逆らいません」

「貴女が出した命令？」

「ええ」

「なら、いいよ。契約は成立だ」

他のことは判断の根拠にならない。あの月生の前に、紫とニックが立とうとしている。キドはその隣に並ぶ権利を得た。なら、そうする。守れるものなら守りたいし、もしも死ぬならあのふたりよりも先に死ぬ。

藤永が「キドさん」とささやきながら、額を押さえた。

予言というより呪《のろ》いのような、ウォーターの声が聞こえた。

「ありがとう。誰も死にませんよ、キネマに関係する人間は」

その言葉を最後に、ウォーターの通話は切れた。

＊

問題は、キドに何ポイント預けることができるのか、だ。

できるなら、一〇万は用意したい。それでも月生の動きを目で追えるのかさえわからない。だが実際のところは、どうやり繰りしても五万といったところだろう。それをすべて強化《ブースト》に突っ込んで、キドはどこまで月生に対応できる？　当たり前に考えるとなにもできはしない。きっと死を自覚することさえできずに死ぬ。月生は怖ろしい。

トーマがひとり考え込んでいると、ニックが言った。

「本気ですか？」

彼と、それから紫。ふたりにはキドとの通話に同席してもらっていた。彼らに交渉してもらう方が効果的だと考えたからだけど、そうするまでもなくキドの合意を得られた。彼は自分の命を安く見積もり過ぎる。

トーマは首を傾げて尋ねる。

「なにが？」

「もちろんオレらが、月生と戦うことです」

「いやなの？」

「死にたくはありませんよ」

「キドさんに言った通りだよ。君たちは死なない」

たぶん、きっと。断言できないのが苛立たしいが、大丈夫なはずだ。これ以上に、平穏の消費を抑えて月生と戦う術《すべ》はない。

だがニックは苛立たしげにこちらを睨《にら》んでいる。先ほどまでは、どちらかといえば上機嫌だったのに。その理由は明白だ。紫が部隊のリーダーになると知って、多少は彼女の安全が約束されると期待していたのだろう。その部隊が、まるで捨て石のような使い方をされるとわかったなら、もちろん気を悪くする。

トーマは用意していた言葉を口にする。

「いきなり紫を部隊のリーダーにするのは、平穏内でも反発が強いよ。でも月生さん用の部隊であれば、そうでもない。みんな受け入れてくれる」

「死ぬことが目にみえていますからね」

「それを、生き延びるんだよ。今回の月生戦で最前線に立ったというだけでずいぶんな戦果だ。誰だって評価しないわけにはいかない。今後、紫の部隊を優遇するのに充分な根拠になるでしょう」

これは言い訳だけど、本心でもある。シモン失脚後の平穏な国をトーマ好みのチームに作り替えていくには、ひとつひとつに理由づけが必要だ。

納得のいっていない様子のニックの隣で、紫は困り顔を浮かべている。

「約束は、守ってもらえるんですね？」

「もちろん。オレは友達との約束を破ったことがないよ」

そもそもトーマは、約束を破るのが嫌いだ。どうでも良い相手との約束であれば、理由があれば破るけれど、友達が相手であれば絶対に守ろうと決めている。例外は香屋歩くらいだ。あいつは親友だからもっと雑に扱う。

紫とは、シンプルな約束を交わしている。そして彼女は大切な友達のひとりで、けれど親友ではない。だから約束は守る。

キネマ倶楽部の関係者は、誰も死なせない。

＊

ウォーターの部屋を出てすぐに、ニックは紫をみつめる。

「お前、知ってたのか？」

紫とニックが、キドの協力を得て月生と戦うこと。そんなの、自殺みたいなものだ。

紫は左手で髪をかき上げ、自身の耳に触れて答える。

「一応ね。あんまり気乗りしないけど」

「ってか、断われよ。死ぬぞ」

「断れないよ。チームの決定だもの」

「平穏になんの恩がある？」

「まいにち、ごはんをもらってる」

「そんなもん――」

なんだ。どうでもいいってことでもないけれど。でも、命をかけて戦う理由じゃないだろ、そんなもん。

上手《うま》く言葉がまとまらなくて、ニックは息を吐き出した。

「お前が耳に触るのは、なにか納得がいってないときだよ」

なんて、つまらない指摘をしてみる。

ニックと紫の付き合いは古い。平穏に来たのだって、トリコロールを作ったのだって、キネマ倶楽部にいたころだって一緒だった。架見崎を訪れる前から――高校と大学は別だが、中学校も、小学校も、保育園さえも同じところに通っていた。互いの両親の仲が良く、家が近所だったこともあり、物心がついたときから紫は傍にいた。

彼女が不機嫌そうにこちらをみつめる。

「つまり、私たちの生活を保障しているのは、このチームだってことだよ。わかっているでしょう？　今、私たちはウォーターの決定に逆らえる立場にない」

ニックの方も苛立って、声が少し大きくなる。

「そのチームがお前に死ねって言ってんだよ。逃げ出せばいいんだ」

「どこに？」

「それは」

決まっている。キネマに。キドの元に。あのチームは弱小だが、月生の前に立つのに比べればなんだってずっとましだ。

　ふ、と紫が表情を柔らかくする。

「貴方も、戻る？　キネマ倶楽部に」

　いまさら戻れるか、と本音じゃ言いたかった。

　以前、ニックがトリコロールというチームを率いていたとき、トリコロールはキネマ倶楽部と戦っている。その戦いでキネマは二名の死者を出した。モモとダフロ。もちろんニックも知っているふたりだ。キネマにいたころは、一緒に生活していた。

　直接、手を下したのはニックではない。だがニックが指揮していた戦いだ。あのふたりを殺したのはニックだと考えて当然だ。それでもキネマはきっと、紫も、ニックさえも受け入れるだろう。甘いチームだ。架見崎で生き残るには、あまりに。

　どうにか答える。

「ウォーターが考えを変えないなら、キネマに戻ってもいい」

　キドに頭を下げて、藤永あたりになじられて。それは別にかまわない。へらへら笑って受け流してやる。自分自身に失望したとしても、紫が死ぬよりはよほどいい。

　それは紫自身も望んでいることだと思っていた。彼女はそもそも、キネマを出るつもりなんてなくて、ただニックを連れ戻すためだけについてきたのだと。

　なのに彼女は首を振る。

「私は、キネマに戻るつもりはない」

どうして。わからない。

紫のことなら、だいたい知っている。誕生日も血液型も、好きなものも嫌いなものも、泣き顔も笑顔も。映画をみれば、それを紫がどの程度気に入るのかがわかる。なんでもない会話でふと彼女が口を閉ざしたとき、理由はすぐに思い当たる。それでも。

――オレは一度だって、紫を正確に理解できちゃいないんだ。

きっと、そうなのだろう。

記憶にある紫は、ごく普通の、どこにでもいる女の子だった。

口数はそれほど多くないが、根は強情ではある。わりと正義感が強く、感情移入しやすく、とくに子供か動物が絡《から》む感動もののドラマを好む。そしてもちろん戦場で殴り合う姿は似合わない。

そのはずだった。でも、架見崎における彼女は、それなりに有能な強化士《ブースター》だ。ニックが安心して背中を預けられる程度には。

彼女は言った。

「ウォーターに賭けるのが、いちばん勝率が高いよ。だから私は、ひとりでもそうする」

ニックは小さな舌打ちをする。

――そんな言葉を、求めているわけじゃないんだ。

でも、じゃあどんな言葉を求めている？　私を守って、とすがりつかれたいとでもいうのだろうか。そんな紫は、戦場に立つ彼女よりも想像できない。

ずっと昔から、ニックは紫を知っている。そしてずっと昔から、もちろん当たり前に今も、紫はニックのひとつ年上だ。幼いころ、ニックは紫を実の姉のように慕っていた。もしもその年齢が反対だったなら、別の関係を築けただろうか。もっと素直にお前を守りたいんだと言えただろうか。

きっと、そういうことではないのだろう、という気がする。でも、じゃあいったい、どういうことなんだ。

「命の話だぞ。簡単に、賭けるなんていうんじゃねぇよ」

得体のしれない苛立ちに顔をしかめて、ニックはどうにかそう言った。

＊

イドは椅子《いす》にこだわる。慢性的な腰痛があることが理由だが、それだけでもない。長時間集中して検索《サーチ》を使うから、身体《からだ》への負担をできるだけ抑えたい。以前はオフィスチェアも試してみたが、デスクに向かう必要はないため、ひとり掛けのソファーが最適だという結論で落ち着いた。

ソファーは値段で性能がまったく変わる家具だ。でも高ければ高いほど良いというわけでもない。それは理想の恋人に似ている。優しい方が良い。懐《ふところ》が深い方が良い。知性を感じるものが良い。気品もあればより良い。多少のユーモアは生活を豊かにする。背はある程度高い方が好みだ。固すぎるのは問題外だが、柔らか過ぎるのも考えものだ。芯《しん》に少し張りがあると良い。でも本当に意味を持つのは、条件の箇条書きではない。相性というものがいちばん大事だ。長い時間を、自然体で過ごせると良い。

ＰＯＲＴに現存するものの中で、イドがもっとも好むソファーは賃貸マンションの一室にあった。いわゆるデザイナーズマンションと呼ばれる種類の、洒落《しゃれ》た建物だ。でも高級マンションという感じでもない。１ＬＤＫの、そこそこ安定した収入のある若者がひとりで暮らすイメージの一室だった。

元々のその部屋の主は、音楽を好んでいたようだ。

イドが愛するソファーは六畳ほどの洋室の真ん中に置かれており、四方から大きなスピーカーが首を垂れていた。壁の一面にはスチールラックがあり、大量のレコードが綺麗に収められている。ジャンルにこだわりはないようだ。クラシックもジャズもロックも民族音楽も、同じ温度で並んでいる。

素晴らしいコレクションなのだろうが、イドは音楽を鳴らさない。嫌いではないが、あらゆる情報が検索《サーチ》の邪魔になる。あくまでソファーのためだけに、その部屋に足を運ぶ。

目的のソファーは、モダンなグレーのファブリック生地のものだった。一見すると座面が低すぎるが、腰を下ろすと背もたれが身体を包み込み、首をしっかりと支えてくれる。ボックス型のソファーは肘置きの位置が離れすぎているように感じてなかなか好みに合致しないが、この椅子はそういった違和感もない。経験豊富な介護士のようにそっと肘に手を添えてくれる。

お気に入りのソファーの隣には、取り立てて高価にはみえないがシンプルで邪魔にならないサイドテーブルがある。今はその上に、端末と、灰皿と、一二年もののウィスキーを注いだグラスが並んでいる。

イドはソファーに全身を預けて目を閉じている。ひとりの男がこの部屋に近づいてくるのを感じる。美しい情報を持つ男だ。歩幅が極めて均一に近く、筋肉に緊張はなく、だが弛緩《しかん》しすぎてもいない。歩いても立ち止まっても身体のバランスがほとんど崩れず、表情も呼吸も一定だ。ユーリイ。情報の世界から覗《のぞ》いた彼には人間味がない。

ユーリイはチャイムを鳴らさずに玄関のドアを開けた。だがイドがいる部屋の前では足を止めて、ドアをノックした。イドが「どうぞ」と応えると、彼はドアを引き開ける。

「仕事中だったかな？」

「検索《サーチ》は終わりのない仕事ですから。でも貴方《あなた》とのお話ほど重要でもない」

イドは肘置きに手をついて上体を起こす。すかさずユーリイが言った。

「そのままで。君は座った姿がよく似合う」

「ありがとうございます。ですが、なにか飲み物を用意しなければ」

「いい、いい。このあと、タリホーが淹《い》れてくれる紅茶を飲む予定だ」

「それは羨《うらや》ましい」

「やっぱりうちに招いた方がよかったかな？」

「ですが彼女の前ではできない話もあるでしょう」

「なにを聞かれても困りはしないけれどね。礼儀というものがある」

「礼儀」

「悪意のない秘密をそう呼ぶ」

話しながらユーリイは部屋を見渡し、サイドテーブルの灰皿で目を留めた。

「タバコを吸うんだったかな？」

「もうずいぶん前に止《や》めました。それは、もともとここにあったものです」

片付けてもループのたびに元に戻るから、今はそのままにしている。

「そう」

ユーリイは一定の歩調で部屋を横切る。スチールラックの前に立ち、並んだレコードを覗き込んだ。

「なにかおすすめはあるかい？」

「さあ。あいにく、音楽には詳しくないものですから」

「へえ。意外だね」

「強いて言うなら私は、ウォーター&ビスケットのテーマを好みます」

「聞いたことがないな。ロック？」

「いえ」

それは、あるアニメのオープニングミュージックだ。でもイドはより本質的な部分を語るために比喩《ひゆ》を用いた。

「その曲には演奏がありません」

「ジョン・ケージの4分33秒のような？」

「楽譜にはこうあります。一小節目は生まれること、それ以降は生きること」

「ずいぶん長い曲のようだね」

「長ければ長いほど良い曲です」

ユーリイはこの部屋で音楽を流すことは諦《あきら》めたようだった。ウィスキーのグラスに手を伸ばすイドに向き直って、言った。

「通話を聞いていたね？」

「もちろん。それも仕事です」

「ずいぶん不思議な話だ。あの条件で、タリホーの名があがるのは」

たしか「キュー・アンド・エー」と名づけられた、香屋歩の能力。本来であれば架見崎のプレイヤーが知るはずのない情報まで無理やりに獲得できる、このゲームにおける例外のひとつ。

彼は運営にこう尋ねたという。

――ユーリイが知らないホミニニへの協力者の中で、もっとも合計ポイントが多い人物の名前は？

答えはタリホー。PORT内の誰もが知るユーリイの副官。

「彼女にも、君の目は届いているね？」

「もちろん。目も耳も」

「なら、どういうことだろう？　彼女に君の検索《サーチ》をかいくぐれるとは思えない」

「まったく、その通りです」

ユーリイはおそらく、タリホーを信頼している。だが彼は自分自身の信頼を信じない。だから例外なく、彼女までイドの検索《サーチ》の対象にするよう指示していた。

ユーリイは少年に似た、好奇心の強そうな瞳《ひとみ》で告げる。

「不思議だねえ。タリホーが裏切り者であれば、君も僕を裏切っていることになる。そして、タリホーよりも君の方が、ポイントが高い」

「見かけ上は、あちらの方が」

「僕でさえ知っているデータを、運営が知らないわけはないだろう？」

イドは合計ポイントが一万程度のプレイヤーだ。というのは、嘘だ。本当は一〇万ほど与えられている。だが九割はユーリイの「隠し財産」で、外からはみえない。並の検索士《サーチャー》であれば騙《だま》される。そういう風に、イド自身がデータを改変している。

「どうして運営は、タリホーと答えたのだろうね。君の名前ではなく」

イドはウィスキーのグラスに口をつける。舌が慣れ親しんだ、緩慢にも感じる刺激が心地よい。ふわりと広がったオーク樽《だる》の香りをひと通り楽しんでから、答えた。

「香屋歩が嘘をついているのかもしれません。あるいは、私が貴方を裏切りながら、ホミニニにもついていないのかもしれません」

どちらであれ筋は通る。香屋歩が尋ねたのはあくまでホミニニへの協力者であり、ユーリイに対する裏切り者ではない。

「そうだね。どっちが正解なの？」

「もうひとつ可能性があります」

「へえ。聞きたいな」

「私はタリホーの情報を秘匿《ひとく》しているけれど、貴方への裏切りではない場合」

「それ、あり得る？」

「ないとは言い切れません。なんにせよ──」

イドはウィスキーのグラスをサイドテーブルに戻し、乱暴にソファーの背もたれに倒れ込む。最良のソファーはそれを、ほとんど音もなく受け止める。

「私が貴方を裏切るなら、それは貴方が私を裏切ったときです」

イドとユーリイはひとつの契約を交わしている。キネマ倶楽部というチームに関する契約だ。

気楽な調子で、彼は答えた。

「君の知性を信頼しているよ。そして知性というのは、争いよりも平和を照らすものだ」

ユーリイは自身の強さを自覚している。彼に逆らうのは愚か者だけだと確信している。

そして、怖《おそ》ろしいことに、彼の理解にはほとんど誤りがない。

イドの目からみた架見崎の最強は、今のところユーリイだ。

3

対月生戦を次のループに控えた架見崎に、大きな争いは生まれなかった。弱小のいくつかが小競《こぜ》り合《あ》いをした程度で、大手も中堅も動こうとはしなかった。それは自然なことのようにも思えた。一方で香屋歩からみると、やはり月生が不気味だった。個人では架見崎の最強とはいえ、ＰＯＲＴと平穏な国に狙われる身で微動だにしないのは、やはり異常だ。

――なんにせよ、戦いがないのは良いことだ。

香屋の方も準備を進められる。

八月二九日、ループを二日後に控えたその日、ミケ帝国とＰＯＲＴのあいだで取引があった。黒猫の遺体がＰＯＲＴに引き渡され、代わりにあちらから、香屋宛《あて》の手紙と一万ポイントが預けられた。

手紙の内容は、香屋が能力で質問する内容。ポイントはその代金だ。お釣りは好きに遣ってよいと言われている。香屋は能力の結果を隠さずユーリイに伝える代わりに、ユーリイ側は黒猫を蘇生させる。

ＰＯＲＴとの取引のすぐあとで、トーマからの連絡があった。そのとき香屋は教室の隅っこで、ノートを前に考えをまとめていた。隣では秋穂《あきほ》が本を読んでいた。

端末が鳴り、香屋はペンを手放さないまま応答する。

トーマが気軽な声で言った。

「今、時間ある？」

「時間はない。情報は欲しい」

「雑談に付き合ってよ」

「検索士《サーチャー》はだれ？」

この通話を繋いでいる検索士《サーチャー》、という意味だ。

「やっほう、香屋くん。私ですよ」

端末から聞こえた声は、モノという少女のものだった。

香屋としては、本当に検索士《サーチャー》の名前を知りたかったわけではない。

──この通話、余計な人に聞かれてないの？

という質問のつもりだ。トーマはもちろんそれを正確に受け取る。

「私のプライベートな雑談だよ。ただの暇つぶし」

トーマが一人称に私を使うなら、多少は安心できる。香屋はノートをめくり、白紙のページにシャープペンシルを走らせる。現状、トーマと話しておくべきことをまとめながら口を開いた。

「黒猫さんを生き返らせる話、どれくらい伝わってる？」

「だいたい聞いた。君が進めてくれてるんでしょ」

「PORTが約束を守ってくれるのかわからない。そこのチェック、頼める？」

「もちろん。でも少しかかるな」

「本格的に動くのは、月生さんと戦うタイミング？」

「うん。その予定」

平穏とPORTが手を組んで戦うなら、その二チームも対月生戦のあいだ、ルール上の交戦中になる。交戦中になるとPORTの領土に対しても検索《サーチ》を使える。

厳密には、検索《サーチ》は能力の効果範囲外にまで届く――この通話だって領土を越えて繋がっている――が、その場合ずいぶん機能が限定されるそうだ。より深く正しく検索《サーチ》するためには、やはり交戦中になっている必要がある。

「PORTに叱《しか》られない？」

「大丈夫でしょ。契約に、相手を探らないって項目はないよ。でも、もしうちが本気でPORTとやり合うことになりそうなら、歩にも連絡する」

「助かる。ところで、再生能力の持ち主はパンって名前らしい」

「パン？」

「知ってる？」

「うん。なるほど、そういうことか」

「どういうこと？」

「こっちの話」

話すつもりがないのなら、余計なことは言わないで欲しい。気になって仕方ない。なんにせよ黒猫の件に関しては、本来の責任者はトーマだ。この先は彼女に任せた方が安全だろう。香屋は話題を変える。

「月生さんとは、どんな風に戦うの？」

「歩の予想は？」

「いくつかある。ひとつには絞り込めない」

「答えを知りたい？」

「とっても」

「じゃあ、手伝ってよ。キドさんにも声をかけたんだ」

その話は秋穂から聞いていた。

月生と戦っても、キドが死なない作戦をトーマは用意しているのだという。でも香屋にはそんな方法、ひとつも思い浮かばなかった。

――これが、今の僕とトーマの差だ。

香屋はトーマに、ずいぶん引き離されている。ついて行くのも大変だ。

「手伝い方によるな。危ないことはしたくない」

「知ってるよ。無理はいわない。私の計画をチェックして欲しいんだ。見落としがあるかもしれないから」

「わかった。その計画を教えて」

「それはできない。君が怖い」

「ふざけてる？」

「まったく。ループ前に作戦を伝えたら攻略される。おそらく君は、月生さんを殺したくないから」

「トーマは？」

「私も。でも、どちらかというとＰＯＲＴとの約束の方が大事。だから本番が始まってから、勝手にチェックしておいて」

香屋は目を閉じて、ふうと息を吐き出した。

いつも通りに、トーマはあまりに身勝手だ。

「つまり君は、月生さんに勝つ。でも死なない程度に、僕があの人を守る」

「そ。できる？」

「できない。イメージがわかない」

「とりあえず私との通話は繋がるようにしておく。あのスマホケースはどこ？」

スマホケースとは、以前、香屋がモノからプレゼントされたものだ。通信機の機能が付加されていて、それでトーマと会話したことがある。

「ミケのどっかだよ。回収しておく」

「うん。なにかあったら連絡して」

「僕にとって都合が良い内容ならね」

「君にとって、月生さんはどれくらい大切なの？」

「秘密」

香屋は基本的に、人が死ぬのが嫌いだ。それが知人であればなお嫌いだ。香屋自身が危険にさらされないのであれば、できる限り守りたい。でもそれ以上に、月生には高い価値がある。代用品をみつけるのが困難な、香屋の目的を叶《かな》えるためのピースのひとつだ。

「秘密主義だね」

「君が怖いだけだ」

「そう。じゃあ、白猫さんによろしく」

軽い口調でそう告げて、彼女は通話を切った。

＊

通話を終えたトーマは、隣の少女――モノに目を向ける。

「さて。黒猫さんを生き返らせる話、どう思う？」

モノは苦笑する。

「なるほど、という感じですね。ちょっと向こうの様子をみてきましょう」

「君は知ってたんじゃないの？」

「さあ。ま、わりとどうでもいい話ですから」

トーマの目からみても、モノのことはよくわからない。

——嫌われてはいない感じがするんだけどな。

あんまり気まぐれで、少しだけ苦手だ。気まぐれだから苦手なのではない。気まぐれなのは、むしろ好きだけど。

この少女はきっと、かつての冬間《とうま》美咲《みさき》に似ているから、苦手だ。

＊

一方で通話を終えた香屋は、シャープペンシルを走らせながら隣の秋穂に声をかける。

「君、何ポイント持ってる？」

彼女は手元の本から目を離さずに言った。

「自由に使えるのは、だいたい二〇〇〇Pってとこですね」

「僕のポイントも回す。能力の獲得を頼みたい」

「急ぎですか？」

「うん。次のループで使うかもしれない」

元々、いつかは秋穂に取ってもらおうと思っていた能力だ。対月生戦用に別の能力が必要になる可能性があってなかなか決断できなかったけれど、どうしたって平穏とPORTの作戦を読み切ることができないから考えを変えた。ピンポイントで有効な能力の獲得を諦めて、より広く使える能力を取りにいく。

「能力の効果テキストを考えるから、添削してよ」

「どんな能力ですか？」

「ふたつある。まず欲しいのは防弾チョッキで、もうひとつは――」

なかなか簡単に言い表せる言葉がなくて、香屋は口をつぐむ。

「もうひとつは？」

と秋穂が本から顔を上げた。

香屋は諦めて、息を吐き出す。

「良い名前が思いつかない。なにかない？」

秋穂が香屋のノートを覗き込む。そこには必要な能力の要件が箇条書きになっている。打消し線や訂正が入る雑多な記述だったが、秋穂は香屋が意図している能力を、ひと目で理解したようだった。

「伝説の装備」

と彼女は言った。

4

パン。未確認のパン。

素性もわからない。目的もわからない。ＰＯＲＴの中核である九人の議員のひとりでありながら滅多に円卓に着かず、大半の議題に対して無関心を貫く女性。

ユーリイがパンを女性だと知っているのは、過去に三度だけ顔を合わせたことがあるからだ。最後に会ったのは、前回のリーダーを決める投票だった。ユーリイはパンの一票を手にした。それは決定的なことだった。

充分な手土産を用意してパンを引き込もうとしたユーリイに、彼女が提示した条件はひとつだけだった。

——私を知ろうとしないで。

なんてあやふやな言葉。ユーリイは躊躇《ためら》いなく頷《うなず》き、基本的にはその約束を守った。でも完全ではない。

パンとの四度目の面会は、ふいに訪れた。ユーリイがひとりでウィンドウショッピングに出かけた帰り道、公園のベンチでソフトクリームを食べていたときだった。彼女は静かな足取りでユーリイの隣に立ち、言った。

「貴方、約束を破った？」

パンは、二〇歳前後といったところだろうか、大学生ほどにみえる女性だ。前髪が長すぎて、少し陰鬱《いんうつ》な印象を受ける。でもそれがマイナスに働いているとも言えない。整った顔立ちや抑揚のない口調と合わせ、彼女の名と共に語られる「未確認」という言葉に良く似合う。

ユーリイはひと呼吸置いて——ちょうどソフトクリームの先端にかみついたところだったのだ——首を傾《かし》げる。

「約束？」

「私の能力、調べたでしょ」

「たまたまだよ。業務でPORT内の能力のリストを作ったことがあって――」

「私を外すこともできた。きっと貴方の能力だって載っていないんでしょう？」

「指示を出し忘れていたんだ」

「うっかり？　わざと？」

「どちらだったかな」

「まあ、どっちだっていいけれど」

パンが隣に腰を下ろす。彼女は端末を操作するような手つきで、ただのミュージックプレイヤーに触れる。

「なんにせよ、約束を破った。彼女の両耳は大きなヘッドフォンでふさがれている。次は、貴方には入れない」

「ホミニニが聞けば喜ぶよ」

「え？　なんて？」

彼女はヘッドフォンの片側を持ち上げる。

「多くの場合、ミュージックよりも声を張り上げるべきではない、と言った」

「そう。それで？」

彼女は長い前髪の下から、意外に無垢《むく》にみえる、丸い目でこちらを見上げる。

「私に話があるんでしょう？」

「ああ。ポイントを回す。君の能力、拡張してもらえないかな」

「なんのために？」

「僕が約束を守るために」

「私との約束は破ったのに」

「悪気はなかったんだ。でも、すまない」

「香屋歩くんとの約束？」

「よく知っているね」

情報の入手ルートより、パンがユーリイの事情に興味を持っていたことが意外だ。

彼女はミュージックプレイヤーの画面に視線を落とす。

「ただじゃ嫌よ」

「なにが欲しいの？」

「それ」

パンはユーリイの手の中のソフトクリームを指さす。

「わかった。ちょうど、引換券がある」

ＰＯＲＴでは通貨としてポイントが流通している。一Ｐがおよそ一〇〇〇円。だから、安いものはまとめ売りになる。このソフトクリームの場合、一Ｐで三枚つづりの引換券が買える。

ユーリイはポケットから引換券を取り出し、パンに差し出す。

「それから？」

「それだけ」

「本当に？」

交渉は、ここからだと思っていたけれど。

あまりに意外で、おそらく見間違えだろうと思った。でも、どれだけ注視しても、パンの口元は微笑《ほほえ》んでいた。

「私、香屋くんのファンなの」

ソフトクリームの引換券を手にしたパンは、ベンチから立ち上がる。

「彼との約束は、守ってあげてね」

そう言って彼女は歩き出す。

ユーリイは、ソフトクリームがたれないよう、表面をなめとった。

＊

八月三〇日。次のループを迎える前日に、ホミニニの前にひとりの男が現れた。

よく太った男だ。彼は情けない笑みを浮かべていた。追い詰められて、どうしようもなくて、もうへらへらと笑っているしかないのだという風な。がらの悪い連中に絡まれた気弱な青年が自衛のために浮かべる笑みに似ていた。

「ちょっと、失敗しちゃって。もう前のチームにはいられないんですよ。オレを、ホミニニさんのチームに入れてもらえませんか？」

　登録名、コッチ。どうやらブルドッグスからミケ帝国に移っていたようだ。だがそのミケ帝国も、数日前に抜けている。所持ポイントは五〇〇。チームを抜けるときに、大半を徴収されたのだろう。よくある話だ。

　チームを追われた人間がPORTに亡命するのは、珍しいことではない。その中でも、なぜだか問題児はホミニニの部隊に入りたがる。ホミニニは、それが自身のおおらかな性格に由来しているのだろうと考えているが、言い方を変えれば、大雑把なチーム運営という風にも表現できる。

　しばらく――五秒ほどのあいだ、ホミニニはコッチを眺めた。悪い男にはみえない。普通の、少し気が弱そうな太っちょだ。

「好きにしな」

　ホミニニは自身の端末を差し出す。

　コッチの方もそれに端末をぶつけながら、言った。

「事情を聞かないんですか？」

「どうだっていいだろ」

　別に。前のチームでどんな問題を起こしていようが。

　知ったことじゃない。これからのこいつには関係ない。というか自己申告の事情なんてもん聞く気にならない。自分の目でみた態度がすべてだ。

「ありがとうございます。オレ、がんばります」

コッチは卑下した笑みを浮かべる。それをみて、ホミニニもにたりと笑う。

——こいつは、なんかあるな。

小物だが、なにか考えている。馬鹿《ばか》は馬鹿でも、単純なだけの馬鹿ではない。でもやはりどうみても小物で馬鹿ではある。だからホミニニは、自身の胸に浮かんだ疑惑をすぐに忘れた。

5

ひと月のあいだ、どこのチームも息を潜めていた。

それぞれの目と耳で、できる限りの情報をかき集めながら。

内部の権力争いで足を止めていたPORTが、月生戦をきっかけに大きく動き出すだろう。その予感は誰にとっても怖ろしいものだった。

PORTにつくべきなのか、平穏な国が追い上げるのか、まったく別のチームが頭角を現すのか。あの月生がついに架見崎から消えるのか、PORTと平穏が手を組んでもなお彼を倒すことはできないのか。不利な条件でも今すぐ大手に吸収されるべきなのか、それとも早計な判断が命取りになるのか。多くのチームが判断できないでいた。

架見崎中が混乱したまま、ループを迎える。

*

そのループでタリホーは、「その他《オリジナル》／補助《サポート》」に分類される能力「長い手」を獲得した。

【能力名／長い手　五〇〇P／使用回数二】
ジャンルが射撃《シュート》に含まれる能力を持つプレイヤー、あるいは道具《アイテム》に触れることで使用。
三分間、対象の能力の射程を三メートル追加する。
この能力は、次の拡張が可能。
使用回数追加（一回）：三〇〇P
効果時間延長（一分）：二〇P
射程距離延長（一メートル）：三〇P

タリホーは能力の獲得と合わせて二一万一七〇〇P支払い、使用回数を四回、効果時間を三〇〇分、射程を五〇〇〇メートルぶんの拡張を購入した。

＊

ユーリイは「その他／道具《オリジナル／アイテム》」に分類される能力「ドローン」を獲得した。

【能力名／ドローン　九〇〇P】
飛行時間一〇分、最高高度三メートル、時速一〇キロメートル、耐荷重量五キログラムの飛行する円盤型道具《アイテム》。
この能力には耐荷重量以下のものであれば「なんでもひとつ」積載可能。また、付属するコントローラーで自由に操作できる。

この能力は、次の拡張が可能。
飛行時間延長（一分）：二〇P
最高高度延長（一メートル）：二〇P
速度強化（時速一キロメートル）：二〇〇P
耐荷重量強化（一キログラム）：二〇〇P
※ただし速度は時速一〇〇キロメートル、耐荷重量は一〇〇キログラムまでのみ拡張可能。

ユーリイは能力の獲得と合わせて一九万七九〇〇Pを支払い、飛行時間を三〇〇〇分、最高高度を五〇〇〇メートル、速度と耐荷重量をそれぞれ最大値ぶんの拡張を購入した。

＊

トーマは「その他《オリジナル》／道具《アイテム》」に分類される能力「雨と引力」を購入した。

【能力名／雨と引力　一万五二〇〇P】
この能力は次のふたつの道具《アイテム》によって構成される。

・雨
総重量一〇キログラム、全長一メートル、射程一〇メートル、使用回数一の銃。

この銃は「引力」がいずれかのプレイヤーに命中したとき、即座に起動する。起動後は「引力」が命中したプレイヤーに対し自動的に照準を合わせ、五分に一度の頻度で射撃を繰り返す。

雨の攻撃はこの能力の使用者の状況を問わない。能力が解除されるか使用回数を使い切るまで継続する。加えて、雨から射出された攻撃はプレイヤー以外の物体を透過する。

雨の攻撃はジャンル「射撃《シュート》」に含まれ、特別に記載のない機能に関しては射撃《シュート》の初期値に準ずる。
雨は次の拡張が可能。
威力強化（一）：三P
使用回数追加（一回）：四〇〇P
射程距離延長（一メートル）：三〇P

・引力
総重量五〇〇グラム、全長二〇センチ、射程二〇メートル、使用回数一の銃。
ジャンル「射撃《シュート》」に含まれる威力ゼロの攻撃を行う。引力の攻撃は独自のエフェクトを持つ。その他の機能に関しては射撃《シュート》の初期値に準ずる。
引力は次の拡張が可能。
使用回数追加（一回）：七〇〇P
射程距離延長（一メートル）：三〇P
個数追加：三〇〇P
※ただし使用回数は六回、個数は二つまでのみ拡張可能。

トーマは能力の獲得と合わせて二五万二三〇〇P支払い、「雨」の使用回数を五〇〇回、威力を六〇〇Pぶんと、「引力」の射程を一〇〇〇メートル、使用回数と個数をそれぞれ最大値まで拡張した。

＊

リリィは「その他《オリジナル》／道具《アイテム》」に分類される能力「契約書」を購入した。

【能力名／契約書　三〇〇〇P】

Ａ４サイズの白紙の契約書。

契約書に記載した条件に合致するポイントの移動が発生した場合、その文面の通りに自動的にポイントが配分される。このとき、小数点以下のポイントは切り捨てられる。契約書が効果を及ぼすのは、契約書に署名したリーダーが所属するチームのメンバーのみである。

契約文を記載後、契約に関係するすべてのチームのリーダーが署名することで契約が成立し、効果が発動する。いずれかのリーダーが署名したあとに追記された文言およびび、黒もしくは濃紺以外のインクで書かれた文言は無視される。

効果期間は該当するチームのリーダー全員が署名した直後から次のループの発生までであり、その間は契約書の内容は一切変更されない。契約成立後に契約書が破損した場合も効果が継続する。
ループのたびに契約書は白紙に戻り、再使用可能。
ただし次の場合、契約書は効果を発揮しない。
・契約の成立前に契約書が大きく破損していた場合
・ポイントの配分時、合計ポイントが本来移動するポイントから増加する契約内容だった場合
・契約に含まれるチームの消滅等で契約文通りのポイントの配分が不可能になった場合
・契約文に含まれる「効果消失の条件」に該当する場合

リリィは三〇〇〇P支払い、この能力を獲得した。

＊

秋穂栞《しおり》は、共に「道具《アイテム》・加工」に分類される能力「強靭《きょうじん》度付加」と「伝説の装備《オリジナル》」を獲得した。「強靭度付加」はスタンダードな能力であり、「伝説の装備」はその他能力だ。

【能力名／強靭度付加　三〇〇P／使用回数一】

重さ一〇〇〇グラム、サイズ一立方平方メートル以内に収まる物質ひとつに使用可能。この能力の対象となった物質は、次のループの発生までのあいだ、強化レベルに応じて壊れにくくなる。

強靭度付加は次の拡張が可能。
使用回数追加（一回）：三〇〇P
強化レベルアップ（一レベル）：二〇〇P
※ただし強化レベルは一〇までのみ拡張可能。

【能力名／伝説の装備　四二〇〇P／使用回数一】
能力によって獲得、あるいは加工された道具《アイテム》に触れることで使用。対象の道具《アイテム》に「伝説の装備」属性を付与する。

伝説の装備属性が付加された道具《アイテム》は、次の効果を得る。
・対象の道具《アイテム》は即座に必要ポイントがゼロになり、同時に所有者からその道具《アイテム》獲得のコストに当たると運営が判断したポイントと使用回数が消失する。ただしこのポイントの消失によって能力が凍結されることはなく、必要ポイントが調整される。
・対象の道具《アイテム》は物理的な破損以外の理由でその機能を失わない。

・対象の道具《アイテム》は元となる能力の内容が変更されても機能が変更されない。
・対象の道具《アイテム》は以降「道具《アイテム》・加工」に分類される能力の対象にならない。
・これらの効果はループを越えて継続する。

この能力は、次の拡張が可能。
使用回数追加（一回）：三五〇〇P
秋穂は四七〇〇P支払い、これらのふたつの能力の獲得に加え、「強靭度付加」のレベルをひとつ上げた。

＊

そして香屋歩は、三体のマリオネットの前でパイプ椅子に腰を下ろしていた。

能力「キュー・アンド・エー」の使用。五つの質問はすでに記載している。その質問が表示された五枚のカードを長机に並べ、カエルが頬杖《ほおづえ》をついている。

カエルは珍しく、能力に関する雑談を口にした。

「秋穂さんに、ずいぶん面倒な能力を取らせましたね」

知ったことか、と思ったけれど、香屋は会話に応じた。

「ルールにするとややこしくみえるだけですよ」

伝説の装備、と秋穂が名付けた能力。

あれの本質はシンプルだ。

能力で獲得、加工された道具《アイテム》を、その機能を残したまま「能力ではないもの」にする。

たとえばただのナイフを「とても切れ味の鋭いナイフ」に加工できる能力を獲得したとする。獲得に必要だったのが六〇〇P、使用回数は三回、効果時間は次のループまで。

この能力によって加工されたナイフのうちの一本を、秋穂が「伝説の装備」にする。ナイフ加工の能力者は二〇〇Pと、能力の使用回数を一回失う。正確には、この数字は運営が決定するが、フェアな数字を出せばこうなるだろう。代わりに伝説の装備になったナイフは、いつまでも切れ味が鋭いままだ。つまり架見崎に、能力がかかわらないただの物質としての「とても切れ味が鋭いナイフ」が生まれる。

カエルは手元に並んだカードのうちの一枚を手に取りながら、言った。

「貴方はすぐに、架見崎をかき乱そうとする」

「そんなつもりはありません。ただ欲しい能力が、スタンダードにないだけです」

このループで秋穂に「伝説の装備」を取らせたのは、少し危険な選択だった。対月生戦の直前なのがよくない。

たとえばPORTや平穏な国が、「月生にだけとても有効な武器」を獲得したとする。通常、その武器は月生を倒し終えれば破棄されるだろう。獲得に必要だったポイントを他のチームメイトに回せば、能力の凍結により対月生用の武器が消えてしまう代わりにコストを取り戻せる。あるいは能力を捨ててポイントに還元する能力、みたいなものもあるかもしれない。

でも「伝説の装備」はそういった方法を選択肢から消し去る。対月生用の武器が伝説の装備になると、その持ち主は獲得に必要だったポイントを即座に失い、月生がいない架見崎に「月生にだけとても有効な武器」なんて遣い道がないものが残り続ける。

香屋は別に、そんな展開を期待しているわけではない。でもやろうとすれば可能だし、だからPORTや平穏から秋穂が狙《ねら》われる理由になってもおかしくない。

――使用回数が一回で取るように頼んでおいたから、そこまでひどいことにはならないと思うけれど。

あの能力をさっさと使ってしまっておけば、次のループで使用回数が回復するまでは無害だ。次のループまでには、PORTや平穏も対月生用の能力の清算を終えるだろう。でも架見崎には「他の能力の使用回数を回復する」みたいな能力もあるかもしれない。虎《とら》の尾を踏む、とまではいかなくても、尾の近くを歩く能力ではある。

どことなく楽しげにカエルが告げた。

「ああいった能力を貴方が獲得するのは、もう少し先だと思っていましたよ」

その言葉に嘘《うそ》はないだろう。カエルはおそらく、香屋がなんのために「伝説の装備」を欲したのか正確に理解している。それでもこちらを泳がせている。

カエルは五枚のカードを束ね、ネコに差し出す。それを受け取ったネコが頷いて、さらにフクロウへ。フクロウは飛び上がり、香屋の手元までカードを運ぶ。

カードを受け取ったとき、女性の声でフクロウは言った。

「ふたつの能力を秋穂栞に獲得させたのは、月生を守るためですか？」

それは意外な質問だった。カエルはともかく、ネコやフクロウが香屋の思惑に興味を持っている様子はなかったから。

香屋は首を傾げる。

「どうでしょうね。ＰＯＲＴや平穏がなにを狙っているのか次第です」

秋穂が獲得した能力は、もともと、香屋のプランに含まれていたものだった。でもあのふたつを今回のループで獲得してもらったのは、たしかに月生が関係している。

フクロウは頭上でゆったりと旋回する。

「はっきりしませんね」

「僕の方が質問に答えるルールはありませんから」

「ま、せいぜい頑張ってください」

フクロウが長机の向こうに戻り、香屋は手元のカードを広げる。

・ユーリイが僕についた嘘をすべて　一〇〇Ｐ
・キャンドルにあるものの中で、タリホーがもっとも好きな花は？　二〇〇Ｐ
・月生が待っているのは宇宙人である　ＹＥＳ／ＮＯ　一万Ｐ

・月生が待っているのは架見崎の運営に関わる人物である　YES／NO　二万P
・ゼロ番目のイドラとはなにか？　六九〇〇P

ざっとカードを視線でなでた香屋は、にんまりと笑う。

――取った。

欲しかった情報を、ひと通り。

とカエルが言う。

「さあ、質問をお選びください」

香屋が持っているポイントはちょうど一万だ。もともと二七五〇P持っていたけれどそれは秋穂に譲った。代わりに、ユーリイから彼が望む質問の代金として一万P預けられている。お釣りは好きに使っていい。

「みっつあります。ひとつ目は、ユーリイが僕についた嘘をすべて」

これが一〇〇〇Pで買えるのは、破格だという気がした。事前に準備しておいてよかった。これとまったく同じ内容のものを、前回の質問にも加えている。そして、その時点ではまだ香屋はユーリイと直接会話したことがなかった。だから運営側はあやふやな根拠でポイントを設定したはずだ。

それから香屋はユーリイと通話し、いくつかの重要な質問をした。でも香屋の能力には運営に対する制限がある。「同じ質問に対して一度宣言したポイントを増額してはならない」という制限だ。だからユーリイがどれほど重要な嘘をついていたとしても、香屋は一〇〇〇Pのままそれを暴《あば》ける。

カエルが答える。

「ひとつだけです。月生との戦いの目的はホミニニを排除することなのか、という質問への回答。――そんなことないよ」

つまりユーリイは、月生戦を利用してホミニニを排除するつもりでいる。

これだって重要な情報だ。彼の行動ひとつひとつの意図を判断するときの指針になる。でもより大事なことが、別にある。

「じゃあ、他に嘘はないんですね」

「私どもの判断では」

「僕はユーリイに、架見崎の勝者となったときに望むプレゼントを尋ねた。彼は、まだ決めていないと答えた」

「ええ」

「その回答も、嘘ではない。存在しないのでさえなく、決めていない」

「そうなりますね」

PORTのリーダーなんて立場にいながら、どうしてそこの判断を保留できるんだ。香屋とは根本的に思考の成り立ちが違う。香屋は目的から過程を逆算する。でもユーリイは目的そのものが未定だ、ということだろうか。気味が悪い。

考え込んでいると、カエルが先を促す。

「ふたつ目のご質問は？」

残りのふたつは、ユーリイに頼まれたおつかいだ。

「キャンドルにあるものの中で、タリホーがもっとも好きな花は？」

この質問の意味を、香屋は知らない。キャンドルという言葉がなにを意味しているのかもわからない。カエルは簡潔に答える。

「エーデルワイス」

なにか、符号のようなものなのだろうか。タリホーはユーリイを裏切りホミニニについているはずだ。これが、彼女を排除するために価値のある質問なのだろうか。

――考えても仕方がない。

なら、ただ覚えているだけでいい。

最後の質問を、香屋は口にする。

「ゼロ番目のイドラとは、なんですか？」

この質問をユーリイが獲得しようとしたことが、香屋の能力が持つ価値のひとつだ。刺激しすぎないように注意しながら、有力者の興味を惹《ひ》く質問を提示する。そうすれば香屋自身がポイントを稼がなくても、他者のポイントで情報が手に入る。

カエルが答える。

「それは、生命のイドラです」

相変わらず淡々とした口調だ。

でもそこに宿る温度が、普段とは少し違うような気がした。熱いのではない。むしろ冷たい。鋭利で、攻撃的で、なんだか切実な温度。

「人間だけではない。誰も、誰も。すべての生きている者たちの前に立つ偏見を、私共はゼロ番目のイドラと呼びます」

香屋は手を膝《ひざ》におき、束ねた五枚のカードを握りしめる。カードは裏を向いていた。そこには架見崎を訪れるきっかけとなった、あの封筒についていたものと同じマークが描かれている。やや捻《ね》じれた卵のような楕円《だえん》の中に、何本かの斜線が入ったマークだ。それは数字のゼロと、DNAを現す螺旋《らせん》を組み合わせたマークのようにもみえる。

はっきりと答えが想像できる質問を、香屋は口にする。

「つまり、それは、なんですか？」

カエルは変わらず笑っている。マリオネットの顔で。非生物の顔で。

「ゼロ番目のイドラとは、つまり、生きることに価値を見出《みいだ》す意思です」

ああ。だろうな。

「それを。そんなものを――」

苛立《いらだ》ちで顔が歪《ゆが》む。

なんなんだ。架見崎は、いったい。なんて気持ちが悪いんだ。

「そんなものを貴方《あなた》たちは、偏見と呼ぶんですか？」

カエルはその質問には答えなかった。

けれど無言だったわけでもない。傍目にはわからなくとも、彼も無感情ではいられない質問だったのだろう。能力の質問から外れることを話した。

「あるときアポリアが生まれ、生命に疑問を投げかけた。だから生きることそのものがイドラとなった」

アポリア。その言葉については、すでに調べていた。

――株式会社アポリア。

と、月生の名刺に書かれていたから。

アポリアとは、難題と困惑を意味する言葉だ。そのギリシャ語の語源は、通路のない行き止まりだ。

「貴方は、アポリアの先に進めますか？」

カエルの質問を残して世界が暗転し、次のループが始まる。

第三話　五分間とその前後

1

ループが明けた最初の朝は、激痛で目を覚ます。

ひどく重たいものに押しつぶされるような、継続的な痛みだ。トーマはうめき声を漏らしながら、どうにかベッドの上で身を捻《ひね》った。

端末をつかみ、電源を入れて、タップを二回。それだけの動作がずいぶん遠い。

やがて能力が発動し、痛みが引き始めた。その過程は心地よく、なんだか甘い。トーマは深い呼吸を繰り返し、目に滲《にじ》んでいた涙を拭《ぬぐ》った。全身が汗をかいている。ともかく、シャワーを浴びよう。そう思うけれど、なんだかどっぷり疲れていて、ベッドから起き上がれない。

全身を弛緩《しかん》させ、再びシーツに倒れ込んだ。

香屋歩《かやあゆむ》の顔が思い浮かぶ。彼の怒ったような、不機嫌そうな顔。トーマは想像上の彼に言い訳する。

――なんにも言わないでよ。私だって、わかっているんだから。

架見崎《かみさき》を訪れたとき、トーマが最初に獲得したのはある治癒能力だった。スタンダードな治癒は怪我《けが》を癒《いや》すものだったから、その他能力《オリジナル》で獲得した。

トーマはその能力に、「十字架」と名付けた。

いつまでも背負い続けなければならない、後悔の十字架だ。

2

PORTと平穏な国が揃《そろ》って月生《げっしょう》――架見崎駅南改札前に宣戦布告を行ったのは、八月八日の午前一〇時だった。宣戦布告から開戦までは、二時間の猶予《ゆうよ》がある。たったの二時間後、ちょうど正午に月生との戦いが始まる。

――本当に？

というのが、ニックの素直な感想だった。

本当にこれから、あの月生の前に立つのか？　戦う意思を持って。そんな、ほとんど自殺みたいなことをするのか？　信じられない。

対月生戦は平穏な国内でも疑問の声が大きい。本当に勝てるのか、という疑問だ。ウォーターは月生と戦うために、一時的に三人のプレイヤーにポイントを集中した。

ニックと紫《むらさき》、それからキド。無茶なやり方だ。ニックと紫は平穏の配下に入ってまだ日が浅く、キドに至っては他のチームの人間だ。平穏の古株にしてみれば、もちろん面白くないだろう。

なのにウォーターがこの案を押し通せたのは、ネガティブな理由が大半だとニックはみている。誰も月生の前には立ちたくないから、対案を出せなかったこと。今回の件の失敗でウォーターが失脚するのを心待ちにしている人間が何人もいること。どこかに、部外者意識——つまり月生を倒すのはPORTで、平穏はそのサポートに過ぎないという気持ちがあること。対して数少ないポジティブな理由は、やはりウォーター自身だ。彼女はこれまで、ただの一度も負けたことがない。

ニック自身の感情も、平穏の大半とそう違いはなかった。

月生に勝てるわけがない。どうせオレたちは捨て駒《ごま》だ。逃げ出しちまった方がいい。でも逃げる先もない。それに、不思議と、一筋の希望もある。ウォーターはやはり特別だ。彼女ができるというのなら、本当にできるのではないかという気もする。

——こんな風に、兵士ってのは死ぬんだろうな。

なんて他人事《ひとごと》みたいに考える。

混乱して。諦《あきら》めて。あるはずのない希望にすがって、死ぬ。

でも、まあ別にそれはいい。覚悟と呼べるほどの強い意志はないが、どこかで死を受け入れるときがくるのだろうという予感はあった。諦められないのはニック自身のことではなかった。

薄曇りの空の下で、ニックは電柱に背を預けて立っていた。両手をポケットに突っ込んで、面白みのないアスファルトを見下ろして。

やがて通りの向こうから、ひとりが歩いてくる。

キネマ倶楽部《くらぶ》リーダー、キド。彼はなぜだか仄《ほの》かに微笑《ほほえ》んでいる。

「なんすか、それ」

とニックは、キドの右手を指さした。彼は黒く大きな傘を手にしている。たしかに架見崎の八月八日には雨が降る。でも、夕刻になってからだ。そのときまで生き残れるつもりなのだろうか。もし生き残れたとして、傘をさす余裕があると思っているのだろうか。

キドは笑みを消さないまま、古い映画のコメディアンがステッキをそうするように、くるりと傘を回してみせた。

「どうやら、伝説の装備らしいよ」

「どこに伝わってるんですか、そんなもん」

「さあ。これから後世に伝わるんじゃないかな」

なんだそれ。ふざけた人だ。でも、まあなんでもいい。

「今回の件、よく受けましたね。死にますよ」

「それは君も同じでしょう」

「何ポイント持ってきたんですか？」

「だいたい六万。平穏さんが五万も貸してくれたから」

ま、そんなものか。

六万Pのプレイヤーは突出しているが、今回は相手が悪すぎる。なんだか笑えて、ニックは奥歯を噛《か》んだ。

「月生の、一〇分の一にも届かない」

一〇倍のポイント差というのは、大人と子供、といった次元にさえ収まらない。もっと根本が違う。戦車と赤子くらいに違う。

「君は？」

「合計で、一一万」

ひゅう、とキドが口笛を吹く。

「白猫《しろねこ》さんレベルだね」

「数字だけです」

謙遜《けんそん》ではない。ループの直前にチームから大量のポイントを預かったニックは、その大半を強化《ブースト》に突っ込んだ。もちろん強化《ブースト》の性能は圧倒的に高まったが、ニックの方がそれを使いこなせていない。何度か訓練で能力を使ってみたが、性能に振り回されてただ走ることさえ困難だ。

「で？」

キドは笑みの種類を少しだけシリアスなものに切り替えて、首を傾《かし》げてみせた。

「待ち合わせ場所は、もう少し先だったよね？」

少し、返事に困る。

ひとりきりでキドを出迎えたのには、もちろん理由がある。彼に話しておきたいことがあった。でも、いざ言葉にするとなると、気恥ずかしさもある。

「紫を、頼みます」

どうにかそう声を押し出すと、キドは噴き出すように笑った。

「まるでこれから、死にに行くみたいだ」

「その通りでしょ」

「どうかな。オレは、なんとかなるんじゃないかって気がしてるよ」

どうして、そんなに気楽なことが言えるんだろう。ニックは胸の内に湧《わ》き上がった苛立《いらだ》ちで唇を歪《ゆが》める。

「返事は？」

もしもニックが死んでも。キドが死んでも。紫だけは、なんとかしたい。でもニックにはどうしようもない。

――じゃあ、キドさんなら？

当たり前に考えて、彼にだってなにができるわけでもないだろう。そもそも平穏に所属していない彼が手にしたポイントは、ニックや紫の半分程度だ。戦力でいえば、もっとも足手まといだとさえいえるのに。でも、どこかで少し、期待している。キドには、ニック自身にはできないことができるのではないか。

彼は笑みを消さなかった。

「紫も君も、少なくともオレより先に死ぬことはないよ」

「それが、気に入らないって言ってるんです」

この人のことはよく知っていて、だから。

――せめてオレに、先に死なせろって言ってんだ。

オレを舐《な》めるな。根拠はない。月生に勝てるはずもない。それでも、わかんねぇかな。

一筋の信頼くらいはくれよ。それをオレが死ぬ理由にさせてくれよ。

「いざとなったら、一緒に逃げ出そう」

気楽な調子でそう告げて、キドが歩き出す。そろそろ集合の時間だ。

両手はポケットに突っ込んだまま、ニックも彼のあとに続いた。

空を見上げる。架見崎の八月八日は、いつも悪天候だ。

＊

そのころユーリイは、ホテルの最上階で遅い朝食のあとの紅茶を楽しんでいた。

朝食のメニューは王道的なイングリッシュ・ブレックファストだった。日本では卵料理にベーコンといった、簡略化されたものが主だが、正式にはそこにベイクドビーンズだとか、ソテーしたマッシュルームだとか、ブラックプディングだとかが加わる。今日は正午の開戦ごろから慌《あわ》ただしくなる予定で、昼食の時間が充分に取れるかわからないためタリホーがボリュームのある朝食を用意してくれた。おかげで少し腹が苦しい。

ミルクとはちみつをたっぷり入れた紅茶を片手に、短く尋ねる。

「雨は？」

隣に立つタリホーが答えた。

「すでに届いています」

「そ。ホミニニは？」

「駅前に着いたと連絡が。やる気はあるようです」

「彼はもう少し、手を抜くことを覚えるべきだね」

もし本当に手抜きを覚えたなら、ホミニニはPORTのナンバー2ではいられないだろう。代わりに、死ぬ可能性が下がる。それなりに楽しく生きていける。

タリホーが続けた。

「パンは姿を現しません。イドは、所在は不明ですが連絡は取れています。残りの議員はすでに円卓に」

「公園は？」

「催しの準備は整っています。必要な装備も、雨と共にウォーターから」

「なるほど。つまり——」

ユーリイは頭の中で、本日の予定をひと通り辿《たど》ってみる。

「うん。しばらく、僕は暇みたいだね」

大きな戦いの直前というのは、拘束時間ばかりが長すぎて、するべき作業がない。まともに立てた予定というのは余裕が含まれているものだから。こんなときまでばたばたしているようなら初めから戦わない方がましだが、怠けるのは好きでも暇なのは嫌いだ。

「僕は正午に公園に入っていればいいね？」

「はい。それまではご自由に」

「少し散歩をしてくるよ」

「ご一緒いたします」

なんて素敵な言葉だろう。でも、ひとりきりでなければできないこともある。

「いいよ。君も時間までゆっくりするといい。――ああ、でも、そうだ」

「なんですか？」

「僕のキャリーバッグはどこにしまったかな」

タリホーは不思議そうに、少しだけ首を傾げた。

でも理由は尋ねずに、「ご用意いたします」とだけ答えた。

＊

雨はまだ、もうしばらく降らない。

午前一〇時三〇分。香屋歩は学校の椅子《いす》に腰を下ろし、学習机を挟んで秋穂栞《あきほしおり》と向かい合っていた。香屋自身は人質の立場だから、ミケ帝国からは離れられない。代わりに秋穂に、キネマ倶楽部の様子をみていてもらう予定だ。

香屋は会話というより、自分自身の考えをまとめるために口を開く。

「月生さんを倒す方法は、ざっと考えて三パターンしかない。問答無用で月生さんが死ぬ能力を獲得するか、月生さんより強くなるか、月生さんを弱くするかだ」

秋穂は気だるげに、学習机に頬をおしつけて答える。

「なんだかすっごく当たり前ですね」

「現実なんて、当たり前の塊だよ。ともかくひとつ目はなさそうだ。PORTも平穏も、まともに月生さんと戦うつもりでいる」

「即死させる能力をとる方が、楽に勝てそうですけどね」

「うん。でも、そうできない理由がなにかあるんでしょ」

あるいは、できるけれどしたくない理由。

ここに関しては、香屋には判別がつかない。いちばんわかりやすい想像だと、月生が「即死攻撃無効」みたいな能力を持っている可能性もある。それに獲得できるポイントは、殺すと半分だが相手に譲渡させれば全額手に入る。相手が大量のポイントを持つ月生だからこそ殺さず追い込む方法を選んだのかもしれない。

秋穂は学習机の上で眉《まゆ》を寄せている。それなりに真面目《まじめ》に考え込んでいるようだ。

「残るのは、月生さんより強くなるか、月生さんを弱くするかですね」

「効率的なのは弱くする方かな」

「やり方はいくつかありそうですね」

「うん。でも、決戦に八月八日が選ばれた」

架見崎の天候が崩れる日。それで、予想できることもある。

雨か、雲か。どちらかが関係する戦術。交戦開始が正午なのを考えると、雲の方が本命か。雨が降る夕刻まで月生を相手に時間を稼ぐのはとても厳しい。

――月生さんの倒し方は、だいたいイメージがつく。

最後のシーンは想像できる。わからないのは、そこに至る過程だ。

「トーマがキドさんたちを巻き込んだ理由がみえない。とても気持ち悪い」

「さすがに、実は捨て駒でしたってことはないでしょうしね」

「うん。まったくあいつのやり方じゃない。そもそも、キドさんたちを捨てて得られるメリットが見当たらない」

トーマは本当に、キド、ニック、紫の三人で月生を追い込むつもりでいる。そこにどんな理屈がある？

秋穂が言った。

「貴方《あなた》は、月生さんを守るつもりですか？」

「できれば、そうしたい」

彼は強力なカードだ。なんとか手に入れたい。でも、今回はあまりに情報が足りない。

もう一時間と三〇分ほどで開戦だというのに、まともな作戦のひとつもない。どうにかばらばらのパズルのピースを戦場に混ぜ込んだだけだ。

「腹立たしいのは、トーマにはそれをやり切る手順がみえていることだ」

香屋にはみえていないなにかが、あいつにはみえている。だから、香屋とは異なる未来をイメージしている。なら素直に教えてくれよと思うけれど、あいつは謎《なぞ》の美学的な気味の悪いものでロをつぐむ。

秋穂が学習机から身を起こした。

「貴方が、トーマを読み切れないのは珍しいですね」

「そうかな」

「読み切られても勝つのがトーマでしょう」

そっちの方が、絶望的だという気もするけれど。

たしかにトーマの考え方には手癖のようなものがあり、そこから展開を予想することはできる。

「どう考えても、キドさんがイレギュラーなんだよ」

ニックと紫までは、まだわかる。あのふたりはすでに平穏の人間だ。でも、わざわざキドまで含めているのは、彼にしかできない役割があるからだ。

キド。キネマ倶楽部リーダー。凄腕《すごうで》の、だが月生に比べればずっと常識的な範疇《はんちゅう》に収まる射撃士《シューター》。

「あの人には、僕にはわからない価値があるんだ。その価値をトーマは知っている」

ささやくと、意地悪げに秋穂が笑う。

「私には、ひとつ予想がつきますよ」

「どんな？」

「貴方が本気になること」

それでなにが変わるんだ、という気がするけれど。

「たしかにその考え方は、トーマ的だね」

あいつは、矛にも盾にも人間関係を使う。きっとこの架見崎でさえ、ポイントよりも人と人の繋《つな》がりを重視している。

がらり、と音を立てて椅子が動き、秋穂が立ち上がる。

「現状で、共有できる作戦がないなら、私はキネマに」

「うん。開戦までにはコゲさんに頼んで、君に通話を繋いでもらう」

答えながら、香屋はまだキドのことを考えていた。キドと、それから、ニックと紫のことを。この三人の共通点は見え透いている。

――キネマ倶楽部。

不思議なチームだ。ただの弱小のひとつ。なのに大きな戦いには必ず絡《から》んでいる。

今日だって。三大チームの戦いにキドが交じるなら、キネマ倶楽部も宣戦布告せざるを得ない。

＊

待ち合わせの場所には、駅から少し離れた通りの喫茶店を選んだ。

午前一一時、本日の戦闘に参加する予定の四人を見渡して、トーマは言った。

「作戦は以上。質問ある？」

キド、ニック、紫、それから検索士《サーチャー》としてモノ。なかなかの精鋭部隊だと思っているけれど、本人たちはそうでもないようだ。

キドが苦笑を浮かべる。

「いちばん、大切なところの説明がなかったような気がするんだけど」

「なに？」

「オレたちが生き延びられる理由」

そう。たしかにそこが、いちばん大切だ。

トーマは頷《うなず》いて、鞄《かばん》に手を突っ込んだ。

「戦う三人には、とっておきの秘密兵器を用意してる。オレの手作りだよ」

と、ひっぱりだしたのはお守りだった。トーマ自身がちくちくと縫って作り、名前の刺《し》繍《しゅう》まで入れた。

一応はそれを受け取ったキドが、眉を寄せる。

「これ、意味あるの？」

トーマは堂々と頷く。

「もちろん。たいへんありがたい加護が宿ってる」

「聖女さまの？」

「違うよ。今回は別の神さまに祈る」

ある創造主。トーマ自身にとっては、チームが聖女として崇《あが》める少女よりもずっと祈る理由がある神さまだ。

ニックがお守りの輪っかに指をひっかけ、くるくると回した。

「今回の作戦において、こいつの具体的な効果を秘匿《ひとく》する理由は？」

「言っても納得しないから」

より正確には、彼らが納得できるところまで説明するのは、トーマ自身の信条に反するから。

ニックはまだ不機嫌そうだ。

「納得できなくてもいい。教えてください」

むう、とトーマは唸《うな》る。ヒントを求められると、すぐに教えてあげたくなる性質なのだ。でも今回は強い心でそれを堪《こら》える。

「君たちは、知らない方がいいんだよ」

作戦のためにも。できれば月生の不意をつきたい。だから三人に、このお守りを前提にした動き方をされても困る。

話を打ち切るために、トーマは席から立ち上がった。

「さあ、時間までコーヒーでひと息つこう。ホットでいいかな？　ここの冷蔵庫は直してないんだ」

「待って。もうひとつ」

とキドが口を開く。

「彼女、参加する意味ある？」

彼が手のひらで指したのは、モノだった。

戦場に検索士《サーチャー》をつけるのは、一般的な編成ではある。でもたしかに月生を相手に、検索士《サーチャー》ができる仕事は極めて限られる。相手が速すぎて情報の共有が追いつかない。

「どうする？」

とトーマは、モノに目を向ける。

彼女はこれから向かうのが戦場だという自覚もないような、気楽な口調で答えた。

「できればご一緒したいですね。月生さんが戦うところなんか、そうそう見学できる機会がありませんから」

「本人がそう言ってるんだ。連れて行ってあげてよ」

トーマはそのまま、喫茶店の厨房《ちゅうぼう》へと向かう。

後ろから大きなため息が聞こえたけれど、それが誰のものなのかはわからなかった。

＊

午前一一時三〇分――交戦開始の、三〇分前。

ホミニニは架見崎駅前のロータリーに陣取り、四人の仲間を見回した。

グズリー、若竹《わかたけ》、ドラゴン、ワダコ。四人ともがホミニニの部隊に所属する、信頼のおける強化士《ブースター》だ。加えて全員、PORTから与えられたポイントで能力を伸ばしている。ひとりひとりが大抵の戦場を圧倒できる力を持つが、それでも月生を相手にするとなると、やはり心許《こころもと》ない。

胸の内から恐怖心を押し出すため、ホミニニは強引に笑った。

「良いな。ああ、とても良い。今すぐにでも逃げ出したい気分だ」

もうずいぶん感じていない、敗北と死の予感がある。それは間違いなく生きることを豊かにする。PORTでユーリイと戯《たわむ》れているのは、あれはあれで愉快なものだが、ホミニニは戦場が好きだった。

グズリーが口を開く。

「ならあんたは、逃げ出せばいいいんだ」

彼は垂れた目が気弱げにみせる、ひょろりと背の高い男だ。その外見のせいだろう、中学生のころに陰湿ないじめを受けた経験があり、それで空手を習い始めた。架見崎を訪れるころには全国大会で活躍するほどの選手になっていたが、でもいつも怯《おび》えているような彼の雰囲気は変わらなかった。

　不思議とホミニの周りには、なんらかの傷を持った強者が集まる。若竹は度胸のある女だが複雑な家庭環境でアルコールに依存している。ドラゴンは身長が二メートルに迫る大男だが優しすぎ、友人だと信じていた相手に裏切られて多額の借金を背負っていたと聞いた。それがトラウマらしく、今も夜中にしばしば泣く。ワダコは生まれたときから、世界の見え方が他者とは少し違うようだ。集中力が持たず、すぐに独り言をつぶやき始める。だが反射神経が異常に良いし、彼の言葉はよく聞くと物事の本質を射ている。

　彼や彼女を仲間と呼べることが、ホミニは誇らしかった。

　ユーリイのように小綺麗《こぎれい》ではない、だがたしかに生きている仲間たち。このチームに比べれば、ユーリイはなんだかゾンビみたいでいけない。本当は死んじまっているのに、そのことに気づかず手足だけを動かしているようで。

　一同に、ホミニは告げる。

「オレの見立てじゃ、今日が架見崎の最終決戦だ。あとは雑務で片がつく」

　月生を落とし、ユーリイの首まで取る。それがこれからの半日ほどで起こる。なら他に架見崎に敵はいない。あのウォーターという少女が気にはなるが、ＰＯＲＴと平穏ではチームの力に大きな差がある。

　ドラゴンが巨大な身体《からだ》の背を丸めてぼやいた。

「月生には、勝てないかもしれない」

こいつはいつだってそうだ。誰が相手でも不安げだ。でも、今回は彼の言う通りだ。

「ああもちろんだ。勝てないかもしれない。でも、勝てばすべてが手に入る。わかりやすいだろ？　この手で勝利をつかむことを喜びと呼ぶ」

獲物《えもの》を石槍《いしやり》でつついていた時代から、人間の遺伝子に組み込まれてきた喜びだ。戦い、勝利し、宴《うたげ》を開く。どれだけ賢くなろうが、上品に着飾ろうが、科学技術に溺《おぼ》れようが本質はそれだ。皮を剝《は》げば人間だって、獣と同じ血肉でできている。

「勝つぞ。震えながら勝つ。これが最後の戦場だ」

若竹が笑う。彼女は酒で荒れた声で言う。

「ホミニニはそればっかりだ。前の選挙でも、同じことを言っていた」

「でもあのときは負けただろ。負けたら終わらねぇよ。みんな途中経過だ」

当たり前だろ、勝つまでやる。あの選挙は残念だったが、でもホミニニは死ななかった。ならそれは本当の敗北ではない。

「勝つまで粘る。勝っちまえば軽やかに逃げる。これが全部だ」

今回のループの終わりには、またＰＯＲＴのリーダーを決める選挙がある。それまでに勝負を決めてやる。月生もユーリイも巨大な敵だが、でもあいつらは共に孤独だ。生物にとって、孤独というのは最大の弱点だ。

「そうか。夢のせいで、足音が消えたんだね」

とワダコが訳のわからないことを言った。ホミニニは「どういう意味だ？」と尋ねたけれど、まともな返事はなかった。

　タイマーは回り続ける。

　そろそろ、平穏側の兵隊と合流する時間だ。

＊

　キネマ倶楽部が参戦を表明したのは、開戦の五分ほど前だった。

　香屋歩はその報告を、コゲから聞いた。今、ＰＯＲＴには黒猫《くろねこ》の遺体がある。あのチームの動向を追う理由が、ミケ帝国にもある。

　コゲにはキネマにいる秋穂との通話を繋いでもらっている。香屋はその端末に向かって指示を出す。

「開戦直後から、集中してキドさんを検索《サーチ》」

　返事はすぐに聞こえた。

「キドさん？　どうして」

　キネマ倶楽部の検索士《サーチャー》、リャマの声だ。ミケ帝国は、今回の戦闘には参加していないため、コゲではできることが少ない。ポイントでは劣っていてもリャマを頼ることになる。

　香屋は短く答えた。

「そこに、ウォーターの意図があるはずだから」

　トーマはなんらかの、香屋にはわからない方法でキドを守ろうとしている。

それを読み解くことが、香屋にとっての、この戦いの第一歩だ。

3

改札前はまだ、いつものように静まり返っていた。

曇天の日の湿り気を帯びた空気を深く吸い込んで、月生はため息をついた。

普段となにも変わらない動作で、懐中時計に目を落とす。意地を張っているつもりはない。でも開戦のその瞬間までは、電車の音に耳をすませていようと決めていた。来ないことを知っている、けれど待つほかにはどうしようもない電車だ。

ゼロ番目のイドラ。

――私にとって、電車こそがあれなのだろうか。

違うのだ、という気がする。運営たちが探しているのは、もっと別の。より生物として正常な。愛ではなく、夢ではなく、鼓動や足音に似たもの。

ち、ち、と擦れるような音を立てて、懐中時計の秒針が回る。正午は、時刻表の通りであれば電車の到着時刻だった。もちろん月生を落とすために計画された戦いが始まるときでもあった。

――もしも、今ここに彼女がいたなら、私になんというのかな。

まったく想像がつかなくて、なんだか笑える。叱《しか》られるような気もするけれど、慰められても不思議ではない。

秒針の最後の一歩に合わせて、分針と時針が移動する。ずれるというより嚙み合うように。車輪の音はやはり聞こえず、端末は予定通りに開戦を告げるメッセージを流す。

——検索《サーチ》、起動。

月生は圧倒的な強化士《ブースター》だが、検索《サーチ》が苦手なわけでもない。他のプレイヤーとポイントを比べ合えばそうそう負けはしない。だが、今日はずいぶんジャミングが強い。まるで濃霧のように、無意味なデータが周囲を覆《おお》っている。向こうには腕の良い検索士《サーチャー》がいるようだ。

月生は目を閉じた。PORTと平穏な国は、ループ前に比べてそれぞれ大きくポイントを動かしている。PORTはユーリイとタリホー、平穏はウォーター。この三人が主となる能力を獲得したようで、そこまでは向こうも隠すつもりがない。

月生は検索《サーチ》の対象をウォーターに絞った。純粋に、PORTよりはまだしも平穏の方がデータの保護が甘い。間もなく、多くのポイントが費やされたその他能力《オリジナル》がみつかる。これが本命。だが概要だけでも、暴《あば》くのに少しかかる。

——強化《ブースト》、起動。

高ポイントの強化《ブースト》は、使用者をあらゆる意味で強化する。知覚を敏感に、思考をクリーンに。ポイントの効率が良いとは言えないが、強化《ブースト》は検索《サーチ》にも有効だ。

通常の強化《ブースト》は効果時間が三分だが、月生はこれを五分まで拡張している。この五分間を使い切った記憶はない。ひとりの相手と長時間戦うよりは、多人数の敵に備えた拡張だったが、どれほど大きなチームを相手にしても月生の前に立つのは数人だ。月生に対してポイントが低いプレイヤーを並べるのはあまりに無意味で、少数の有力プレイヤーにポイントを集める戦い方になることが主な理由だ。

今回も、駅構内に足を踏み入れたプレイヤーは一〇人に満たない。PORTと平穏な国の連合軍としてはずいぶん寂しい。月生は目を閉じたまま軽く右足を引いた。目の前を赤い光が通過する。射撃《シュート》。だが、ただの射撃《シュート》ではない。なんらかの特殊弾だろうが詳細はわからない。

目を閉じたまま軽く眼鏡のブリッジに触れて、位置を直す。

「外した。突撃だ」

と声が聞こえた。

月生は検索《サーチ》の対象を切り替える。先ほど射撃《シュート》を行ったひとり――ホミニニ。彼は特殊なアイテムを手にしている。貸し与えられたものだろう、ウォーターのその他能力《オリジナル》だ。

月生は目を開く。

まずみえたのは、三人だった。登録名はそれぞれグズリー、ドラゴン、ワダコ。PORTの有力な強化士《ブースター》たちだ。その後ろに四人。こちらも強化士《ブースター》の紫、それから射撃《シュート》メインのホミニニ、キド、最後に検索士《サーチャー》のモノ。

――不思議なチームだ。

PORT側の編成はまだわかる。ホミニニを中心に、彼の配下でまとまっている。平穏側は、意図を読めない。キドの所属はキネマ倶楽部となっている。香屋歩という名の少年のチームだ。どうしてウォーターは、他のチームのプレイヤーを採用した？

思い悩みながら、月生は足を踏み出す。ジャミングにはひどく簡単な対処法がある。

――情報への直接的なアクセス。

つまり、知りたいものに触れれば良い。月生はただ数歩走っただけだったが、その動きに対応できるプレイヤーはいない。なんだかずいぶん間延びした時間の中で、全員が先ほどまで月生が立っていた場所をみつめている。月生はホミニニの手の中にある、ウォーターのその他《オリジナル》アイテム――ほんの小さなハンドガンに触れた。

そのまま、ハンドガンを奪い取ってもよかった。だが未知の能力を簡単に手にするのも不注意だ。いきなり爆発しても不思議ではない。ただの爆発であれば、スーツが汚れる程度だろうが、より特殊な攻撃もあり得る。ハンドガンのデータを抜き、同時にそれをホミニニの手から弾《はじ》き飛ばす。

思いのほか、反応の速いひとりがいた。

キド。彼も、ホミニニと同じハンドガンを手にしているようだ。その銃口が的確にこちらを捉《とら》え、赤く輝く。だが射撃《シュート》は遅すぎる。通常であれば、発射のエフェクトから本当の発射まで〇・五秒。当たるわけがない。月生はしゃがみ込み、できるだけ優しくホミニニの足を払う。キドはその動きにも反応をみせた。銃口がこちらを追ってくる。だが光線が発射されるよりも先に、月生は軽く跳び、先ほどまでいたホームの柱の前に戻った。

再び、懐中時計に目を落としながら、あのハンドガンのデータを確認する。

――能力名、雨と引力。

詳細まで理解するのは、もう少しかかりそうだ。だが、あのハンドガンは「引力」と呼ばれ、その命中をきっかけに「雨」が発動する。そこまではわかった。つまり向こうの勝利条件は「引力」を当てることなのだろう。

「やめませんか？」

彼らの性能は、だいたいわかった。悪くない。とても強い。でも、この改札前を戦場とするには圧倒的に足りていない。

「動きを目で追えない相手とは、戦うべきじゃない」

彼らがどんなプランを持っていようが、関係ない。殺そうと思えばすぐに殺せる。なら彼らが有効な手段を用意していればいるほど、あちらが危険だ。月生は無意味に人を殺すことを好まないが、それが無意味でなくなれば殺す。

答えたのは、構内の硬いタイルに大の字に寝転がったホミニニだった。

「わかってんだよ。あんたがみえないことなんて。いつでもオレらを殺せることなんて」

なら、どうして？

尋ねる前に、月生は身を捻る。左右からふたりが迫っていた。左がニック、右が若竹。ニックはまるで射撃《シュート》のようにまっすぐに刺す。若竹は軽いフェイントを交えながらこちらの腕を取ろうとする。月生はナイフを握ったニックの手首をつかみ、若竹の腹を肘《ひじ》で打つ。

若竹が吹き飛び、壁にぶつかった。彼女に向かって、ニックの身体を軽く投げる。ホミニは喋《しゃべ》り続けている。

「ずっと、ずっとだ。みえないもんに手を伸ばしてきた。いつだって簡単に死ぬ場所で生きてきた。そうだろう？　誰だって。人生ってのはそれだろう？」

ニックは空中で、月生の元に白い塊を落としていた。

――ウサギ？

の、ぬいぐるみ？

それが、ボタンの目を月生に向けた。

＊

――玩具《おもちゃ》の王国、起動。

人形に仮想の人格を与え、自立的に行動させる能力。

本来、この能力では八体の「印」が刻まれた人形すべてが同時に動き出す。だがリリィはウォーターの指示で、その能力を拡張していた。

TYPE《タイプ》‐ACE《エース》と名付けられたその拡張では、使用する人形を一体だけに限定する。代わりに飛躍的に性能を高める。対月生戦を見据えて二〇万を超えるポイントをつぎ込まれた「玩具の王国」の効果をたった一体が受けるとき、その戦闘力は架見崎全体でもトップスリーに食い込む。

「マルルは、月生さんに勝てる？」

とリリィは尋ねる。マルルというのは、ウサギのぬいぐるみにつけた名前だった。平穏の領土内、教会にあるリリィの部屋だ。

ウォーターは笑って首を振った。

「勝てるわけがありません」

「そう」

「でも、人が死ぬよりは人形が壊れた方がいい。必ずオレが直します」

「そうね。でも」

マルルが壊れれば、次は人の番なのではないだろうか。

ウォーターは端末の時刻を確認する。

「五分間、月生さんを相手に生き延びられれば、オレたちの勝ちです」

「それって難しいの？」

「難しいというか、本来は不可能です。月生さんが相手を殺そうと決めるまで、どれだけ時間を稼げるかが勝負ですね」

それはリリィには、絶望的な話のように思えた。だって、戦いはもう始まっているのだから。当たり前に考えて、月生はもう目の前の敵を殺す気でいるだろう。

でもウォーターは気軽な調子で言う。

「負けるとしても、平穏に被害はでませんよ」

どうしてそう断言できるのか、リリィにはわからない。彼女の言葉を信じたかったけれど、それも上手《うま》くいかない。

「もしも、誰かが死んだら、私にも教えて」

リリィになにができるでもないけれど。今は手元に、抱きしめるぬいぐるみもないけれど。でも、なにも知らないままではいられない。

きっと流すべき涙は、流れなければならないのだ。

＊

交戦開始から一分。たった、一分だ。いったい誰に、そんなこと信じられる？

キドは今回のループで預かった五万ポイントの大半を、感覚の強化に使った。それでもなお月生はみえない。いつでも気まぐれにこちらの命を刈り取れる拳《こぶし》が近づくのを、感じることさえできない。ただ想像するだけだ。コンマ五秒後の世界。

「能力名、雨と引力」

と月生が言った。

のんびりとした口調で語りながら、彼はウサギの攻撃を軽くいなしていた。キドにみえるのはウサギの動きだけだった。その短い手足が空を割き、たまに吹き飛ばされる。壁にぶつかったウサギは健気《けなげ》にまた月生に飛びかかる。その合間に、ニックやPORTの面々が攻撃を仕掛ける。

月生は未《いま》だ片手で懐中時計を開いている。

「引力が命中すると、雨が発動する。雨は引力が命中した対象を狙《ねら》い続ける。五分に一度の頻度で五〇〇回——およそ四〇時間。たしかに、有効な戦い方です。雨は大した攻撃力ではないようですが、継続時間が長い。私の強化《ブースト》は一ループ中に三〇時間ほどしか使えません。強化《ブースト》が切れてしまえば、私もただの人間です。雨を回避できない」

たった一分間で敵チームのその他能力《オリジナル》を正確に検索《サーチ》する、というのも、想像外の事態だ。そんなことができるプレイヤーは、キドはこれまで、たったひとりしか会ったことがない。

「ですが、対策がないでもない。雨自体を壊してもいい。そもそも、引力に当たらなければなにも起こらない」

キドの手の中には、引力と名付けられたハンドガンがある。同じものをホミニニも持っている。一度、月生に弾き飛ばされたようだが、彼はもうそれを拾い上げていた。弾数は六発ずつ、計一二発。すでにホミニニが二発、キドが一発撃っている。

「次はPORT側の能力を検索《サーチ》します。なにか作戦があるのでしたら、お早めに」

月生が話しているあいだに、さらに三〇秒経過した。

キドは射撃《シュート》を放つ。引力ではない、ノーマルの射撃《シュート》だ。それはいくらでも月生に命中する。彼の方から当たりにくる。軽く手で払い、後には傷ひとつ残らない。だが、撃つ。撃つ、撃つ。撃つ。撃っていなければ身体が震える。

ニックとウサギが前衛を担当し、紫はキドを守る。キドは射撃《シュート》でニックたちをサポートしながら引力を当てられるタイミングを狙う。それが、平穏側の作戦だった。初めから破《は》綻《たん》している作戦だ。ニックやウサギでは月生の敵にならず、紫では月生の攻撃を防ぎようがない。もちろんキドも、月生には攻撃を当てられない。

それは想定通りの破綻と言えた。

――五分間だよ。

とウォーターは言った。

――なんでもいい。とにかく、月生さんが強化《ブースト》を使ってから五分。生き延びられれば、オレたちの勝ちだ。

どうして。五分？　わからない。ともかく残り、およそ三分三〇秒。

おそらく、月生が蹴《け》ったのだろう。よくわからなかったが。ウサギの首が、綿をまき散らして跳ぶ。キドもホミニニもそのタイミングを逃さなかった。攻撃の瞬間、当たり前に隙《すき》ができる。そのはずだ。

だが二筋の引力が通過したのはただの虚空《こくう》で、月生はすでに別の場所に立っている。

――残り、七発。

ホミニニが三発、キドは四発。

当たる気がしない。

＊

ＰＯＲＴの領土には、よく整備された公園がある。

子供たちが遊び回るというよりは、会社員がランチの時間をベンチで過ごしたり、暇を持て余した年寄りがゆっくり散歩をするといった用途の、景観を重視した公園だ。それなりに広いから、ＰＯＲＴが市民向けの催し物を開催するときは、たいていこの公園が舞台になる。

とくに戦闘の跡はない公園だが、ずいぶん長い間放置されているようで、ループが明けたばかりだと芝生の状態が悪い。まちまちに、好き勝手に伸びている。だがそれも間もなく、綺麗に刈られる。ＰＯＲＴは市民に労働を与える。あまりに暇な時間を作り過ぎると犯罪が増えることが過去のデータでわかっている。

広い芝生の真ん中に、前のループではクリスマスツリーが立っていた。今は代わりに、つまらないパイプ椅子が置かれている。ユーリイはそのパイプ椅子に腰を下ろし、曇天を見上げていた。周りには何人ものＰＯＲＴの戦闘員がいる。隣には、腰に日本刀を挿したタリホーが立っている。足元には旅行用の大きなキャリーバッグがある。

考えていたのはウォーターのことだった。

彼女は先日、契約書をよこしてきた。能力で作られた、署名するだけで自動的に効果が発揮される契約書だ。文面にはこうある。


この契約はチーム「平穏な国」、チーム「ＰＯＲＴ」および、両チームの部隊に対し

て効果が発揮される。部隊はチーム名の一部に「平穏な国」もしくは「PORT」を含むものと定義する。また、例外的にチーム「キネマ倶楽部」は、この契約においてはチーム「平穏な国」の部隊に含まれるものとする。

この契約において、署名済みの部隊チームは「平穏な国」もしくは「PORT」の一部として扱う。よって以下の文面におけるリーダーは、平穏な国はリリィ、PORTはユーリイを指し他の部隊リーダーは含まない。

チーム「平穏な国」、「PORT」のメンバーいずれかが月生を倒した場合、次の通り自動的に獲得ポイントが配分される。

・「引力」の弾が月生に命中していた場合
初めに月生に「引力」を命中させたチームのリーダーに獲得ポイントの六割を、もう一方のチームリーダーに四割を分配する。

・「引力」の弾が月生に命中していなかった場合
両チームに共に月生からの獲得ポイントの五割ずつを分配する。

事前に打ち合わせていた通りの内容だ。引力を当てたプレイヤーがいるチームが六割を取る、というのは平穏側からの提案で、つまりウォーターの意思だろう。彼女は月生に、引力を当てられる自信があるということだろうか。

——ま、好きにすればいいけどね。

ユーリイはどちらかといえば、ホミニニの方を応援していた。純粋にPORTの取り分が増えるからだ。でも彼は、月生に有効な攻撃ができるだろうか。

おしいところまではいく。そんな気がする。でも、きっと届かない。

ホミニニはいつもそうだ。いつだって、おしいところで失敗する。それが愛《いと》おしくもある。当たり前に悲しくもある。

「雨は、降るでしょうか？」

とタリホーが言った。

珍しく彼女は不安げだ。ユーリイはほほ笑む。

「どちらでもいいよ」

引力を当てられなければ、ホミニニは死ぬだろう。あるいはどうにか逃げ帰ってくるだろうか。なんにせよ、選挙で票は集まらない。

月生の排除とホミニニの失脚、どちらであれユーリイに利益をもたらす。結果にかかわらず、ユーリイの仕事は後始末だけだ。残った方を片付けてしまえば、もうほとんど、架見崎の戦いはおしまいだ。

ただひとり、ウォーターだけが気になる。

——あの子は素直に、月生の首を取るつもりなのかな？

そこが読み切れない。ユーリイがもし平穏な国にいたなら、月生というカードは大事に使う。PORTに攻め込む足掛かりにする。

彼女は月生に引力を当てられるのだろうか？　当てるつもりがあるのだろうか？

わからない。わからないことは、面白い。

ユーリイは少しだけ、ウォーターに期待している。

＊

ホミニニの目からみても、月生は異常だった。想像上のどの怪物よりも怪物だった。

――まさか、ここまでかよ。

ここまで、純粋な性能が違うものなのか。

ホミニニは軽く駅の構内を見回す。壁も床も天井も、なにひとつ傷ついていない。それは一〇万Pを超えるプレイヤーたちの戦いではあり得ない。

月生はとても上手に手加減している。目の前の人間だけではなくて、建造物にまで。駅は彼にとって重要な場所なのだろう。理由は知らないが、ここから一歩も動かないのだからそうだろう。でも、まさか、ここまで。ホミニニは射撃《シュート》を放つ。わざと月生から少し離して打つ。月生はバスケットのパスをカットするように、わざわざその光線を受け止めてみせる。馬鹿《ばか》にしている。

――そういうの、好きだぜ。

つまり、馬鹿にされるのが。見下されるのが。それは勝利の喜びのスパイスになる。見下し返したときの快感が倍増する。

「グズリー」

ホミニニは目の前に立っている、ひょろりと背の高い男の肩をつかんだ。

「いくぞ。本気だ」

もう一方の手で、端末に触れる。

――オレの願いはお前の願い、発動。

シンプルな能力だ。主な効果はただの一文。対象の能力を二倍にする。ただし対象のプレイヤーの合計ポイントが、この能力に突っ込んだポイント以下でなければならない。

これで効果が切れるまで、グズリーは一五万Pを超える強化士《ブースター》だ。それでももちろん、月生には圧倒的に届かない。

ホミニニはグズリーの前に立った。まっすぐ、月生に向かって走る。月生はさすがに、その無茶な特攻には驚いたようだった。軽い動作でただ殴る。ホミニニはその拳を、頬で受け止めて笑う。痛ってぇ。だが、すでにもうひとつの能力が発動している。

――野生の法則。

対象との接触が発動の条件。これは最初の足払いで達成していた。

野生の法則は対象とホミニニ自身に効果を及ぼす。それぞれが相手に物理的な攻撃を行った場合、能力の効果を減算してダメージが決定される。つまりはふたりきりの戦いだけ、能力が関係しない、ただの殴り合いになる。

　効果は物理攻撃に限定されるため、強化士《ブースター》以外にはとくに意味がない。たとえば射撃《シュート》は普通に効く。本来、射撃《シュート》メインのホミニニが厄介な強化士《ブースター》とやり合うための能力だ。でも月生は、ホミニニの射撃《シュート》ではダメージを与えられないから、生の拳の方が強い。

　ホミニニは大ぶりの右ストレートを投げつける。月生はそれを簡単に回避する。野生の法則の効果はあくまでダメージだけで、速度は落ちていないから当たるはずがない。

　――でも、ちょっとはびっくりしただろ？

　月生が殴って吹き飛ばない相手なんか、そうそういないだろうから。

　一瞬でいい。混乱すればいい。ホミニニにはなにがどうなるのかわからないが、ともかくグズリーがやってくれる。あとは間近で、引力の引き金を絞るだけ。

　ふ、と目の前で、月生が笑った。

　グズリーは彼の頭上にいた。ホミニニを飛び越え、踵《かかと》を落としたようだった。そうだとわかったのは、月生がグズリーの踵をつかんでいたからだ。そのまま月生は腕を振り下ろす。グズリーの背中で視界がいっぱいになる。ホミニニは躊躇《ためら》いなく引力を撃つ。グズリーが叩《たた》きつけられて、気がつけばホミニニは床に転がっていた。

　――結果は？

　頭が痛てぇ。どうにか目を開いて月生の様子をみる。引力は外れたようだった。若竹とドラゴンとワダコと、ついでに平穏の、なんて名前だったか、ナイフを手にした強化士《ブースター》が月生に迫っている。

もう一発。と、ホミニニは仰向けに倒れたまま引力の銃口を月生に向ける。

だが、もう、引き金は動かなかった。チャプターを飛ばしたように、四人ともが倒れている。ふたりが床に這《は》いつくばり、残りふたりはそれぞれ左右の壁の前に転がっている。

ちぃん、と高く小さな音が聞こえた。月生が懐中時計の蓋《ふた》を開いた音だった。

「悪くない。本当に」

彼は大きくはない、だがよく通る声で言った。

「少し、ひやりとしました。卵の入った買い物袋を壁にぶつけたときみたいに。だからこれからは、もう少し注意深くならざるを得ない。意味がおわかりですね？」

ホミニニは唾《つば》を呑《の》む。

――殺される。

そんなもん、いまさら覚える恐怖じゃねぇ。ここにくる前から知っている。生まれてきたときから知っている。でも、動けない。

その場にいた誰もが同じだっただろう。心のないウサギのぬいぐるみはすでにずたぼろになって転がっていて、ほかの人間は全員が、死への恐怖で固まる。それは互いが本気の戦場であれば、致命的な硬直だったはずだ。だが月生は動かなかった。彼は軽く眼鏡を押し上げて、言った。

「よい運動になった。だから、このあたりにしておきませんか？」

今、最後の選択肢が提示され、彼はどちらか一方が選ばれるのを待っている。死か、敗走か。馬鹿げた二択。

その沈黙を破ったのは、ひとりの少女だった。

＊

背後から、こつん、こつんと足音が聞こえた。

正直、キドは彼女の存在を忘れていた。

モノ。ほんのか弱い、なぜここにいるのかもわからない検索士《サーチャー》。

彼女はキドの隣を通り過ぎ、月生の前に立った。

月生の方は、軽く首を傾《かし》げる。

「なんですか？」

モノが月生を見上げる。そして。

「えい」

軽い声を上げ、月生に抱き着いた。キドはぽかんとそれをみていた。なにが起こっているのか、脳が理解しなかった。誰もがそうだったのだと思う。月生さえも。例外はただひとりだけだ。

――ホミニニ。

彼が、引力を撃つ。完璧《かんぺき》なタイミングだった。誰もが虚を突かれていた。

だから、というべきなのだろう。きっと。モノが強引な方法で、だが的確に月生の意識を逸《そ》らして、その瞬間をホミニニだけが捉えたから。

月生は、しまった、という表情を浮かべた。モノの身体がゆっくりと揺れた。彼女の首があり得ない角度に曲がっている。引力の赤い線は、月生がそうしたのだろう、いつの間にか宙に浮いていた鞄に受け止められている。緩慢《かんまん》な、ひどく緩慢な速度でモノが倒れていく。音は、ほとんど立たなかった。続けて、こちらはぱたんと音を立てて、月生の鞄が床を打った。体内のどこかが傷ついたのだろう、横たわったモノの口元から、涙に似た速度で赤い血が流れる。

もう動かない彼女を見下ろして、月生がため息をつく。

「すみません。と、謝るのも不誠実ですね」

音を立てて、月生が片手の懐中時計を閉じる。それをポケットに、するりと落とし込むようにしまって、ざっとこちらを見渡した。

「あと三人、殺します。PORTをふたり、平穏をひとり。それでお引き取りください」

キドは目を閉じて、ふっと息を吐いた。

モノ。それほど親しかったわけではない。でもなんとなく、気になる子ではあった。まるで架見崎に似合わない、日常を感じる子だった。

敵討ち、なんてわけじゃないけれど。

――ああ。こんな、戦いなんだな。

月生の戦闘というのは、なんて静かなんだろう。なんて静かに、人が死ぬんだろう。まるでひとりきりの映画館みたいじゃないか。でも、ここは戦場なんだな。

「紫」

すぐ目の前に立つ彼女に声をかける。

「君は、下がれ」

月生をみつめて、キドは二丁のハンドガンを、くるりと手の中で回した。

＊

モノが、死んだ。

手の中の端末に、チームの検索士《サーチャー》から連絡が届いた。

トーマは息を吐き出す。時計の針は進む。セットしていたタイマーに目を落とす。予定時刻まであと一分二五秒、二四秒。

――少し、早いな。

もう三〇秒は稼ぎたかったのだけれど。

本当の意味で、月生の戦闘が始まる。

＊

コンマ五秒間でさらにふたり死んだ。

キドが射撃《シュート》の引き金を引いてから、実際にそれが発射されるまでの〇・五秒間だ。

　引き金を引いたとき、PORTの強化士《ブースター》——ひょろりと背の高い男が月生に飛び掛かった。コンマ一秒後には、月生はその男の首をつかんでいた。左手は頭頂に、右手は顎《あご》にそえるように。コンマ二秒後、その不幸なひとりの首がほとんど一八〇度回転する。これで、ひとり目。

　コンマ三秒後に、四方から四人が月生を攻める。PORTの三人と、ニックだった。ニックは月生の背後を取っていた。コンマ四秒後、月生は四人全員の攻撃を回避していた。わずかに立ち位置を変えて、身をかがめて、片手ではニックの手首をつかんでいた。ナイフを手にした彼の手首だった。

　コンマ五秒後、ニックのナイフがPORTのひとり——癖の強い長髪の女性の胸に突き刺さる。月生が、ニックの手首を引っ張ってそうしたのだろうということはわかった。でも過程はみえなかった。ようやく射撃《シュート》が発射され、だがそれも月生が手のひらで受け止める。

　首が曲がったひとり目も、ナイフで胸を貫かれたふたり目も、絶命は一瞬だったのだろうと思う。だがその身体が倒れるには時間がかかった。まずひとりが、続いてふたり目がゆっくりと倒れていく。

　——知っていただろ。

　月生の強さは。その怪物性は。彼が殺そうと決めたなら、そのときに相手は死ぬ。決断に至るまでの思考だけに時間を要し、あとは瞬《また》く間に結果が出る。今、目の前にいるのはそういった現象みたいなものだ。強化《ブースト》七〇万Pの意味。ただ強いという現象。

――こんなものとどう戦う？

その思考をキドは捨てた。決して勝てないものと戦う、という前提を忘れた。

両手のハンドガンを持ち替え、ほぼ同時に打つ。一方は引力、もう一方は炸裂弾《さくれつだん》。引力がやや先で、炸裂弾はその後だ。だがどちらも月生に届くわけはない攻撃だった。

ハンドガンが光を放つ前に、キドは駆け出す。まっすぐに月生に近づく。

動いたのはキドだけではなかった。ニックはPORTの癖毛の女性を絶命させたナイフを手放し、もう一本を月生に向かって振り上げていた。もちろん月生には当たらない。他のPORTの面々も月生に攻撃を加えたようだが、関係がなかった。

月生の身体がふっと巨大化する。違う。彼が、こちらに足を踏み出したのだ。ほかの全員を過去に置き去りにして、キドの前に立つ。射撃《シュート》は？　発射まで、コンマ二秒。隣から紫の身体が現れる。下がっていろと言ったのに。彼女は自身の能力を使用していた。

――風の片翼。

紫は圧縮した大気を第三の腕のように扱う。だがその大気の盾を、交差した彼女の両腕ごと月生が軽く殴る。紫の身体がこちらに吹き飛んでくる。そのすべてが、キドにみえていたわけではない。イメージもしていなかった。なのに、身体は反応していた。右手のハンドガンを落として紫の背を支えようとする。支え切れるわけもない。

ふたりまとまって吹き飛ぶ、そのあいだもキドは左手のハンドガンで月生を捉え続けていた。――引力。ようやく、発射。だが当たらない。引力の赤い光から、月生はすでに二メートルも距離を取っている。

キドの背中が壁にぶつかり、続けて紫の身体で胸を押された。呻《うめ》きながら月生の動きを目で追う。ニックが月生を追いかけ、その背後に迫っている。紫を支えるため、キドが手放した方のハンドガンが地面で跳ねて、暴発のように一撃を放つ。炸裂弾。着弾地点で爆発する弾。

月生は九〇度ほど身を捻《ひね》り、ニックのナイフを回避していた。彼の足元で、炸裂弾が爆発する。ニックがその爆風に乗り、月生の顔を蹴る。だが、いつの間にか月生が消えていた。違う。彼は、ニックの後ろに立っている。

――怪物。

先ほど忘れたはずの思考が、また浮かび上がっていた。月生は何度だって絶望を証明する。必ず勝てない相手。考えても。読み切っても。イメージがもし、彼の〇・五秒後に届いても。それでも勝てるわけのない相手。根本が違う怪物。

月生はいつの間にか、ナイフを握っていた。ニックのものを奪い取ったのだろうが、キドにはそれが、いつ行われたのかわからなかった。なんにせよきっちりとスーツを着込んだ彼に、一本のナイフは不釣り合いだった。

ニックは月生を見失っているようだった。彼の名を叫びたかったが、その時間さえもなかった。声よりも、感情よりも、月生の方が速い。ずっと前から知っていたのに、また理解する。月生と戦ってはいけない。

次にキドの瞳《ひとみ》が捉えるのは、ニックが死ぬ姿のはずだった。

他の可能性はなにひとつないはずだった。なのに、違った。

月生はただナイフを差し出していた。その先に、どこにも、ニックはいなかった。

「へえ」

月生が微笑《ほほえ》んで、首を傾げる。

ふいにニックが、戦場から消えた。

＊

イド。彼は素晴らしい検索士《サーチャー》だ。

だが、完璧ではない。

前ループのPORTとの会議でトーマがコイントスをしたとき、イドは言った。

――イカサマです。

あの言葉はまったくの真実だった。彼が言った通りに、トーマは「イカサマ」という名前のその他能力《オリジナル》を持っている。だから、イドはトーマが端末に触れるのを禁じた。ちなみに手首のコインというのはひっかけ問題だ。トーマはそこに、潰《つぶ》したコーラの王冠を潜ませていた。イドはチームの領土外だというのに、そこまで検索《サーチ》してみせた。

ただ一点、イドの視線が届かなかったのは、イカサマと名付けた能力の詳細だった。

イカサマは「道具《アイテム》／加工」の能力だ。規定内のサイズの物質、もしくはそれを持つプレイヤーに対して効果を発揮する。

イカサマは対象を、瞬間的に移動させる。たとえば手の中のコインをポケットの中に送る。さらに別のコインを、手の中に送る。表であれ裏であれ、狙った方を上にしたコインとすり替えれば必ず勝てる。

ここまでは、イドも知っていたはずだ。

知らなかったのは、ただ一行。直前のループでトーマが追記したルールだった。

——この能力は、検索《サーチ》技能によって操作できる。

あのテーブルでイカサマを使ったのは、平穏側が連れていたパラポネラという名の検索士《サーチャー》だった。

今、ニックがとぼけた表情で、目の前に立っている。

ずいぶん長い沈黙のあとで、彼は「え？」とシンプルにつぶやいた。それで、トーマは笑う。

「お守り、きちんと効果があったでしょう？」

彼はまだ状況がよくわかっていないようだった。

「どういうことですか？」

「なんとなくわかるでしょう。ワープしてきたんだよ」

　ワープ、とニックは反復する。それから気持ち悪そうに自身の身体を見下ろした。

「紫と、キドさんは？」

「危なくなったら、あのふたりも引き上げるよ」

「もう危ないでしょう。というか――」

　彼は顔をしかめてみせる。

「あり得ない。貴女《あなた》が、どんな便利な能力を持っていようが、成立していない」

「どうして？」

「月生は速すぎます。あれの動きに合わせて能力を使うことなんか、どれだけ優秀な強化士《ブースター》にもできない」

「でも、上手くいった」

　トーマ自身ははっきりと状況を理解しているわけではないが、おそらく最適なタイミングで、本当に危険な一瞬にニックはここに送り届けられたはずだ。

「どうしてだと思う？」

　とほほ笑んでトーマは尋ねる。

　ニックは、根が真面目《まじめ》なのだろう、真剣な口調で答えた。

「月生に対抗できるレベルの強化士《ブースター》がいる？」

「違うよ」

そんなもの、この架見崎のどこにもいない。月生はただ速く、ただ強い。シンプルな最強だ。でも。

「高速で情報を処理し、状況を理解するというのは、強化士《ブースター》の能力じゃない。それの専門家は検索士《サーチャー》だ」

だからトーマはイカサマのテキストを追記した。その性能を最大に発揮するために、検索士《サーチャー》の手に権限を明け渡した。ついでに架見崎で最高の検索士《サーチャー》の前で、そのデモンストレーションをしてみせた。

イド。彼は素晴らしい検索士《サーチャー》だ。

彼でさえ完璧ではない。だが、情報処理という一点でなら月生を上回る。架見崎でも数少ない、彼に対抗できるカード。

紫部隊はそのために編成された。

PORTに所属するイドの意識を、この戦闘のあいだだけトーマが奪い取るために。

唯一《ゆいいつ》速度で月生を上回る一手を打つために、彼がもっとも力を発揮するように、キネマ倶楽部に関係する面々だけを月生の前に立たせた。

トーマはタイマーに視線を落とす。残り、三四秒。

ここから駅前の狭い戦場を支配するのは、ただひとりの検索士《サーチャー》だ。

＊

イドはお気に入りのソファーに身を沈め、目を閉じていた。

だが意識は、その一室にはなかった。

高純度に情報化した世界に視界はない。文字もない。過程もない。時間さえないように感じる。ただ結果だけがある。

――情報を抜く。

という言い回しを、検索士《サーチャー》はよく使う。だがその感覚を正確に理解している検索士《サーチャー》に出会うことはまずない。

最初にその表現を口にしたのは、イドだった。

――自分と、結果のあいだにある、漠然と凪《な》いだノイズを省略する。

情報の獲得を抜くと呼ぶのではない。過程を抜き取る。それが検索《サーチ》の真の姿であり、架見崎が持つ膨大な情報へのアクセスだ。

イドは刹那《せつな》のような月生の動きさえ抜き取る。結果だけを獲得する。

まるで時間さえ感じないその速度は、停滞にも似ている。

＊

からん、と音を立てて、月生がナイフを落とした。

彼はゆったりとした動作で眼鏡を押し上げて、端末を確認する。おそらくニックの居場所を検索《サーチ》しているのだろう。

キドはふっと息を吐き出す。なにが起きた？　まだ混乱している。

そのとき、キドの端末から、声が聞こえた。

「使用回数が限られている。三回で慣れてくれ」

その声はキドの混乱を、いっそう深めさせた。知っている声だ。とても、よく知っている。何度も何度も夢想した声。本当に？　彼が。どうして。

――銀縁《ぎんぶち》。

キドはその名前を呼ぼうとした。ポケットの中に納まっていた端末をつかみとる。そこから、たっ、たっ、たっ、と指先でなにか硬いものを叩くような音が聞こえた。

みっつ目の音で、ふいに視界が切り替わる。目の前に月生の背中があった。

――瞬間移動？

銀縁が、これを操作しているのか？　キドは咄嗟《とっさ》に引力を撃つ。遅い、あまりに遅いコンマ五秒後に赤い筋が放たれる。月生はその遥《はる》か手前で射線を回避している。これで引力の残りは、キド二発、ホミニニ一発。

月生は次の標的にキドを選んだようだった。レンズの奥の悲しげな瞳と、たしかに目が合った。死ぬ。殺される。確実に？　そうではない。キドは本能的な恐怖を軽くやり過ごす。銀縁の声を聞いた。それは、目の前に立つ月生と同じように絶対的なものだった。テストは三回。――あと二回。

端末からは継続して、たっ、たと音が聞こえていた。リズムはほぼ一定。だが、わずかに変調している。前回の移動から三度目。また、視界が切り替わる。

今度は事前に、引き金を引いていた。引力ではない。ノーマルの射撃《シュート》だ。移動の直後にそれが放たれる。

間違いなく月生は、その一撃に対応できていなかった。

だがそれは、キドも同じだった。移動後、即座に放たれる射撃《シュート》の照準を合わせられない。その一筋は月生から一メートルほど外れたところを通過して駅構内の壁にぶつかる。思えばそれが、この戦闘で起きた初めての物的破損だった。あのウサギのぬいぐるみと、それから三人ぶんの命を別にすれば。

――これなら、月生にだって引力が当たる。

キドは確信する。ただ指先で引き金を引くだけ。優しく銃口を合わせるだけ。重要なことはただひとつ。〇・五秒後の未来のイメージ。それが完璧だったなら、あの怪物に一撃を加えられる。

また三の倍数回の音が聞こえる。

キドはその音を、目を閉じて聞く。移動後の視界をイメージして目を開く。自身の立ち位置がどこであれ関係ない。空の上でも海の底でも宇宙の彼方でも変わらない。キド自身と月生の位置関係だけが正しければ良い。

──ああ。銀縁さんは、やっぱりすごいな。

〇・五秒が遅すぎる、この高速で情報が入り乱れる戦いの中で、彼は月生とキドを正確にすくい取っている。キドは自身が、銀縁の扱う銃なのだと思っていた。でも違うのだ。銀縁の方がキドの手足のように、意識の延長のように、シームレスにキド自身の身体《からだ》の位置を操る。

最後のテストで、キドは引き金を引いていなかった。ただその銃口が、正確に月生を捉えることを確認しただけだった。

それから、そっと人差し指を曲げる。次が本番だ。

月生がこちらに、足を踏み出す。

きっと彼はその〇・五秒間でキドを殺すことだってできただろう。この場所にいるのが彼とキドとのふたりきりであれば。

キドの前に紫が立つ。その背中に、キドはもう不安を覚えない。ここには銀縁の目が届いているのだから。月生は足を止め、拳を突き出したようだった。キドにみえたのはその結果だけだった。ニックと同じように、紫も姿を消す。それで遮蔽物《しゃへいぶつ》がなくなり、月生の、やはり寂しげに微笑んだ顔がみえる。三の倍数回の音が聞こえる。その瞬間、キドの身体が移動する。イメージ通りに。月生にさえ追いきれない速度で。銃口が赤い光線を放つ。

それは、月生の背中にぶつかる。──ぶつかる、はずだった。

のんびりと、ゆったりと、冗談のような速度で彼のジャケットが舞う。それはちょうどキドが思い描いた射線上にあった。ジャケットは引力の赤い光を吸い込んで、落ちる。その向こうで、右手を軽く腰に当てた月生が笑っている。

「私だって、三度もみれば慣れる」

怪物。架見崎の最強。イメージさえも届かないもの。

――ま、いいさ。

ニックも紫も生き延びたのであれば、それ以上に望むことはない。あとはもう、やれるだけやって。残った引力の一発もきっとまた外れて。キドも退場して、おしまいだ。やはり月生には戦いを挑んではいけない。その教訓を、架見崎に残して。

ふう、とキドが息を吐いた、そのとき。

月生の背後に、ひとりが現れた。

＊

一〇秒前に、トーマの端末から声が聞こえた。

「そろそろです。ご準備を」

「了解」

トーマはソファーから立ち上がり、軽くストレッチをした。それから、端末の画面に触れる。

「どうしたの？」

とリリィが不思議そうにこちらを見上げる。だが返事はできなかった。タイマーの残り時間は、およそ三秒。それは、月生の強化《ブースト》が終了するまでの時間を指している。

トーマの視界が、切り替わる。

＊

月生はそれを予期していた。

検索《サーチ》できたわけではない。さすがに、その余裕はなかった。だが瞬間移動のような能力で向こうの人間が消えるのだから、その反対が起こっても不思議ではない。

背後に、何者かが現れる。引力はない。それの解析は終わっている。あれが撃てる銃は二丁しかなく、一方はホミニニが、もう一方はキドが手にしている。ただ強力な攻撃というのも考えづらい。こちらに有効打を与える攻撃というのは、月生の目からみてもギャンブルが過ぎる。より確実なもの。より架見崎の戦い方に則したもの。

月生は、背後のひとりをシンプルに蹴り飛ばす。柔らかなものが吹き飛ぶ。その正体を知って、息を呑んだ。

――ウォーター。

彼女のデータは、おおよそ理解していた。月生は自身の端末に触れる。だが動かない。ウォーターはユニークなプレイヤーだ。弱小チームのリーダーとなり、そのチームに連勝させせ、中堅と呼ばれるようになったころに突出した経歴を売りつけて平穏に入った。弱者が強者を打ち破る戦いを繰り返してきたプレイヤー。だから彼女が持つ能力は極端な効果のその他《オリジナル》に寄っている。

　水バケツ、と名づけられた能力がある。

　本来は機雷のように場所を設定し、そこに対象が踏み込めば起爆する能力。だがその効果は攻撃ではない。効果範囲内のプレイヤーは、五秒間、端末を操作できなくなる。彼女はそれを設置と同時に使用した。

　――これが、狙いか。

　初めから。月生の目からみれば無謀な戦闘も。あの瞬間移動を交えたキドの戦いも。おそらくは雨と引力という能力も。それをわざわざ月生の前に持ち出し、検索《サーチ》させたことも。それで月生が、多少は強化《ブースト》の使用回数に気を配ったことも、すべて。

　月生の強化《ブースト》の切れ目に、五秒間の空白を作る。そのためのルート。

　実際には月生の強化《ブースト》は、もう三秒ほど残っていた。端末を操作できない五秒間との差し引きで、二秒だけただの人に戻る。

　その二秒が訪れるまでの三秒間で、すべてを終わらせなければならないとわかっていた。だが、動かない端末を叩いてしまった。ロスだ。コンマ以下の、ほんのわずかな時間。今この場にいる誰もが、それを見逃しはしない。

　次に月生の前に立ったのは、ホミニニだった。

＊

グズリーと、若竹が死んだ。あっけなく死んだ。

――ああ。オレのせいだな。

ホミニニはこれまでいくつも、いくつも「オレのせい」を背負ってきた。だからこんなものにはもう慣れている。慣れているからといって、感情が消えるわけじゃない。ひどく苛立《いらだ》っていた。自分に。月生に。世界に。激情に駆られながら、でも慣れてもいるから冷静な側面もある。

ウォーターの、水バケツは知っていた。以前に戦場で彼女の戦い方をみた。おそらくそれが使われたのだろうということだってわかる。月生は、何秒間の強化《ブースト》を残している？何秒しのげば、あいつの首に手が届く？そこまではわからない。だがもっとも大切なことと――誰に、どんな風に苛立ちをぶつければ良いのかは知っている。

目の前にはキドがいた。彼はなんだか弱々しく、ぼんやりと立っているようにみえた。片手で彼の胸を突いて押しのけながら、ホミニニは前に出る。

月生の拳《こぶし》が、綺麗《きれい》に顎に入った。痛え。それだけだ。未《いま》だ、「野生の法則」の効果は継続している。

ホミニニはそこそこ、頭が良い。そこそこ強く、そこそこクレバーだ。全部そこそこ止まりだから、今もまだＰＯＲＴのリーダーではない。でもひとつだけ誰にだって誇れることがある。ホミニニは運が良い。その運をつかむセンスだけは持っている。だから、ナンバー2にはなれた。

――グズリーと若竹が死んで、運が良いもあるかよ。

なんて、もう少し余裕があったなら自嘲《じちょう》していただろうが。でも、事実は事実だ。決定的な場面というのが、必ず目の前にやってくる。今だって。

ホミニニは拳を固めて殴り返す。月生は軽くそれを回避する。

――かまわねぇよ。今だけだろ？

あとは、何秒だ？　知らないが、そう遠い先の話じゃない。彼の強化《ブースト》が切れたとき、そのむかつく眼鏡をたたき割ってやれる。

もう一発、フルスイングだ。

とたん月生が目の前から消えて、天井がみえた。投げられた。伸びきった腕をつかまれている。一本背負いってやつだろう。

――これで、何秒だ？

わからない。でも、たしかに月生の時間を削った。

今はそれでいい。あの眼鏡を殴るのは、何秒か先に取っておく。

そう考えながら、ホミニニは頭から地面にぶつかって、意識を失った。

＊

トーマは腰を押さえて、深く息を吐く。

――死んだ。

と、思った。想像よりやばかった。月生の一撃は、「十字架」と名づけた能力で強引に耐えた。それは本来、トーマの身体を健康体に戻すためのものだ。今は他者にも使用できるように拡張しているが、効果はトーマ自身に使用した場合よりは劣る。

月生から攻撃を受けて、絶命するまでに能力が発動すれば勝ち。一発は受ける前提で準備していたから分の悪い賭《か》けではなかったはずだが、当たり所が悪ければ死んでいただろう。実際、蹴られたのが腰でも意識が飛んだ。意識がなくても指先が止まらず、端末を叩いただけだった。

――やっぱり私は、楽観的だな。

物事が、上手《うま》くいくイメージしか持てない。香屋であれば、こんな風な作戦は立てないだろう。もっと執拗《しつよう》に詰める。病的に、という言い回しは使いたくない。どちらかといえばトーマのように、恐怖心を薄れさせている方が病的なのだろうという気がする。

痛みはすでに、能力によって消えていた。残ったのはその記憶と、未だに引かない冷や汗だけだった。

「大丈夫？」

リリィが心配げな瞳をこちらに向けた。

トーマはどうにか、彼女に微笑みを返す。

「もちろん。上手く行きました」

これで、平穏のナンバー2としての仕事は、だいたいお終《しま》いだ。あとは成り行きを見守るだけ。

でもトーマ個人は、もう少し欲張りたかった。

もうすぐ始まる月生戦の第二ラウンドを、PORTのものだけにするつもりはない。

＊

くるくると決められた動作を繰り返す、からくり人形を月生は意識する。

ショーケースの中のそれは、外の世界を知らない。だが、もしかしたら誰かがみていてくれるかもしれない。愛しい誰かが。その希望にすがってこれまで日々を暮らしてきた。

ホミニニは倒れた。

強化《ブースト》が切れるまで、残り一・五秒。排除すべきなのはもうひとつの引力を持つキド。

月生は地を蹴《け》る。キドは両手のハンドガンをかまえている。片方はすでに引き金が引かれ、射撃《シュート》の発射前のエフェクトが輝いている。銃口の移動は、月生にはひどく緩慢にみえた。拳を突き出す。その直前。

ふいに、キドの動きが加速した。速くはない。月生に比べれば。だが、これまでにはない速度だ。タイミングをずらされて、月生の拳が空を切る。

――あえて、速度を抑えていた？

違う。あれはホミニニの能力だ。なんという名前だったか、彼はシンプルに味方を強化する能力を持っていた。すれ違ったとき、キドに使っていたのか。

——素晴らしいな。

今、目の前に立つ彼らは。自身が持つ能力をやり繰りして、確実にこちらの首に迫る。強化《ブースト》が切れるまで残り一秒。キドの手の中にあるハンドガンが光線を発射する。彼は銃口を足元に向けていた。反射弾。地面で反射したそれが月生の目の前を通過する。まぶしくて視界がかすむ。

——ああ。私にはチェックメイトがかかっている。

キドの居場所はわかる。そちらに踏み込み、左の拳を突き出す。決して回避できないはずのそれは、もはや当然のように空を切る。ウォーターの、イカサマという能力。とん、と背後の、ずいぶん離れた場所で靴底がタイルを叩く音が聞こえる。残り〇・五秒。月生の右手は胸の内ポケットの中にあった。抜き出しながら、名刺ケースを投擲《とうてき》する。その攻撃をキドが予測できるとは思えなかった。だが、彼はそれを成し遂げていた。すでに引き金を引いていたのだろう、ハンドガンが白い光を放つ。その一筋が名刺ケースを掠《かす》めて軌道を逸らす。彼はもう片方の手で、引力をつかんでいる。

——素晴らしい。本当に。

くるくると、くるくると。同じ動作を繰り返すからくり人形は、だがゼンマイの力の衰えでその速度を落としていく。その停滞は死だろうか。人間が結末として迎えるそれと同種のものだろうか。

月生はもう、キドを追わなかった。彼に背を向け、ほんの数歩を駆けた。

ふいに、ずしんと、身体が重くなる。

強化《ブースト》が切れ、致命的な二秒間が始まる。

＊

キドは自身の背筋が震えるのを感じた。

すべてが、みえたから。この戦いの終わりまで、すべてが。

月生は能力が切れる最後のひと呼吸で、まるでこちらから逃げ出したようにみえた。でも、違う。そんな馬鹿な、という気持ちで、キドは自身の引力に残された、最後の一発を撃った。

そのとき月生は、間違いなくただの人間だった。

キドの目からみても遅すぎる動きで、彼はわずかに身を屈めた。

引力の赤い光が伸び、だが、それがぶつかったのは革製のビジネスバッグだった。強化《ブースト》が切れる直前に、月生はそれをつかみ、宙に投げていた。こちらに向かって。引力の発射に合わせて。それは完璧な軌道で舞い、キドの最後の引力を受け止めた。

――どうして、あんな判断ができる？

月生が、ではない。彼がなにをしても驚かない。

ホミニニ。名前だけは知っていた。PORTのナンバー2なのだから、もちろん優れたプレイヤーなのだろうと思っていた。でも、こんな。

キドは深く息を吸いながら、もう一丁のハンドガンをかまえる。

それは、引力だった。ホミニニが胸に押しつけていった、彼の引力だった。

こんなにも決定的なところで。五分と数秒間の、あまりに長すぎる戦いの結末といえるところで。どうして、自分の手ではない、仲間でさえない、たかだか弱小のキネマ倶楽部に、最後の一撃を委《ゆだ》ねられる？

月生が強化《ブースト》を再使用できるまで、一秒。

引力の赤い光が、彼の胸を撃つ。

＊

ホミニニにはただひとつだけ、誰にだって誇れることがある。

運が良く、その運をつかむセンスだけは持っていることだ。つまり決定的な瞬間に、思考を捨てて、なにもかもすべてを直感に委ねる力を持っている。

そのとき、ホミニニは顔をしかめて倒れていた。頭を強《したた》かに打ち、意識を失っていた。

かわりにほんの短い夢をみた。

死んだふたりが、ホミニニに向かって笑うだけの夢だった。

4

月生は、ふうと細長く息を吐く。

――完敗だ。

油断していたわけではない。こんなものだ、という気もする。ただ強い強化士《ブースター》というのは、架見崎においてはこの程度でしかない。

だが不思議なことに、月生はまだ生きている。どうしてキドは、最後の一撃に引力を選択したのだろう？　あれが通常の射撃《シュート》だったなら、生身の人間に戻った月生はすでに死んでいた。

――なにか、思惑があるということか。

まだこの先に、何人かの。そのひとりは間違いなくウォーターだろう。今回の戦いは、おそらく彼女が意図した通りに展開したはずだ。彼女であればもちろん、最後の一撃に通常の射撃《シュート》を置くこともできた。でも、あえてそうはしなかった。

ウォーターはすでに姿を消している。名前の通り、イカサマじみた能力によって。月生に蹴り飛ばされ、だが空中で消えた。

月生は端末を操作し、まずは強化《ブースト》を使い直す。それから検索《サーチ》。自身がたしかに引力の効果を受け、雨の対象になっていることを確認する。

これが、誰の、どんな思惑通りでも仕方がない。

──私は、私の立場に殉じよう。

架見崎の真ん中にぽつんと置かれた、孤独な最強というアイコンの通りの役割に。それは敗れるためにある。物語の結末でさえなく、ひとつの通過点として、架見崎が前に進むイベントとして用意されている。

駅の構内でまだ意識を保っている、キドとＰＯＲＴのふたりに向かって告げる。

「お疲れ様でした。貴方《あなた》たちの勝ちです」

返事はなかった。とくに期待してもいない。

──すでに、私は敗れているのだ。

ならあとは、誰かが描いたシナリオに従うだけだ。月生はゆったりとした歩調で歩き、駅を出る。懐中時計で時刻を確認してから、空を見上げた。

八月八日の架見崎の空は、厚い雲で覆われている。

雨の姿はみえない。

第四話　だって貴方の目がみえない

1

　ユーリイは、雲の多い空を見上げる。

　――雨と引力。

　対月生《げっしょう》用にあの能力を提案したのは、ホミニニだった。名前は彼のセンスではない。ウォーターがつけた。ホミニニは少年のような純朴さでオートビームと呼んでいた。

　前ループにあった、PORTと平穏な国の会議で、彼は得意げに言った。

「つまり向こうの、タイムアウトを狙《ねら》えばいいんだよ。強化《ブースト》を使い切らせちまえば、月生だってただの人間だ。そのあいだずっと、オートビームで攻撃し続ければいい」

　PORTは月生に関して、かなり正確なデータを持っている。強化《ブースト》の継続時間は五分、使用回数は三五〇回。つまり一七五〇分――二九時間と一〇分間、継続的な攻撃を与え続ければ良い。それが、生身の人間の命を刈り取る攻撃であれば、月生は強化《ブースト》を使い続けなければならない。使用回数がなくなったとき、彼はただの人間に戻る。

こんなものは月生との戦いを想像すれば、誰だって思いつく種類の案だった。思いついて、たいていは破棄する。問題点が多すぎる。

その問題点のうちの、シンプルなひとつをウォーターが指摘する。

「継続的に攻撃できる特殊アイテムを獲得したとして、そのアイテム自体が壊されてしまえば、無意味ですね」

月生は二九時間も強化《ブースト》を使い続けられるのだ。二九時間あれば、あの怪物はなんだってできる。架見崎《かみさき》を破壊しつくして、瓦礫《がれき》で高い塔を築いて、そのてっぺんでゆっくり紅茶を楽しんでようやく一時間といったところだろう。

ホミニニの方も、その指摘は想定していたようだ。

「オートビームを守るのは難しくねぇよ。たとえば、深く地面に埋めちまえばいい。物質を透過してプレイヤーにだけぶつかる射撃《シュート》はそこまで高くねぇ」

ユーリイは、くすりと笑う。ホミニニはなぜだかすぐに泥にまみれたがる。

「月生が、思い切り地面を殴ればどうなるだろうね？」

そのデータはPORTも持っていない。これまで彼が、なにかを本気で攻撃したことはあるのだろうか。わからないが、地面では不安だ。

「ならどうする？」

尋ねられて、ユーリイは頭上を指さした。天井を。その先を。

「殴りようのないものに、守ってもらえばいい」

月生だって、空は殴れない。

ユーリイは続けた。

「怖いのは投擲《とうてき》だね。彼が投げた石は、どれほどの速度で、どこまで飛ぶだろう」

ホミニニが言う。

「そんなもん、石の方が壊れるだろ。気圧差が問題だったか？　隕石《いんせき》が燃え尽きるのと同じ理屈だ」

ウォーターが口を挟む。

「いえ。たとえば、端末は絶対に壊れない。こちらの端末をひとつ奪うのが、月生さんにとって難しいことだとは思えません」

「ああ。だから、当てさせない方法を考えよう。雲で隠せば視認はないよ。あとは彼の検索《サーチ》次第だが――」

ユーリイは言葉を途切れさせ、イドに目を向ける。

その有能な検索士《サーチャー》はしばらく端末をいじってから、答えた。

「地上三〇〇〇メートルでは、不安が残ります。四〇〇〇メートルで安全圏、五〇〇〇メートルならほぼ確実に、月生にも撃ち落とせない」

ホミニニは笑う。

「オーケイだ。それで行こう。なら作戦の決行日はちょうどひと月後――八月八日」

架見崎の八月八日はいつも悪天候だ。午前中から空を雲が覆《おお》い、夕刻からは雨が降り始める。その雨は翌日まで降りやまない。

会議では能力の詳細が詰められた。オートビーム自体はウォーターが取得する。その射程をタリホーが獲得する「長い手」で伸ばし、ユーリイが獲得する「ドローン」で空に浮かべる。この三つが合わされば、月生には触れられない、彼を継続的に攻撃し続ける一方的な兵器が完成する。

だが、もっとも重大な問題点は指摘されなかった。ホミニニも、ウォーターも、ユーリイ自身も。わかっていて見過ごした。

単純な話だ。とても、単純な。架見崎のルールにおける基礎の基礎。

能力はその能力者が、チームはリーダーが死亡すれば消滅する。チームが消えればもちろん領土も共に消えてなくなり、能力は効果を失う。

月生を、予定通りに追い込めたとして。

引力が命中し、雨が彼の頭上に降ったとして。

それでも月生には、シンプルな勝利条件がある。

雨と引力に関わる能力者、あるいはその能力者が所属するチームのリーダーの排除。つまりユーリイかタリホーが死亡すれば、この作戦は破綻《はたん》する。そこにウォーターとリリィが加わらないのは、雨の効果に「この能力の使用者の状況を問わない」という一文が書き添えられているからだ。つまりウォーターが戦闘の範囲外に出ようが死亡しようが、雨は攻撃を止めない。月生がウォーターやリリィを狙う理由はない。

ユーリイは確信していた。ホミニニの提案はあまりに見え透いていたし、その見通しの良さが、いかにも彼らしかった。

――おいユーリイ、月生に殺されちまえよ。

と、彼は言っているのだ。

引力を当てるところまではホミニニがやる。その先、追い込まれた月生が牙《きば》を剝《む》き、ユーリイを殺しにやってくる。ホミニニは月生を落としたいのではない。月生を使って、ユーリイを落としたいのだ。その殺意を隠しもしない。

ユーリイは慎んで、彼の殺意を受け入れることに決めた。


タリホーが報告する。

「引力、命中しました」

ユーリイはまだ公園の、芝生の真ん中に置かれたパイプ椅子《いす》に腰を下ろしたまま、雲で覆われた空を見上げている。「雨」はすでに、その暗い雲の中にある。

「どちらが当てたの？」

「あちらです。キドが引力を命中させました」

「なるほど」

やはりそうなるか。

ホミニニは使える男だ。それなりには。でも、いつだって最高の結果には届かない。いいところまではいくけれど、効率的にやり切れない。

短く尋ねた。

「月生は？」

「ゆっくりと移動。こちらに向かっています」

「そう」

なら、予定通りに第二ラウンドが始まる。攻守が入れ替わり、月生が、ユーリイかタリホーの首を刈り取ろうとする。

「よろしく頼むよ、イド」

ユーリイはもっとも信頼する検索士《サーチャー》の名を呼んだ。端末から間もなく、「心得ております」と返事が聞こえる。

ふたりは契約を交わしている。

ユーリイはキネマ倶楽部《くらぶ》というチームに手を出さず、必要であれば守る。代わりにイドはユーリイに仕える。ユーリイが、キネマ倶楽部を守れるだけの権力を手放さないようサポートする。

イドを強引に手に入れ、しかも契約の内容を秘匿《ひとく》したことで、ユーリイはPORT内での立場を多少悪くした。周囲の人々の不信をひと回り大きくすることになった。だが、別段、高い買い物でもない。

イドは、かつて銀縁《ぎんぶち》と名乗っていた彼は、架見崎において最高の検索士《サーチャー》だ。

＊

何度も繰り返し、端末に向かって銀縁の名を呼ぶ。

でも、返事はない。通話はすでに切れている。

キドは、深く長く息を吐いた。銀縁が生きているのではないか、という希望的な観測は、キネマ倶楽部にもあった。彼が能力で獲得した道具《アイテム》が、キネマには残されているから。でも、どれだけ探しても銀縁はみつからなかった。

月生が歩み去った駅の構内を、キドはざっと見渡す。

ちょうどホミニニが首を振りながら起き上がるところだった。脳が揺れているのだろう、彼は膝《ひざ》に手をついて立つが、すぐによろめいてまた座り込む。

「無理に動かない方がいい」

そう声をかけながら、ホミニニに近づく。

彼は丸い瞳《ひとみ》をこちらに向ける。だがなにも言わなかった。キドは続ける。

「銀縁というプレイヤーを知っていますか？」

「いや。聞かねえな」

「ちょうど一〇ループ前、ＰＯＲＴがキネマ倶楽部から奪ったプレイヤーです」

あれは奇妙な戦いだった。

PORTはあまりに圧倒的で、もちろんキネマに勝ち目はなかった。キドたちは必死に逃げ回って、夜が明けるとPORTの部隊は消えていた。銀縁と共に。

ホミニニが軽く答える。

「ああ。そりゃ、イドだろ」

彼は今、そう名乗っているのか。

キドは架見崎の登録名を変更できることさえ知らなかった。でも、銀縁であれば不思議ではない。彼は特別な検索士《サーチャー》だ。

「その、イドという人に会いたい。会わせてもらえませんか？」

今しかないのだ。今であれば、PORTは月生を相手にしている。あのチームに潜り込む余地もあるかもしれない。それにキドは、身の丈に合わないポイントを平穏から借りている。合計で六万というのは、単身でPORTに乗り込むには心許《こころもと》ないポイントだが、ないよりはずっとましだ。

つまらなそうにホミニニは言う。

「そうして、オレになんの得がある？」

「貴方《あなた》を背負っていきますよ。まだ歩くのはつらいでしょう？」

「いらねぇ。仲間がいる」

「いえ。数が合わない」

PORT側は、この戦いでふたりの死者を出した。この駅にいる生存者は、ホミニニを加えても三人だ。ホミニニが自分で歩けないのなら、やはりもうひとりいる。

PORTのひとり——名前は知らないが、スキンヘッドの大柄な男が、外見とは裏腹に優しげな声を出す。

「連れて帰ろう。ふたりとも」

ホミニニが困った風に、「部外者を連れ込めるかよ」とぼやいた。そのときだった。

キドの端末から、声が聞こえた。リャマだ。

「本当に、そのイドって人が銀縁さんなんですか？」

リャマの声は震えている。彼は銀縁の直弟子とも言える。

「あの人の声は、聴き間違えないよ」

銀縁。キネマ倶楽部の、初代——そして、本来のリーダー。今だってキネマ倶楽部は彼のチームだ。銀縁が生きているのなら、キドが仕えたい相手はほかにいない。

次に端末から聞こえたのは、リャマの声ではなかった。

「お疲れ様でした。貴方の仕事は、もう終わっています。貴方の手で、キネマ倶楽部は守られました」

落ち着いた、少女の声。秋穂栞《あきほしおり》のものだ。

彼女は背が低く、顔を合わせると実年齢以上に子供っぽくみえる。だが端末越しに声を聞くだけであればクールで、大人びていた。秋穂は事務的に告げる。

「貴方がPORTに行くことなんか、誰も望んでいません。もう戻ってください」

ああ。そうなんだろう、きっと。

もしも銀縁が再会を望んでいるのなら、いくらでもその機会はあったのだろう。今だって、端末での通話を続けることができたんだろう。でも。

「子供が親に会いに行くのに、理由がいるかい？」

今しかないんだ。銀縁の元に、駆け出せるのは。ならそうするだろう。誰だって。踏み出した足の先なんか、考えてる場合じゃないだろう。

端末の向こうからは、大きなため息が聞こえた。

「私に、貴方を止める権利はありませんか？」

「君は信頼できるチームメイトだよ。賢くて、勇敢だ。でも銀縁さんがいたころのキネマ倶楽部を知らない」

「なるほど」

秋穂は苛立《いらだ》っているようだった。その不満を、必死に冷静な口調で抑えていた。

「貴方が死ぬと、キネマが消えます。大勢が迷惑する。おわかりですね？」

「うん。でも、藤永《ふじなが》やリャマが行くなと言ったかい？」

言うはずがない。秋穂は知らない。キネマ倶楽部にとって、銀縁というのがどれだけ絶対的な名前なのかを。彼を失ったあの日、本質的にはキネマ倶楽部というチームは消えているのだ。

次の秋穂の言葉は、キドに向けられたものではなかった。

「香屋《かや》。いつまで悩んでいるんですか?」

と彼女は言った。

＊

この戦場において、私はいかなる判断も下す必要はないのだ、と秋穂は信じている。香屋がミケ帝国に捕らえられているから、仕方なく彼の代わりに、キネマ倶楽部で戦況を見守っているだけだ。こんな事態――命懸けの戦いがどうにか終わったのに、チームリーダーがさらに巨大な敵チームに私情で踏み込もうとしている事態なんか、想定もしていなかった。

秋穂はこれまで、淡々と自身の役割をこなしていた。つまり、手に入った情報をすべてミケ帝国にいる香屋に伝えた。あとは勝手に香屋が判断すればいい。なのに、彼は黙り込んでいる。

「香屋。いつまで悩んでいるんですか?」

と呼びかける。それでも、彼からの返事はなかった。

秋穂は、映画館のロビーに揃《そろ》った面々をざっと見渡して、それから藤永で目を留める。

「いいんですか?」

キドがひとりで、PORTに踏み込んで。彼にそんな無茶をさせて。

たしかに私は部外者なのだ、と秋穂は思う。キネマに入って、まだ日が浅い。今だって半分は、香屋がいるミケ帝国で過ごしている。キドを止められるのは、彼自身がなによりも重要視する「銀縁がいたころ」を知っているキネマの人間なのだろう。なのに藤永は寂しげに微笑《ほほえ》んでいる。

「止められるか。銀縁さんだぞ」

知るか、と言いたかった。相手が誰であれ。

もう引き上げるべき戦場に足を止める理由にはならない。その銀縁という人が、PORTで平和に生きているなら、それでいいじゃないか。連絡を取りたいのであれば、戦いが終わったあとで手紙でも書けばいい。

「香屋」

と秋穂はもう一度彼の名前を呼ぶ。この気持ちの悪いものに、香屋歩《あゆむ》であれば、まっすぐに気持ち悪いと叫ぶことを期待して。

リャマが短く報告する。

「コゲ、通話先をキドさんに切り替えました」

香屋はコゲの能力で、秋穂と通話を繋《つな》いでいた。その先を切り替えたのであれば、直接キドと話をしたい、ということなのだろう。

短く藤永が尋ねる。

「傍受は？」

すぐにリャマが答える。

「できます。通話、隠されていません」

その直後、端末から、香屋の声が聞こえた。

「生き延びる覚悟がありますか？」

相変わらず震えた、情けない声だ。その声で秋穂は、少しだけ安心する。理屈のある安心ではない。あくまで感情的なものだ。

――もしも私が、あいつと離れ離れになったとして。

とても危ない場所に香屋がいて、そこに駆けつけたいと思ったとして。

――私は決して、そんなことはしないだろう。

強がって、平気な顔をして、コーラでも飲んでいる。その想像で、なんだかようやく息を吸えた気がした。

＊

頭を抱えて悩んでいる。今も、まだ。

ピース。トーマにはみえていて、香屋にはみえていなかったピース。

――これが、それか。

香屋は、深く長く息を吐き出す。

なら秋穂の推測で当たりだ。トーマは矛にも盾にも、人間関係を使う。キドを月生の前に立たせた理由。キネマ倶楽部に関連する面々だけで、ひとつの部隊を作った理由。それはイド——銀縁を操るためだった。感情だけを根拠に、トーマは月生に対抗し得るカードを手札に加えた。

　わかってみれば、いかにもトーマらしいやり口だ。

　香屋の思考がそこに届かなかったのは、銀縁がイドという名前でＰＯＲＴにいるのを知らなかったこと、というよりは、能力への理解が足りないことが理由だった。

　攻撃ではなくて、防御ではなくて、搦《から》め手《て》のようなすべてではなくて。「認識」という一点で、最強なのは強化士《ブースター》ではなく検索士《サーチャー》だった。それを理解していなかったから、月生に対抗し得るカードを想像できなかった。

　だが、もう、ピースは埋まった。トーマが想像した絵のすべてがみえた。

　だから悩む。決断に。

　——あいつは、成功しかイメージしていないんだ。

　だから、こんな、危うい。事前にわかっていれば必ず迂《う》回《かい》していたルートを、平気な顔で香屋の前に提示してくる。だが香屋にとっても、その先に魅力的なものが待っているルートを。

　頭を抱えたまま、香屋はコゲに向かって、通話の相手を秋穂からキドに切り替えるよう指示を出す。悩みながら言った。

「生き延びる覚悟がありますか？」

　本当は、キドにはすぐにキネマに戻れと言いたかった。秋穂の判断が正しい。だが、一方で、キドの我儘《わがまま》にも価値はある。勝ち切れば大きなものを得られる。人の命を賭《か》け金にするようなギャンブルは苦しい。でも。

無理やりに声を押し出して、香屋は続ける。

「いくらだって簡単に死ぬ場所を、生き抜く覚悟がありますか？　もしもそれがあるのなら、僕は貴方を、利用してもいい。すべて僕の都合で、貴方の望みを叶《かな》えてもいい」

トーマ。彼女は、本当に月生を殺したくはないのだろう。

だから、こんな状況を作った。こんなにも危険なことを思いついた。

キドは簡単に答える。

「もちろん。オレだって死ぬ気はないよ」

なんて軽い言葉。なんて、命と釣り合わない。

香屋は息を吐き出す。

「貴方がPORTに踏み込んで、もっとも生存確率が高い方法はひとつです」

キドは今、強力なカードを二枚持っている。一枚はイドだ。彼はキドの盾になる。もう一枚だって決まっている。

「月生さんと、共闘してください」

彼であれば、キドを守り得る。

そしてキドであれば、月生を守ることができるかもしれない。

2

　正午を一〇分ほど過ぎたとき、最初の「雨」が落ちた。

　その雨粒は一筋の光線で、生身の人間に対しては致命傷を与えるだけの攻撃力を持っていた。月生はそれを、軽く右手で受けた。

　月生にとってそれは、決して威力の高い攻撃ではない。軽くハイタッチを交わした程度の感覚で、手のひらは痛みもしない。だが強化《ブースト》が切れてしまえば、充分に月生の命を奪う一撃だ。

　雨の本体は、どれほどの高さにある？　ウォーターのデータをみる限りでは、雨自体はそれほどの射程を持たない。なら別の能力で射程が延長されている。そちらの能力の検索《サーチ》に、それほど意味があるとも思えない。少なくとも雲の中――検索《サーチ》を伸ばしても察知できない高度。対応は難しい。

　――なら、私が生き残る方法はひとつだけだ。

　能力を消すには、チームを消せば良い。だが雨の方は、ウォーターを落としても効果が継続することがわかっている。狙う先はＰＯＲＴしかない。

　月生は歩く。すでに脚本は用意されており、それを逸脱する道もない。操られるままに。誰かのスケジュール帳に載っている通りに。目指す先は、ユーリイしかない。

ＰＯＲＴの領土内であれ、月生の前に立ちふさがる者は誰もいなかった。人が消え去った翌日の世界を散歩しているように、物音ひとつ聞こえない。月生には近づくなという指示が徹底しているのだろう。そして、きっとこの先――ユーリイの元では、決定的な罠《わな》が待ち構えている。

検索《サーチ》によれば、ユーリイがいるのはＰＯＲＴ内の大きな公園だった。開戦の時点では、公園にあちらのチームの複数人が固まっていたが、今、そこにいるのはユーリイに加えて彼の腹心のタリホーという女性だけだ。

――ふたりきりで戦うつもりなのか、私にはみえていない伏兵がいるのか。

月生は、ユーリイの能力を知らない。強化《ブースト》を高いレベルで持っていることはわかるが、それは月生に対抗できるものではない。問題は彼が持つその他能力《オリジナル》だ。彼のその他《オリジナル》は徹底的に秘匿されている。

ユーリイの総ポイントは一五万程度で、規格外に高いわけではない。

――だが彼の前に立てば、私は敗れるだろう。

それは予感というよりは、ごく自然な推測だった。ＰＯＲＴは確実にこちらに勝てる方法を用意しているだろう。わかっていたが、足を止めなかった。

公園に入る。広く、美しい公園だ。樹木が植わっているのは主に外周で、足を踏み込んでしまえば見晴らしがよい。石畳がまっすぐに伸び、噴水に続いている。その周囲は綺麗《きれい》に刈られた芝生だ。晴れの日が似合いそうな。

この公園には特殊な細工がされている。ユーリイはその細工を隠そうともしていない。五〇メートル四方ほどだろうか、芝生の上はPORTの領土ではない。いずれのチームにも属さない土地になっている。だがさらにその芝生の中心――二メートルほどの範囲だけをPORTの部隊が所有している。

つまり――形状は四角だが――ドーナツのような形で、「チームに属さない土地」が用意されている。能力を使用できない、月生であれ踏み込めばただの人に戻る土地だ。ユーリイとタリホーがいるのは、そのドーナツの穴に当たる部分だった。彼らがいる二メートルの範囲だけは、能力を使うことができる。

ユーリイはパイプ椅子に腰を下ろしていた。彼に似合うとはいい難い設備だ。美しい姿勢で隣に立つタリホーだけが、ユーリイの仕立ての良いスーツに釣り合っていた。彼女は腰に物騒な刀を挿していてもなお、ただ有能な秘書のようにえみる。

芝生の手前で足を止めた月生に、ユーリイが微笑む。

「やあ。お久しぶり」

月生の方も、口元で笑った。

「こんな曇り空の下で、ピクニックですか？」

「ピクニックならレジャーシートを使うよ。僕がパイプ椅子なんて不格好なものに腰を下ろすのは、仕事だけだ」

「そうですか。私は、反対を想像していました」

「うん？」

「貴方はプライベートでしか、そんな椅子には座らないのかと」

なんだか資産家が、日曜日に子供の運動会に顔を出しているようだ。自分が特別だと自覚している人間が、必死に特別ではないのだとアピールしている風にみえる。

「なるほど。そちらの方が、大手チームのリーダーに似合う立ち振る舞いかな」

「気にすることはありませんよ。ただの軽口です」

「椅子に注文をつけるのを忘れていてね」

彼の隣のタリホーが、「申し訳ありません」とわずかに頭を下げる。ユーリイは彼女に目を向けて、軽く手を振った。

「いや。君を責めたわけじゃないんだ。それにこのパイプ椅子は意外に座り心地がいい。部下を叱《しか》るなら、君のぶんの椅子を用意しなかったことだ」

タリホーはもう一度、頭を下げたが、とくに口を開きはしなかった。

月生は雲ばかりの空を見上げる。ついでに強化《ブースト》を使い直しておく。

公園は駅からそう離れているわけでもないが、ゆっくりと歩いてきたからだろう、再び雨が動く時間だ。一筋の光が月生の頭上に落ち、月生はそれを手で払った。

「馬鹿《ばか》げていますが、厄介な能力だ」

「だろう？　ホミニが考えることは、いつだって馬鹿げている」

「できればこれを、解除していただきたいものです」

「いいよ。月生さん。貴方がうちに入ってくれるのであれば」

「それは何度もお断りしたはずですが」

「報告は受けているよ。貴方が所属する組織は、もう決まっている」

「はい」

「それが貴方の、ゼロ番目のイドラに関係しているの？」

月生は首を振った。

ゼロ番目のイドラ。生への執着という偏見。そんなものを、もし手にできていたなら、もう少し違った戦い方をしている。

ユーリイはパイプ椅子の上で首を傾《かし》げてみせる。

「月生さん。貴方は今でも、最強だ」

「そうでしょうか」

「もちろんだよ。僕が貴方の立場であれば、こんなものなんの脅威でもない」

「貴方が私の立場であれば、どうしますか？」

「PORTの面々を刈って回る。もっとも重点的に守られているはずのリーダーなんか狙わずにね。端から順に崩しながら、雨を解除しなければチームを丸々潰《つぶ》すと言う。貴方にはPORTという、架見崎の最大手を脅しつけられるだけの力がある」

「なるほど。考えもしませんでした」

選択肢にも上らないような方法は、初めから思いつかない。実のところ、ユーリイを倒して能力を解除するといった方法も望むことではない。

「月生さんはやっぱり、プレイヤーよりは運営に近いようだね。架見崎の勢力図に係わるのを嫌う。存在そのものがこのゲームのバランスを崩しているというのに、それでも必死にバランスを取ろうとする」

「ただ怠けているだけですよ」

「本物の怠け者は、もっと効率を重視するよ。今、僕の前に立つことが、どれほど無謀だか知っているね？」

　ユーリイがパイプ椅子から立ち上がり、ジャケットの裾《すそ》を引いて皺《しわ》を伸ばす。それから、胸の内ポケットに手を入れて、拳銃《けんじゅう》を取り出した。

「実弾というのは便利なものだ。領土なんか気にも留めず、どこだって飛ぶ」

　ドーナツ型に用意された「どこのチームのものでもない土地」に月生が踏み込めば撃つということなのだろう。

　月生の方も、それに倣《なら》うことにした。彼と同じようにポケットから、だがこちらは懐中時計を取り出す。それを人差し指と中指のあいだに挟み、ユーリイに向かって投擲した。

　交戦中の領土を出ようが、すでに加速された物質はそのまま進む。そのはずだ、と知っていたけれど、試してみたことはなかった。想像通りに懐中時計はまっすぐユーリイに迫るが、彼は難なくそれを避けている。

「僕も、身体《からだ》を動かすのが苦手なわけじゃないんだ」

「はい。存じ上げています」

懐中時計はあくまで実験だ。本命は次だった。

月生は一歩だけ後ろに下がり、それから、ユーリイに向かって走る。二歩目で跳躍した。そのまま、芝生の上を跳ぶ。距離にして二五メートル。それだけの距離を移動すれば先にユーリイがいる。ユーリイがいる場所は、交戦中の領土だ。

空中で月生は、急速に身体が重くなるのを感じた。銃弾の一発で致命傷を受けないように、顔の前で両腕を交差する。生きて再び交戦中の領土に入れば、どうにでもなる。

だがユーリイは、銃を撃たなかった。

それで月生は、おおよそ状況を理解した。

――私を打ち破るのは、どこまでも検索士《サーチャー》か。

月生は難なく、ほんの二メートル四方ほどの、交戦中の領土に着地する。目の前で、ユーリイとタリホーが消えた。いや、初めからそこに彼らはいなかったのだろう。なんらかの能力で生んだ幻影。月生がそれを見破れなかったのは、自身の検索《サーチ》を疑うことを忘れていたからだ。

――鈍いな。私は。

PORT側に月生よりも優れた検索士《サーチャー》がいることは、すでに証明されていたというのに。

間もなく、ぱん、と、イメージに比べれば軽すぎる銃声が聞こえた。

＊

これまでキドにとって、PORTとは物語のように伝え聞く場所だった。

そこには高層のビルディングがほとんど傷つかないまま建ち並んでいる。きちんと整備された道路と美しい公園がある。望むならシティホテルに宿泊し、展望のよいレストランから架見崎を見下ろして、高価なワインで乾杯することもできる。そして戦場に出る必要のない「市民」という階級の人たちが暮らしている。

みんな、噂《うわさ》では聞いていた。そんなのどれも、遠く遠く、それは架見崎を訪れる前にいた場所くらい今ではもう遠くの世界のようだった。

だからPORTに足を踏み込んだときの、キドの感情は、強いて言うなら虚《むな》しさに似ていた。たしかに噂の通りに、そのチームには高いビルと、綺麗な道路があった。でもそれはただあるだけだ。人の気配のない街並みはやはり架見崎で、死と戦場から隔離された場所ではない。

怪我《けが》の影響なのか、疲労が理由なのか、背中のホミニニが眠たげな声で言う。

「次の通りを北へ。オレが、普段使っているバーがある」

キドは、「病院はないんですか？」と尋ねる。ホミニニの体調が、先ほどまでよりも悪くなっているような気がしたのだ。彼は強く頭を打っているため、見かけよりもダメージが深い可能性がある。

答えたのは、ホミニニの仲間のひとり――たしかドラゴンと呼ばれていた、体格の良い男だった。

「オレたちの仲間にも、回復能力持ちがいる。合流できれば問題ない」

「そう」

キドは言われた通り、交差点を北に曲がった。向こうから、五人が歩いてくるのがみえる。ＰＯＲＴの人間だ。

「止まって」

と、真ん中に立っていた女性が言う。身長は一六〇センチほどだろうか、平均程度にみえる。歳《とし》は二〇代の半ばから後半といったところで、キドとそう変わらない。

「平穏の人間が、うちになんの用ですか？」

キドの所属はあくまでキネマ倶楽部であって、平穏な国ではない。だがわざわざそのことを指摘はしなかった。

「ホミニニさんが負傷したので、同行を申し出ました」

ＰＯＲＴの女性は軽く頷《うなず》く。

「それはありがとうございます。あとは、こちらで」

「すぐそこに、彼の仲間がいるようなんです。そちらまでお連れしますよ」

「そこまでお手を煩《わずら》わせるわけにはいきません。ここで結構です」

「いや」

と口を開いたのは、背中のホミニニだった。

「礼をしたい。オレの客だよ、通せ」

ＰＯＲＴの女性は首を振った。

「交戦中です。日を改めてください」

ホミニニが、キドの背中から飛び降りる。彼はふらつきながらも、どうにか自分の足で立ち、ＰＯＲＴの女性を睨《にら》んだ。

「オレはＰＯＲＴの大株主だぞ」

「ええ。それが？」

「恩人に酒をおごる権利くらいはあるって言ってんだよ」

「いいえ。交戦中に、チームの不利益になることを許可するわけにはいきません」

「どうしてお前の許可がいる？」

「私ではありません。ＰＯＲＴとしての判断です。交戦中はチームの指揮権すべてをユーリイが有し、たとえ円卓の議員であれ逆らうことはできません」

「あいつがわざわざ、キネマの人間を連れ込むなって指示したってのか？」

「はい。正確には、ＰＯＲＴ以外のいかなるチームの人間も、ですが」

ちっ、とホミニニは品のない舌打ちをした。

なんにせよ、ホミニニを送り届けるという名目でＰＯＲＴに侵入できるのは、ここまでのようだ。

「わかりました。では」

キドは右手に握っていた、香屋から預かっている傘をくるりと回し、そのあいだにこっそりと左手で端末の画面を叩《たた》いた。

「オレは、ここで消えます」

強化《ブースト》の使用。キドは元々、射撃士《シューター》としてはずいぶん高い比率で強化《ブースト》にポイントを振っていた。さらに平穏な国から借りた五万ものポイントはすべて強化《ブースト》に使っている。PORTの兵士たちと比べても、圧倒的に速い。

軽く足を折って、飛ぶ。その加速感には、まだ慣れない。

＊

あとは引き継ぐよ、と香屋は、秋穂に伝えた。

ここから先、リャマの検索《サーチ》でできることはそれほど多くないだろう。なら秋穂をキネマに置いておくのは勿体《もったい》ない。映画館よりはもう少しトラブルが起こる可能性が高いところに向かうよう秋穂に頼んで、あとは頭を抱えて状況が動くのを待つ。

がらんとした教室は静かで、時計の音だけがかちかちと鳴っていた。その音にさえ香屋は苛立つ。気が立っていた。どうして。どうしてわざわざ、戦場に立とうとするんだ。

足を組んで向かいに座るコゲが、静かに告げる。

「キドさん、単独行動を開始しました」

香屋は強く奥歯を噛《か》む。

——どんな形であれ、PORTにケンカを売るべきじゃないんだ。本当は。

あのチームの意に沿わない行動を取るのは、まだ早い。早すぎる。

問題は銀縁だ。PORTでイドと呼ばれている彼。超一流の検索士《サーチャー》で、ユーリイ派の中核を成す人物で、そしてキネマの面々から圧倒的に支持されている初代リーダー。

——その人はどうして、キドさんの前に現れない？

別にキドは、PORTにケンカを売りたいわけじゃない。ただ銀縁に会いたいだけだ。そして銀縁の方には、キネマ倶楽部を守ろうという意思がある。だからトーマは銀縁を利用することができた。

なら、安全な答えはひとつしかないだろ。銀縁って人が、さっさと、キドの前に現れればお終《しま》いだ。なのにそうならない。銀縁は潜み続けている。なぜ？

考えられる理由は大きくわけて二通り。ひとつ目は銀縁に自由がないパターン。PORTのどこかに捕らえられているだとか、絶対に破れない約束を交わしているだとかの理由で、銀縁の方もキドに会いたいけれどそれが叶わないでいる。ふたつ目は、銀縁にはキドに会うつもりがないパターン。理由は知らない。知ったことじゃない。でも銀縁自身の意思で、キドを避けているのかもしれない。

——この二択さえ、僕には絞り込めない。

どちらが正しいのかで、有効な作戦がまったく変わるのに。両方の線を追いながら計画を立てるしかない。苛立ちそのままに香屋は叫んだ。

「トーマ。キドさんはＰＯＲＴに行ったぞ。君の思い通りだろう？」

香屋の端末から――正確には、その端末に被《かぶ》せたスマートフォンケースから、彼女の声が聞こえた。

「うん。いいね。君に邪魔されるかと思ってた」

余計な雑談をするつもりはなかった。

「キドさんと、それから月生さんを、どうやって守るつもりなの？」

「プランはないよ。でも、君がキドさんを止めなかったんだ。なにか考えているんでしょう？」

「身勝手過ぎる」

「いつものことだ」

「銀縁さんはどこ？」

「私も知らないよ」

「連絡を取る方法は？」

「ない。いつも向こうからの一方通行だ」

「彼が、この通話を聞いている確率は？」

「ほぼ一〇〇パーセント」

「そう」

なら、最悪ではない。細い線ではあるけれど、辿《たど》るべき道はある。

「あの、キドさんたちを瞬間移動させた能力——」

「私のだよ。イカサマって名前で登録してる」

「あれの、残りの使用回数は？」

「二回」

「足りない。少なくとも、もう一回」

「知らないよ。使うの？」

「銀縁さんでなくても使える？」

「理解力のある検索士《サーチャー》なら。うちのパラポネラにも、以前使ってもらったことがあるけれど、やっぱり精度は落ちる」

「かまわない。でも今じゃない。使いどころを間違えたら、本当にキドさんが死ぬ。必要なときに指示を出す」

「オーケイ」

「それから」

「ん？」

トーマの口調には違和感がある。

あんまり、普段通りで。何もかも思い通りという感じで。でもそれはそぐわない。今回の戦闘の中間結果に、本当であれば彼女は落ち込んでいなければいけない。

その違和感を、香屋は口にする。

「モノは、本当に死んだの？」

ふ、とトーマが笑ったのを感じた。

「君は優しいね。いつまでも、どこまでも」

トーマほどじゃない、と香屋は言おうとして、止めた。

「今のところ、戦況は完全に、私の想像した通りに進んでいる」

彼女のその言葉で満足することにする。

「なら、いい」

今は目の前のことに集中しよう。キドと、月生のことに。

楽しげにトーマが尋ねた。

「なにをするつもりなの？」

「決まってる。ひとりだけ、説得する」

銀縁の考えが読めない。なら、そんなもの考えちゃいけない。キドも月生も話の中心じゃない。現状のすべてに対して権限を持っている、ひとりだけを想像すればいい。

「ユーリイが頷く提案をできれば、それでお終いだ」

ゴールはみえている。ただ、そこまでの道のりが、狭く遠い。

この戦いの前に、香屋にできた準備は決して充分ではない。数少ない手札を頭の中で並べる。いちばん効果的な使い方を考える。どれも、一度でもタイミングを間違えてはいけない。

ふ、と香屋は息を吐いた。

それから、目の前のコゲに向かって言った。

「移動の準備を。まだ少し早いけれど、手遅れになるといけないから」

コゲが軽く頷く。

「では、白猫《しろねこ》を呼んできます。貴方は？」

「ここに」

「わかりました。ひと通り終わったら、連絡を入れます」

「秋穂にお願いします。僕は、そっちまで気が回らないかもしれないから」

すべての手札を開示したとき、ほんの一歩でいい、ユーリイを上回っていられるだろうか。これは、ただそれだけを競う戦いだ。

＊

久しぶりに、駅まで歩いた。自身の身体では久しぶり、という意味だ。たいした距離ではない。でも蒸し暑くて汗をかく。

パンの目的のものは、きちんと駅に転がっていた。意外に綺麗だ。口元から血が流れているけれど、その程度だ。パンは端末を取り出して、能力を使う。それもまた久しぶりのことだった。

――能力名、コンティニュー。

それはもともと、モノを再生するためだけの能力だった。だから「プレイヤーを生き返らせる能力」と重複していると運営が判断したことが、やや意外ではあった。モノはプレイヤーなのだろうか。そうだとも言えるし、違うとも言える。

なんにせよコンテニューを使っても、モノに外見的な変化はない。血の跡さえ消えはしない。でも内側の破損は、これで治ったはずだ。

続けてパンは、もうひとつの能力を使う。

――能力名、サブアカウント。

その効果の発動と同時に、パンの身体が崩れ落ちた。

そしてモノは目を開く。

目の前のパンを――自身の肉体をみて、いつもの感想を抱く。客観的に自分をみるのは気持ち悪い。さすがに前髪が長すぎるから、切ってしまおうか。

「さて」

口元の血を拭《ぬぐ》って、考えた。

――あっちの方の身体を、どうしましょう？

最近はモノとして暮らす時間の方がずっと長いけれど、ルール上の本体はパンだ。あっちが死ぬと本当にゲームオーバーになってしまう。雑にも扱えないが抱えて帰るには大きすぎる。というかモノの肉体では、ＰＯＲＴに入ると殺されてしまいそうだ。

まあいいか、とつぶやいて、モノはパンの身体に背を向けた。とりあえずモノのまま平穏に戻って、ベッドに寝転がってサブアカウントを解除すればいい。もう一度パンの身体に入り直して、ＰＯＲＴに戻って。それから、あの黒猫《くろねこ》という人も生き返らせなければいけない。約束したのだから、一応。

モノは——パンは、架見崎が嫌いではない。

楽しい遊び場だと思っている。

でも、たとえばウォーターのようには、この場所に感情移入できない。もうしばらく、暇をつぶしてくれればそれでいい。

モノは平穏な国に向かって、足を踏み出した。そのとき視界の端に、なにかが動くのがひっかかった。

「おや？」

足をとめて、そちらをみつめる。

まっぷたつに裂けて綿をまき散らしたウサギのぬいぐるみが、どうにか耳をひょこひょことさせていた。

3

銃声は、ずいぶん軽く聞こえた。月生はその音を目で追う。

能力で隠されていたのだろう、ユーリイの姿があったのは背後だった。噴水の近く、月生自身が歩いてきた石畳の上だ。ユーリイの隣にはタリホーがいる。その後ろには一〇名ほどのPORTのメンバーが並んでいる。そして彼の足元には、ひとりの男が側頭部から血を流して倒れている。

ユーリイが、血を流す男に目を落とした。

「残念ながら、PORTにも法律はない。つまり犯罪の専門家がいない。だから彼を犯罪者と呼ぶのは誤りだが、でも法がなくとも悪はある。そしてチームの運営上、悪は裁かれなければならない」

銃を撃ったのは、PORTの兵士のひとりだった。

三〇歳ほどだろうか、こちらも男だ。ユーリイはその男の肩に手を置いて、「君は悪くない」と微笑む。それから顔をこちらに向けた。

「見苦しいところを、お見せしてすまなかったね。うちでは倫理に反する行為には、こんな風に毅然《きぜん》とした対応を取ることになっている。つまり、架見崎での命を奪って、運営の話通りであれば現実に送り返す」

違う、と月生は胸の中でつぶやいた。

運営が言うのは、こうだ。「架見崎で死ねば、すべて元通り」。現実に戻れる、とは決して表現しない。

ユーリイは軽く両手を広げてみせた。

「なんにせよ、これでチェックメイトだ」

月生は、自身の身体が重く、硬く、不自由になったことを感じていた。強化《ブースト》が切れている。理由は明白だ。月生が立っている場所が、交戦中の領土内ではなくなった。

もともとユーリイは、ドーナツのような形の「どこのチームの領土でもない土地」を用意していた。そして、そのドーナツの穴に当たる、ほんのわずかなサイズの「交戦中の領土」のリーダーを、ひとりの男に委《ゆだ》ねていたのだろう。

その男というのがつまり、ユーリイの足元に転がっている彼だ。

交戦中、リーダーが死亡すれば、その領土は相手のチームに奪われる。だが例外だってある。リーダーを殺した人間がいずれのチームにも所属していなかった場合、その土地は無所属となる。つまり交戦中の領土に含まれない土地に。

これで月生は、能力が発動しない五〇メートル四方ほどの範囲の真ん中に、ぽつんと取り残されたことになる。PORTの面々は銃を構えていた。能力なんて関係のない、物理的な原理で弾を打ち出す銃だ。

――これはもう、詰んでいる。

悪あがきだ、と自覚しながら、月生は自身の端末を取り出した。どのチームにも属していない土地は、端末で囲んだ部分を自身の領土として獲得することができる。ほんの小さな範囲でいい。この能力が凪《な》いだ場所に自身の領土を獲得できたなら、再び強化《ブースト》を取り戻せる。だが。

ぱん、と銃声が聞こえた。それで、月生の手の端末が弾《はじ》かれる。

ユーリィの口調は、これまでとなにも変わらない。

「動くと危ないよ。落ち着いて」

月生は苦笑する。

「動かなくても、安全ではないようです」

月生の端末を撃って弾いたのは、タリホーだった。銃身の長い狙撃銃《そげきじゅう》を構えた彼女は、次に照準を月生に合わせる。生身の月生は銃弾の一発で命を落とすだろう。

「月生さん。ＰＯＲＴは貴方を殺したいわけじゃない。正直、どうだっていいんだ。貴方の命なんて。でもポイントは殺せば半分で、差し出させればそのまんま手に入る」

ＰＯＲＴは平穏な国と契約を結んでいると聞いていた。こちらを殺した場合、入手できるポイントを自動的に割り振る契約だ。だがユーリィの方は、初めからそんなものを守るつもりはなかったのだろう。徹底的に追い込んで、ポイントを差し出させる。それでこちらのポイントを、丸々ＰＯＲＴが手にすることになる。

そのとき月生が思い浮かべたのは、あの、ウォーターという少女の顔だった。こんなにも見え透いた裏切りに、あの子はなにも対処しなかったのだろうか。

「命よりも大切なものがあるかい？」

とユーリィは言った。

「さて。もしも私が命を持っていると確信できていたなら、それがなによりも大切だったかもしれません」

と月生は答えた。

このまま抵抗もせず、死んでもいい。ユーリイに拍手を贈りながら。ただ強いだけの相手なんか簡単に打ち破れるのだと証明した彼らを讃《たた》えながら。

ユーリイは自身の腕時計に目を落とす。

「時間はある。ゆっくり話をしよう」

「私たちのあいだに、いったいどんな話があるというのですか？」

「たとえば、多少のポイントを貴方に残してもいい。ＰＯＲＴの庇護《ひご》下で安定した生活を送れるように手配することだってできる。駅が重要なら差し上げよう」

「なるほど」

「月生さん。貴方はただ、最強じゃなくなるだけだ。それが大きな問題かな？」

「私はこの架見崎で、誰よりも強いと思ったことなんかありません」

もっとも高いポイントの強化《ブースト》を持っているだけだ。それはなんて薄っぺらなものだろう。誇るべきもののないことだろう。

ユーリイは余裕のある動作で首を傾げてみせる。

「貴方《あなた》の望みはなんだい？」

「さあ」

もしも、それがわかっていたなら、ゼロ番目のイドラをみつけることだってできたのかもしれない。なにもかもが嘘《うそ》のこの場所で、もしもただひとつ、自分というものを確信していられたなら。

「雨だね」

とユーリイが囁《ささや》いた。

雨雲の向こうから、まっすぐに光の筋が月生に向かって伸びる。それ自体は、たいした威力ではない。だが生身の人間を殺すには充分な一撃だ。

雨の一筋は、月生に命中することはなかった。はるか上空で掻《か》き消える。

噴き出すようにユーリイは笑う。

「架見崎の能力のよいところは、ルールに厳密な点だね」

雨もまた、能力の一種だ。あらゆる能力が芝生の手前で足を止める。戦闘範囲外には届かない。

ここはもう戦場ではない。もっと、一方的な場所だ。

「簡単には殺さないよ。ゆっくりと話し合おう」

そう言ってユーリイは、パイプ椅子《いす》に腰を下ろした。

＊

イドは——銀縁はキドの姿を眺めていた。

肉眼ではないが、よりよくみえる目で。

キドは今、鬼ごっこに夢中だ。彼は平穏な国から多くのポイントを借り受け、強化《ブースト》を伸ばしている。だから、逃げるのは上手《うま》い。だがPORTはよく統率が取れており、鬼の数がどんどん増えていく。このチームは優秀な検索士《サーチャー》を抱えているから、銀縁が手を貸すまでもなくキドの居場所など明白だ。

加えてキドの方には、PORTの人間を攻撃する意思がない。これはキネマ倶楽部として本格的にPORTと戦うわけにはいかないというのに加え、純粋に彼自身の優しさもあるだろう。正しい判断だ、と銀縁は考える。キドがひとりでも殺せば、PORTは止まりようなくキネマ倶楽部に報復することになるだろう。

銀縁はうっかり、眼鏡のブリッジを押し上げようとした。それで指が空をなでた。眼鏡をかけていたころの自分は、もう遠いところに置いてきたつもりだったのだが、キドのことを考えていると当時を思い出してしまう。キネマ倶楽部は良いチームだった。

——今、もっとも確実にキドを保護する方法はなんだ？

あのお守り——ウォーターの「イカサマ」で彼をキネマの領土まで送り返そうか。だが無意味かもしれない。彼は再び、PORTに足を踏み込むように思う。それにあの香屋という少年に、イカサマの無駄遣いをするなと釘《くぎ》を刺されている。

——あの少年は、なにを狙《ねら》っている？

たしかユーリイの説得だと言っていた。だが、どうやって。なにを交渉材料にして、どんな提案を持ちかける？　銀縁にも交戦領土外——ミケ帝国にいる香屋の思考にアクセスすることはできない。

まあ、いい。できることをやるだけだ。いつだって。

銀縁は、もっともコストの安い方法を選んだ。つまり少しだけ銀縁自身のこだわりを手放す方法を。

「キド」

と、声をかける。端末越しでも、目の前に彼がいるように。

「無茶をするな。引き返せ。私は君に、会うつもりはないよ」

すぐに返事があった。

「どこにいるんですか？　銀縁さん。どうして、キネマ倶楽部を離れたんですか？」

「それがもっとも正しく、安全な道だったからだ」

銀縁はもともと、ＰＯＲＴの所属だった。でもあのチームのやり方が気に入らなくて、外にキネマ倶楽部を作った。ＰＯＲＴからはできるだけ離れた場所を選んだ。

ユーリイは、銀縁がチームを離れてもなおＰＯＲＴの株を保有している点に目をつけた。彼から受けた説得はシンプルなものだった。銀縁はキネマ倶楽部を愛していた。あのか弱いチームに銃口を向けられてしまったなら、逆らう術《すべ》はない。

だがユーリイの件は、きっかけのひとつでしかなかった。彼から勧誘を受けるよりも先に、銀縁はすでにキネマ倶楽部を離れようと決めていた。

感情を嚙みしめて、口先だけは静かに告げる。

「足を止めるな。西から三人。すぐにみつかる」

キドは不思議だ。彼はとても視野の広いプレイヤーだ。だから射撃士《シューター》でありながら近距離で戦うような、トリッキーなことができる。そのくせ戦いを離れると、ふっとその視野が狭くなる。目の前のことに夢中になり、自分自身さえみえない。

――いや。それを不思議と呼んではいけないのだ。

自然なことなのだろう。ある種の心の清さを持つ人間にとって、自分を忘れるのは。

キドが駆け出すのがわかる。正しい道を選んでいる。もう少し、PORTの人間とは接触しないだろう。安心して、銀縁は彼の前から立ち去る理由となった話を始める。

「私の息子のことを、話していたかな?」

「ほとんど知りません。たしか――」

「もうずいぶん前に死んだよ。彼がまだ、中学生のころだった」

小さく咳《せ》き込んで、それから、銀縁は続けた。

「私が殺した」

ウォーター&ビスケットのテーマを流せればよかった。銀縁はあの、生きることを切実に歌うメインテーマが気に入っていた。だがこの部屋に望むレコードはない。

銀縁は代わりに、ウィスキーのグラスに口をつけた。

＊

コゲは白猫と行動を共にするため、すでに席を立っている。

代わりに香屋は、リャマからの通話を受けていた。キドの状況から目を離すわけにはいかない。そのリャマが、泣くような声で叫ぶ。

「キドさんに通話。相手は、銀縁さんだ」

香屋は固く拳《こぶし》を握る。来た。銀縁からキドへの説得。もしもそれが成功したなら、キドの身はとりあえず安全だ。そして香屋はなにも得られないままこの戦いを終える。

もしも架見崎の戦いが本当にただのゲームだったなら、香屋は、銀縁が説得に失敗することを望んだだろう。盤面の全体を俯瞰《ふかん》すれば、多少の無理を通して利益を上げにいくべきタイミングだ。でも現実はゲームではない。

キドを死なせたくはなかった。香屋は心の底から、銀縁の説得の成功を望む。つまり、香屋自身の計画の破綻《はたん》を。

「通話内容は？」

声を張り上げると、すぐにリャマが返す。

「わかんねえよ。相手は銀縁さんだぞ」

知るか。そんなの。なんとかしろ。

リャマで無理なら、もう一本の線を使うしかない。

「トーマ」

「なに？」

「君は？　通話、聞けてる？」

「無理だよ。技術的にも、心情的にも」

心情？　なんだ、それ。

「僕は今、人の命の話をしているんだぞ」

無暗《むやみ》にプライバシーを暴《あば》きたいわけじゃない。意味もなく口を挟みたいわけじゃない。好奇心なんて危険なものが理由であれば、そんなものこっちから捨ててやる。

でも、今は違うだろ。いつだって簡単に死ぬところに、キドはいるんだ。情報に早すぎるということはない。早ければ早いほどいい。時間は選択肢をそぎ取っていく。

なのに、トーマは言った。

「私には、あの人に手を出せないよ」

「あの人ってどっち？」

「もちろん、イド」

「イドだか銀縁だか知らないけど、それがどうしたっていうんだ」

キネマの面々が銀縁を神聖視するのは、わからないでもない。思い出もあるだろう。経験もあるだろう。時間が肥大化させた感情もあるだろう。でも、どうしてトーマが。

彼女はいつになく真剣な、冷たい声を出した。

「あの人には、もうひとつ名前がある。当たり前だよね。イドも銀縁も、架見崎での名前だ」

「それがどうしたっていうんだ？」

「彼の本当の名前は、桜木秀次郎《さくらぎしゅうじろう》という」

一瞬。抗《あらが》いようもなく、香屋の思考が止まった。

トーマが口にしたのは、たしかに香屋から、あらゆる言葉を奪うものだった。

桜木秀次郎はアニメ「ウォーター&ビスケットの冒険」のスタッフロールに、監督と脚本の担当者としてクレジットされている名前だ。

4

正直なところ、ユーリイは少し困っていた。

月生が思いのほか強情だ。充分に追い込んでやればポイントを差し出すだろうと思っていたが、上手くいかない。彼はまるで死にたがっているようだ。

もちろん素直に殺してもいい。彼の望みを叶《かな》えてあげてもいい。でもそうすると彼のポイントは半分になる。

この交戦の開始時点で、月生のポイントは七〇万と少し。だが、対月生用にポイントを集めたホミニニの部下ふたりを殺したことで、もう一〇万近く上積みされている。今の彼のポイントを八〇万として、半分は四〇万。さらに能力で生み出された契約書の効果が発動し、その六割を平穏側が奪っていく。ＰＯＲＴが手に入れるのはたかだか一六万だ。これでは、ＰＯＲＴ側が出したふたりの犠牲者のポイントさえ埋められない。

「双方にとって幸福な話をしよう。どうだろう？　ＰＯＲＴが六〇万。月生さんには二〇万ポイントを残す、というあたりで手を打ってもらえないかな」

月生は、今はもうただの人になってしまった彼は、気楽な様子で苦笑を浮かべる。

「ユーリイさん。貴方の誤りは、架見崎を理解していないことです」

「つまり？」

「私にとって、私の命は交渉材料にはなりません」

「死んだら元に戻れるから？」

「戻ってしまうから。その意味を問うのがゼロ番目のイドラです。これこそが、架見崎のテーマと言っていい」

「興味深いね。架見崎というのは、ゼロ番目のイドラのために生まれた？」

「はい。それの保持者を探すために。その保持者を、できるなら、ゼロ番目のイドラの感染源とするために」

「誰もが命は大切だと知りたがっている」

「ならよかったのですが。あるときアポリアが生まれ、命の価値に疑問を投げかけた」

「アポリア？」

「ところで――」

なかなかに、興味深い話だった。

だが月生はその話題を変えた。

「よろしいのですか？　状況が、少し変わったようですが」

もちろん、わかっている。

タリホーが、先ほどまで月生をみつめていた銃口を、こちらに向けている。彼女だけではなかった。周りにいた配下たちの誰もが彼女に従っていた。一〇の銃口がユーリィを取り囲む。ユーリィは顔の前の虫を払うように、軽く手を振る。

「よくはないよ。大事件だ。だから手早く、こちらの話を終わらせてしまおう。アポリアというのは？」

月生が、噴き出すように笑う。

「ご自身でお考え下さい。アポリアとは、そういうものでしょう」

アポリア。たしかギリシャ語だ。解決しがたい命題。袋小路《ふくろこうじ》。いったい月生は、どんな壁の前に立っているのだろう。

タリホーが口を開いた。

「そろそろ、こちらのお話をしても？」

いつもとなにも変わらない口調だ。たとえば、仕事の合間に「そろそろ、紅茶をお出ししても？」というときと同じ口調。ユーリィの方も、普段と同じように答える。

「もちろん。ちょうど、この仕事は切り上げようと思っていたんだ」

「状況はおわかりですね？」

「僕が強化《ブースト》を使えば玩具《おもちゃ》になる銃がこちらをみている。それだけであれば、まあ危機というほどでもないが――」

「ですがすぐそこに、月生がいます」

「うん。困ったね。君たちがきちんと役割を果たしてくれないと、月生さんがここまで歩いてきてしまう。すると再び、彼が能力を使えるようになる」

正面から殴り合えば、もちろんユーリイだって月生には勝てない。月生というのは特別なカードだ。戦えば必ず勝つカード。だから、戦わずに勝つ方法を用意するしかない。

タリホーは首を傾げるように、軽く銃口の先を振ってみせた。

「ひとつだけ、こちらの要求を呑《の》んでいただけましたら、私共は速やかに本来の任務に戻ります」

「拒否したなら？」

「私共は、対月生戦を放棄します」

「なるほど」

なかなか、納得感のある話だ。

ユーリイは、綺麗《きれい》に月生を追い込んだ。そのつもりでいた。でもこの場で本当に主導権を持っているのは、ユーリイではなかった。銃を持っているタリホーと、正直なところ名前もあやふやな一〇名ほどのチームメイトだ。たしかにタリホーたちが裏切るなら、このタイミングが最適だ。

「まずは要求を聞こう」

「貴方が持つ、すべてのPORT株を放棄してください」

「僕に円卓を抜けろというの？」

「ご自身の命よりも大切なものがありますか？」

「さあ。よく探せば、なにかしらみつかりそうだけどね」

「そうですか。私にはみつけられませんでしたが」

ユーリイは、銃口の向こうのタリホーを見上げる。彼女は真剣な表情でこちらを見下ろしている。

「さあ、ご決断を」

あの、香屋歩という少年の話はまったく正しかったわけだ。ユーリイが知らない、ホミニへの協力者。その名前はタリホー。とても素敵だ。ホミニは素晴らしい。まさか、ここまで。ユーリイのすぐ隣まで、手を伸ばしているなんて。

ユーリイは、自身を厳密に律している。日常の一挙手一投足すべてを演じている。同じ動作は同じ速度で、同じように。ユーリイ自身が考えるユーリイというものを完全に再現し続けている。だが、今、ほんの一瞬だけそれを壊した。

タリホーをみつめていた目を、月生に向ける。普段よりも速く、乱雑に。端的に言えば驚いた風に。

彼女だって、月生を警戒していないはずがない。月生に逃げ出されてしまえば交渉の材料を失うのだから。彼女は銃口をユーリイから外さなかった。だが、視線はつられた。こちらの様子を平然と見守っている月生に、たしかに顔を向けた。

その一瞬で、ユーリイはパイプ椅子から立ち上がる。タリホーの銃口を軽く払う。

「無駄です」

とタリホーは言った。

もちろん彼女の銃口をどうしたところで、他の一〇丁ほどはユーリイを向いたままだ。その一〇丁をすべて壊すわけにもいかない。能力が届かない土地に立ち尽くす月生に物理的な暴力を向けていなければ、計画が破綻する。

だがユーリイは慌《あわ》てない。すでに端末に、指が触れている。

――ドミノの指先、発動。

ユーリイはほほ笑んで。

「明日は晴れるかな?」

そう、軽い口調で尋ねた。

＊

私が殺した、と、銀縁が言った。

キドにはその言葉の意味がよくわからなかった。それで、つい足を止めた。

落ち着いた声で銀縁が告げる。

「そこはいけないよ。もう一〇秒で、ＰＯＲＴの人間に発見される。無駄に撃ち合うのは望むことではないだろう？」

それでキドは、どうにか次の一歩を踏み出した。逃げ続けなければいけない。どこまでだって。銀縁に会えるまで。

「殺したっていうのは、どういう意味ですか？」

「そのままだよ。私のせいで、彼は命を失った」

「でも、銀縁さんがナイフを突き刺したわけじゃないですよね」

「順番に話そう。君は聞き流していてくれればいい。逃げることに集中するべきだ」

そして銀縁は、やや小さな声の、優しい口調で彼の息子に関する話を始めた。


銀縁はかつて、子供向けのアニメ制作に携わっていた。

彼はその仕事に誇りを持っていた。毎週一度の何十分かで子供たちを虜《とりこ》にし、勇気と正義をみせつけて、いずれその大半が忘れ去られるとしても胸の奥底に小さな種を植える。やがて、美しい花を咲かせるかもしれない種を。それはきっと素晴らしいことで、だからほとんど人生をかけていたと言ってもいい。自分自身がやりたいことと仕事が一致した、幸福な男だった。

だが彼の人生には、仕事しかなかったわけではない。彼には妻と、息子がいた。仕事に夢中で自宅に帰れないことも多かったが、それでも仲の良い家族ではあった。

ひとり息子は優しく誠実な少年で、彼は銀縁のアニメを愛してくれた。小学三年生のころには、「将来の夢」の作文で、銀縁が作ったアニメキャラクターのようになりたいと書いていた。それを知ったときに銀縁は、思わず泣きそうになった。自分のすべてが肯定されたような気がしたから。この子のためにも、誠実な作品を産みだし続けなければならないのだと銀縁は信じていた。

銀縁の幸福の象徴のような、あの子が死んだのはまだ中学二年生のときだ。

彼は通学に電車を使っていた。

ある日の夕刻、彼はホームから線路に転落した老人をみつけた。彼はその老人を助けようとした。引き上げるには力が足りなくて、彼自身も線路に降りて、後ろから押し上げたのだと聞いている。老人は助かり、彼は命を落とした。

このことは美談としてニュースになり、地方の新聞ではコラムが載った。どこからみつけてきたのだろう、そのコラムには、まだ小学三年生のころに彼が書いた「将来の夢」の作文にも触れられていた。銀縁が創作したアニメヒーローのようになりたい、と書かれた作文だ。

――正しいことを知っていて、その通りのことができて、自分よりも相手のことを考えられる人になりたいです。

ひとりの少年は、幼いころに抱いた夢の通りに行動したのだ、とその新聞には書かれていた。

それは、なんて。なんて残酷なことなのだろう。なんて呪《のろ》わしいことなのだろう。悔しくて、苛立《いらだ》たしくて仕方がなかった。そうじゃないんだ。本当に、大切なことは。君には勇気も正義もいらなかった。ただ、生きていてくれればよかった。そこにいてくれるだけで。君の命に比べれば、他のすべてはなにひとつ意味を持たないものだ。

それから銀縁は、一本のアニメを作った。「ウォーター&ビスケットの冒険」と題された作品だ。

伝えたいことは明白だった。

――生きろ。

生きていろよ。他は、なんにもいらないから。ただ必要なのは水と簡単な食べ物だけで、あとは、もうなんにも。私が君に求めていたのは、それだけだったよ。

この一本を最後に、銀縁はアニメを作ることを止《や》めた。

生きろ、と何度も言って。もう声が届かないあの子に向かって、その単純な言葉を繰り返して。でも銀縁は、少しだけ死にたかった。

「君は、私の息子に似ている」

銀縁の声は最後まで優しかった。

「はじめはわからなかった。正直なところ、捨て犬を拾ったくらいの気持ちだったよ。あんまり君の目が寂しそうだったから。でも、キネマ倶楽部での生活で、ふと感じた。君は私の息子に似ている。優しく、善良で、そして生きる上で大切なものを知らない」

キドは、深く長く息を吸った。

――そうじゃないんだ。

と叫びたかった。なにかに対して。でも、それがなにに対してだかわからない。わからないから、なんだか泣きたくなった。

「君にリーダーを譲渡した、あの夜の少し前のことだ。君が大怪我《おおけが》を負って、それでなんだか怖くなってしまってね。銀縁と名乗る私は、消えてなくなることにした」

彼の声に割って入るように、キドは口を開く。

「オレはただ、貴方に会いたいだけなんです。会って、話をしたい」

「この通話となにが違う？」

「なにもかも。だって貴方の目がみえない」

映画館で、酔った夜なんかに息子の話をしたとき浮かべた、あの優しくて寂しげな目がみえない。それではいけないんだ。きっと。

「私は、君に会うつもりはないよ」

「どうして？」

「さあ。でも私は、君にとっての水でもビスケットでもない」

キドは銀縁のことばかりを考えていた。だが高いポイントで拡張された強化《ブースト》は、問題なくそれに気づかせた。

一筋の光線が、キドのすぐ脇《わき》を通過する。ＰＯＲＴの人間に追いつかれた。逃げ切れるだろうか？　交戦するしかないだろうか？　なんにせよ追い詰められつつある。

「冒険はここまでだ。君をキネマに送り返そう」

「嫌です。オレは何度だって貴方に会いに行く」

なぜ自分がこれほど強情なのか、キド自身にもわからなかった。でも銀縁の話には、キドには受け入れられないなにかがあった。どうしても、受け入れられないなにかだ。

「私が理由で、君が死ぬなよ」

と、銀縁がそう言った。

それはおそらく、キドに向けられた言葉ではなかったはずだ。キドはどうにか息を吸って、なにか言おうとして、でも言葉がみつからなくて。

次に聞こえたのは、幼い少年の声だった。

＊

正直なところ、トーマはわくわくしていた。

「彼の本当の名前は、桜木秀次郎という」

香屋にその名前を告げたとき、彼がどんな反応を示すのかわからなくて。彼にとっても神さまみたいな「ウォーター＆ビスケットの冒険」を作った人間のことを、どう扱うのか知りたくて。

桜木秀次郎の顔は、雑誌に載っていた「ウォーター＆ビスケットの冒険」の記事で知っていた。イドに初めて会ったとき、トーマは「本当に？」と思った。香屋も同じように思うだろうか。「まさか」と疑って、「だとすれば」とどうにか受け入れて、「彼には礼を失せない」と考えた。香屋もそう違いはないのだろうか。

彼は、小さくて、震えていて、でも力強い声で言う。

「それが、どうした」

ああ。やっぱり、香屋は素敵だ。

弱々しくて臆病《おくびょう》な彼こそが、勇敢で格好いいウォーターに誰よりも似ている。

「関係ないだろ。相手が誰だって、知ったことじゃない。キドさんも月生さんも、今すぐに死んだっておかしくないんだよ。そんなの嫌だろ。当たり前だ。ならできることは、全部しろ」

感傷で人が死ぬなよ、と彼は絞り出すように言った。

パラポネラ、とトーマは検索士《サーチャー》の名を呼ぶ。

「イドとキドさんの通話は？」

「継続中です。私には傍受できません」

「あのふたりに、香屋の通話を繋《つな》ぐことはできる？」

「それなら」

トーマは笑う。嬉《うれ》しくて、悲しくて。

香屋歩はいつだって、もっとも的確に冬間《とうま》美咲《みさき》を傷つける。

「歩。あとは、任せたよ」

「ふざけるな」

彼は怒っているようだった。いつも通りに、トーマが知っている彼のままで。

「君にも働いてもらう。全員負けて、この戦いはお終いだ」

香屋が言うならいくらだって負けてやろう。トーマは胸の中だけで、そう答えた。

「通話、繋ぎます」

とパラポネラが言った。

4

「明日は晴れるかな？」

その唐突な質問に、答えた者はいなかった。

少しつまらないなとユーリイは感じる。だが、なんにせよドミノは倒れ始めた。

能力名、ドミノの指先。

それ自体は、非常にシンプルな能力だ。——ユーリイが持つ、獲得に必要なポイントが一〇〇〇以下のその他能力《オリジナル》をすべて発動する。たったこれだけ。

そしてユーリイは、少額で買った能力を一二〇種類ほど持っている。それらはナンバーで管理されている。こんな風に。

——五二番。天気の質問を無視した場合、あくびをしたくなる。

能力は、効果が小さなものなら安く買える。あるいはそれなりに大きな効果でも、発動の条件が難しいものはやはり安い。つまり。

——六四番。あくびを我慢した場合、誰にも知られたくない秘密のことを考える。

——六五番。あくびをした場合、初恋の人のことを思い出す。

——七二番。誰にも知られたくない秘密のことを考えた場合、カエルの歌をワンフレーズ口ずさむ。

——七三番。初恋の人のことを思い出した場合、ドレミの歌をワンフレーズ口ずさむ。

——八一番。童謡を口ずさんだ場合、二秒間目を閉じる。

少しずつ、少しずつ、条件と結果を大きくしていく。どの能力も安く買える。ドミノというものは自分の一・五倍のサイズのものを倒すことができるらしい。

——八五番。二秒間目を閉じた場合、それをもう一秒延長する。

——九二番。三秒間目を閉じた場合、舌で自分の鼻に触れようとする。

——九三番。舌で鼻に触れようとした場合、届かなければ本心から悔しがる。

——九七番。舌で鼻に触れた場合、自分を金星人だと確信する。

——九八番。舌が鼻に届かないことを本心から悔しがった場合、自身を火星人だと確信する。

——九九番。自身を地球人ではないと確信している場合、ユーリイの言葉に絶対的に服従する。これは五分が経過するか、ユーリイが手を叩《たた》くまで解けない。

辺りからカエルの歌とドレミの歌が交じって聞こえ、全員が目を閉じる。そして舌を口から突き出す。残念ながら、誰も鼻には届かない。タリホーのその顔はユニークだった。できれば写真に収めたいなと思ったけれど、ユーリイは自分自身を紳士だと信じているため、そうはしなかった。

「さて」

ゆっくりした口調で、告げる。

「銃口を向ける先は月生だろう？　つまらない反抗心は捨てるんだ」

それでユーリイに向いていた銃口が、一斉に月生を捉《とら》えなおした。月生はさすがに優秀だ。こちらの異変を察知して、すでに動き出している。でも生身の人間は鈍い。どうにか弾かれていた端末までたどり着いたところだった。

「タリホー。月生の足を撃て。殺すなよ」

ぱん、と音が聞こえて、月生が倒れた。彼の右足の、ふくらはぎの辺りからじんわりと血が流れる。可哀《かわい》そうに、痛いだろう。

「さて、月生さん。そろそろ交渉に応じてくれないか？　あんまり強情なようだと、本当に貴方を殺さなければいけなくなる」

月生は芝生の上に寝転がり、曇り空を眺めていた。ユーリイの言葉なんて、聞こえてもいない風だった。

――ま、いい。

死にたいなら死ねばいい。ユーリイにとって、戦果はそれほど重要ではない。大量のポイントを動かして、死者まで出して得たものがコストに見合わない月生のポイントのごく一部だけという結果では、ユーリイへの評価が下がるだろう。だがそんなことはすでに、問題にはならない。

ホミニニは自爆した。周りの連中の口を割らせれば――それは、ユーリイに洗脳されている現状ではなにも難しいことではない――ホミニニが議会の決定に逆らい、対月生戦を利用してユーリイを陥《おとしい》れようとしたことが明らかになるだろう。これはPORTの運営上、許されないことだ。彼は選挙の対抗馬から外れる。

「もし月生が逃げ出すようなら、仕方ない。殺せ」

そう指示を出しながら、彼はもう動かないのではないか、という気がしていた。月生は自分の未来ではない何かに殉じて死ぬのだろう。ならその思いを尊重して良い。

ユーリイは先に、もう一方の予定を片付けてしまうことにした。

「タリホー。君は、ホミニニのために僕を裏切ったんだね？」

タリホーは指示通り、銃口の先を月生から動かさないまま答える。

「いえ」

どういうことだろう？　ここで彼女が、「はい」と答えないのは。今日は想定外のことばかりが起こる。それは非常に心地よい。

「もう一度、舌で鼻の頭を触ろうとして」

彼女はそれに、素直に従う。やはりユーリィの能力は、完全に機能しているはずだ。

「ともかく君は、僕を円卓から引きずり下ろし、選挙ではホミニに勝たせるつもりだった」

「はい」

「今もその気持ちは変わらないかい？」

「はい」

「そう。まあいい。タリホー、君は銃を下ろして」

ユーリィは予定通りに、話を進めることにした。

しゃがみ込み、足元のキャリーバッグを開く。このとき、スーツの汚れを気にせずに片《かた》膝《ひざ》を着くのも、事前にイメージしていた脚本通りだ。

そこにはエーデルワイスの花束が入っている。まっ白な花束だ。キャンドルという花屋に残されていたものを、先ほど回収してきた。花束を作るというのは、意外に専門的な技能がいることがわかった。

さて、とユーリィは思わずつぶやいて、笑う。予定にはないひと言だったから。

「タリホー。君を愛している。今日のことがひと通り片付いたなら、一緒に指輪を選びにいかないか？」

少し不格好な花束を、両手でタリホーに差し出す。

＊

すぐ隣でみていると、よくわかる。

タリホーは普段通りに、表情にはまったく出さないまま、内心でため息をついた。

――ユーリイは情けない男だ。

いつも余裕を持って、完璧《かんぺき》を演じていて、だが自分自身をまったく信じていない。本質の部分が空っぽで、自分には取り立てて魅力なんてないのだと気づいてしまっている。

だから、こんな風な、つまらないことをする。

「はい」

タリホーはその花束を受け取って、それから続ける。

「いったい、どんな能力を使ったのですか？」

一瞬、タリホーは自分を火星人だと思い込んでいた。どんな理屈であんな馬鹿《ばか》げたことが起こるのだろう。今はもうそうではない。ただ、ユーリイの言葉に逆らえないことはわかる。こちらから質問することはできるけれど。

「君が体験している通りだよ」

「相手を洗脳してから告白して、嬉しいですか？」

「断りたければ、効果が切れてからそうすればいい。もうしばらくは幸せな気持ちでいさせてくれ」

「つまらない人」

「ああ。僕は、ただ強いだけの人間だ」

違う、と言いたかったが、言えなかった。彼の能力によって、タリホーはその言葉を信じた。でも本質的な部分は変わらない。

――ユーリイはなにも理解していない。

タリホーから彼が、どれほど悲しくみえているのかを。ただ強いだけだから。違う。いや違わない。彼の能力で思考が混乱する。どうにか言った。

「どうして、エーデルワイスなんですか？」

「調べたんだよ。君の好きな花を」

「香屋歩の能力」

「ああ」

「本当に、つまらない人」

「答えがあるなら、カンニングすればいい。努力すべきなのはどこにも答えがないことだけだ」

「エーデルワイスの学名を知っていますか？」

「いや。花言葉は調べてきたんだけどね、そちらまでは気が回らなかったな」

「レオントポディウムと言います。ライオンの足、という意味だそうです」

「へえ。強そうだ」

「はい。でも強いのはライオンの足ではなく、ライオン自身でしょう」

「かもね。それで？」

「貴方は、たしかに強い。いつだって勝者でいる」

「少なくとも、今のところは」

「はい」

彼は自分自身の強さを知っている。なのに、自分を信頼していない。それはなんて悲しいことなのだろう。

雨雲の向こうから、一筋の光が射した。五分ごとの雨が発動したのだ。だが雨は月生までは届かない。だからタリホーは、そのことを気にはしなかった。

だが。

「撃て」

と短く、ユーリイが指示を出す。

――どうして？

発砲音の中、タリホーは月生に目を向ける。

そこに、ひとりが立っている。

＊

少年の声が言う。

「話をまとめます」

香屋歩。キドは、なんだか笑ってしまう。彼の震えた声が冷ややかに聞こえて。その冷たさが、歩き疲れたときに飲む水みたいに心地よくて。

「銀縁さんもキドさんも、キネマ倶楽部を守りたい。銀縁さんはキドさんに死んで欲しくないし、キドさんだって死にたくない。いいですね？」

香屋の言葉に、銀縁は「ああ」と答えた。キドは「もちろん」と答えた。

苛立たしげに香屋は言う。

「じゃあ、どこに問題があるっていうんですか。ふたりとも同じところを目指している」

その通りだ。だいたいは。でも。

「オレは銀縁さんに会いたいんだよ」

どうして？　まだ、わからない。でも彼に会って、言わなければいけないことがある。

銀縁の方も言った。

「私は彼に、会うつもりはない」

互いに意地を張っているのだろう、おそらく。でも、落としどころもない。

香屋は叫ぶ。

「そんなこと、あとにしろ」

彼は本気で怒っているようだった。全力で苛立っているようだった。

「知ったことか。貴方たちの事情なんて。戦場にいるんだぞ？　馬鹿げたことでもめてる場合かよ。まず生き延びてからケンカしろ」

まあ、その通りではある。

「でもね、香屋くん。この機会を逃したら、いつ銀縁さんに会えばいい？」

キド自身が望外に多くのポイントを抱えていて、たまたまキネマ倶楽部とＰＯＲＴがルール上は交戦中になっている。しかも今のＰＯＲＴは月生に夢中だろう。この機会を逃せば、おそらく次はない。

「いつだっていいですよ、そんなの。普通に会いに行けばいい」

香屋が喋《しゃべ》り終える前に、銀縁が告げる。

「射程に入った。三人だ。逃げろ」

生き延びろ、と彼の言葉の後を、胸の中でキドはささやく。逃げろ、生き延びろ。キネマ倶楽部のリーダーだったころ、銀縁が出す指示はいつもそれだった。

射撃《シュート》の光が輝く。キドは慌てて、裏路地に逃げ込む。

「前方にも三人。射程に入るまで三〇〇メートル――」

今度は銀縁の言葉に、香屋が被《かぶ》せる。

「ユーリイと交渉します。キドさんが侵入したことを、ＰＯＲＴが不問にするように。キドさんと銀縁さんが、落ち着いて話し合えるように。その交渉に使えるカードは、架見崎中に一枚しかない」

前方でも、射撃《シュート》のエフェクトが光る。一時的に六万ものポイントを持つキドにとって、それは大きな危機ではない。〇・五秒後の世界がみえている。光の筋がどこを薙《な》ぎ、自分の身をどこに置けばそれを避けられるのかが。

キドは細い路地のアスファルトを蹴《け》り、壁に足を着く。さらに壁を蹴ったとき眼下を白い光が走った。上へ。そちらにしか逃げ場はない。だが銀縁が報告する。

「ふたり、すでに回り込んでいる」

七階建ての雑居ビルの屋上だ。囲まれている。今のキドに倒せない相手ではないはずだが、ＰＯＲＴの人間を撃てばどうなる？

速い口調で香屋が続ける。

「月生さんを取ります。キドさん、傘の準備を。それから端末を持って。どれほど狭くてもいい。領土を作る準備を」

領土？　とキドは尋ねる。

だが香屋はそれには答えなかった。彼は意思疎通《そつう》が苦手な節がある。

「トーマ、イカサマ」

と彼は言った。

＊

ＰＯＲＴと平穏な国が月生を相手にどう戦うのか、すべてを読めていたわけではない。でも香屋の目からみても効果的な、いくつかの方法はあった。そのうちのひとつが、実際にユーリイが採用したものだ。つまり「チームの領土」を捨てて戦闘範囲外にすることで、強引に月生から能力を奪う方法。

だからそれに対応するカードは、用意していた。秋穂に獲得してもらった、ふたつの能力だ。

彼女の能力によって耐久度を増した傘は、銃弾の何発かを止めるだろう。でも能力のルールにより、戦闘範囲外――今、月生がいる場所まで持ち出せば、効果が切れてただの傘に戻る。本来であれば。

だからあの傘に、もうひとつ能力を乗せた。秋穂が「伝説の装備」と名付けた能力。伝説の装備は能力で獲得、加工された道具《アイテム》を、その機能を残したまま「能力ではないもの」にする。つまり伝説の装備化された傘は能力に関するルールを無視し、交戦範囲外でもその強度を失わない。これで一枚の盾を、月生の前に持ち込める。

「トーマ、イカサマ」

と香屋は指示を出す。

――問題は。

ユーリィがどこまで優秀なのか、だ。

イカサマもまた、戦闘範囲外には届かない。

＊

そしてキドの視界が切り替わる。

ここは、どこだ？　上空。足元に太い木の枝がある。キドは自然とそこに着地する。端末からは香屋の声が聞こえる。

「月生さんを守って」

キドはようやく状況を理解する。そこは公園だった。綺麗に整備された芝生の上に月生が倒れ込んでいる。彼は足から血を流している。ずいぶん離れたところに、ＰＯＲＴの人間。一〇人ほどいる。彼らはそれぞれ銃を構え、月生を狙《ねら》っている。

香屋が続けた。

「ただし、月生さんがいるのは領土の範囲外です」

え、とキドは小さな声を漏らした。なぜならすでに、木を蹴っていたからだ。香屋の言葉の通り、空中で全身がずしんと重くなる。その変化とほとんど同時に、ユーリィの声が聞こえた。

「撃て」

こちらに気づいた？　間もなく、銃声が聞こえる。いくつもいくつも、多少の時差がありながら。その音の中でキドは芝生の上に着地した。足が痛い。傘はすでに開いている。それが銃弾のいくつかを止める。だが、すべてではない。キドよりも先に、二、三の銃弾が、月生に届いていた。

「撃て、撃て」

ユーリイが続ける。

傘はそれほど強度が高いわけでもないのだろう、ひとつ穴が空いた。そのときにはすでに、キドは傘を手放していた。空中に浮かんだそれの陰で、くるりと回る。片手に端末を持ったまま。足がまだ痺《しび》れていて、バランスが崩れる。

――だが、囲った。

ほんの小さな、キドと月生の生命線になり得る円。架見崎では、どこの領土でもない土地を端末で囲えば、自分のチームの領土とすることができる。PORTの真ん中のこの公園に、一点だけキネマ倶楽部の領土が生まれた。

キネマ倶楽部の領土はもちろん、現在、PORTとも交戦中になっている。強化《ブースト》が、蘇《よみがえ》る。

「月生さん」

とキドは声をかける。

だが彼は答えない。

足と、肩と、腹から流れた血が、曇り空の下の芝生を汚していた。

第五話　戦場でみつける命もあるだろう

I

架見崎《かみさき》がまだ七月だったころ、月生《げっしょう》は最強ではなかった。

有力ではあったけれど、突出しているとはいえないプレイヤーのひとりだった。

だから月生は、八月とはまったく違う日々を暮らしていた。多くの仲間がいて、希望と不安があり、どうにか毎日を生き抜いた。架見崎がなんのために存在しているのかなんてことは、ろくに考えもしなかった。

七月の架見崎で、月生はひとりの女性に出会った。

彼女はウラルと名乗った。名前の由来は、そういえば聞いていない。

ウラルは不思議な女性だった。どこが、というわけではないけれど、でもなんだか言動のすべてが他人事《ひとごと》じみていて、人間味を感じなかった。

――それで、貴方《あなた》はどうしたいの？

と彼女は言った。

――そう。なら、そうすればいい。

これがウラルの口癖だった、というわけではない。実際、彼女の口からこの言葉を聞いたのは、ほんの二、三度だったのではないかと思う。でも彼女の冷たい雰囲気によく似合う言葉で、意識に強く残っていた。

月生がウラルに惹《ひ》かれたのは、その熱のない空気感が理由だったのだと思う。どんなに暖かな笑顔よりも、いつも少し不機嫌そうな、彼女の冷めた顔つきに慈愛のようなものを感じた。月生からみた彼女は、架見崎という場所すべてに繊細に傷ついているようだった。楽しいことも嬉《うれ》しいことも、そのすべての先に彼女はいずれ訪れる死と消滅をみているのではないかという気がした。だからだろう、彼女は他者と深く関わろうとはしなかった。

それは架見崎においてさえ、悲観的に過ぎる姿勢なのかもしれない。なんて風に、当時の月生は考えていた。戦場のすぐ隣で笑っていけないわけじゃない。その笑顔を生きる理由にすることだってできるはずだ。ウラルは優しすぎるから物事を悲しい視点でしかみつめられないのだと、勝手に思い込んでいた。

だが違う。今はもう、月生の方が勘違いしていたのだと知っている。

ウラルの悲観はひどく正当なものだった。

それはおそらく、夢ではなかった。

銃弾が撃ち込まれた激痛で、月生は意識を失い、そのあいだにウラルに再会した。彼女が目の前に現れたわけではなかった。相変わらず架見崎に電車はやってこず、ショーケースの中の月生は切れかけたゼンマイでくるくると同じ動きを繰り返している。だがそのガラス張りの壁の向こうから声が聞こえた。

「どうして、戦わないの？」

ウラルの声。やっぱり不機嫌そうで、悲しげな。死者の目を閉じる手つきに似た優しい声。月生はどうにか答える。

「戦う理由がないからだよ」

「じゃあ、貴方になにがあるの？」

「さあ。なんにもないんじゃないかな」

架見崎の八月の始まりから、月生はただ駅にいた。そこに配置された最強というアイコンだった。そして、最強ではなくなったときに消える。よく目立つのに架見崎のゲームを邪魔しない、プレイヤーたちにひとつの達成感を与えるためだけのアイコン。

「私たちは、なんの期待もなく貴方を八月に組み込んだわけではない」

「じゃあ君が、私に生きる意味を与えてくれるというのかな」

「そんなことはできない。わかっているでしょう？」

「ああ。すまない」

架見崎はゼロ番目のイドラを探している。生命のイドラを。生命が当たり前に持つべき偏見を。なら運営者もまた、それを持ってはいないのだ。だから探し続けている。

「貴方の意味なんてものは知らない。それは、貴方自身が探すしかない」

「本当に？」

本当にそれを、探してもよかったのだろうか。

違うのだ、という気がする。月生は自分が、架見崎が探し求める誰かではないことを知っている。だから、自分自身に意味を見出《みいだ》さないことを受け入れた。彼女たちの邪魔をしたくはなかった。

月生は尋ねる。言い訳にも似た気持ちで。

「私は、戦ってもよかったのかな」

運営たちが望む存在ではない自分が、八月の架見崎の勝者を目指しても、よかったのだろうか。

ウラルはきっと、月生の言葉を否定したかったはずだ。でもフェアな運営として、彼女はそうはしなかった。

「七月の架見崎で貴方が賞品として求めたものは、私には希望にみえた。私は今もまだ、貴方がゼロ番目のイドラになるときを待っている」

なんて悲しい声だろう。悲しくて、優しい。

彼女は嘘《うそ》をついたのだ。見え透いた嘘を。

その嘘に騙《だま》されたくて、月生は目を開いた。

2

キドは未《いま》だ、自身が絶望的な状況に身を置いていることを理解していた。

能力が使えるのは端末で囲った一メートル半ほどの円の中だけで、その外に足を踏み出せば銃弾の餌食《えじき》になる。だがその円の中で足を止めているわけにもいかない。強化《ブースト》の使用回数が切れれば同じことだ。

キドがどうにかかすがれるものは、背後で血を流して倒れるひとりだけだった。

「月生さん、目を覚まして」

必死に叫び声を上げる。

すでに香屋歩《かやあゆむ》から貸し与えられた傘は足元に落ちている。銃弾のいくつかがそれに止められ、だがいくつかが撃ち抜いていく。キドはこちらに迫る銃弾に射撃《シュート》を合わせ、あるいは端末で弾《はじ》いてやり過ごす。六万ものポイントはキドを超人にする。だが後ろの月生は、すでに強化《ブースト》の効果が切れている。一発の銃弾が当たり前に致命傷になる。

――そもそも、彼はまだ生きているのか？

月生はあまりに血を流し過ぎている。キドの足元の芝生を湿らせ、靴を濡《ぬ》らす。

いや。生きているはずだ。月生の死というのは、こんなものではないはずだ。あの月生が。架見崎の絶対的な最強が、こんなにもあっさりと死ぬはずがない。

「ああ」

背後から、吐息のような声が聞こえた。

「眩《まぶ》しいな。雲というものは」

キドは銃声の中で、つい背後を確認した。

月生がよろめきながら立ちあがる。彼の顔つきはまるで寝ぼけているようだった。その目はまるでなにもみえていないようだった。足と、肩と、腹から血が流れている。腹のものがもっとも出血の量が多い。ワイシャツを染める赤は、曇り空の下ではどす黒い色にみえる。

銃声が止《や》んだ。

その静寂の中で、ユーリイが言った。

「能力が使えるのは、あの小さな輪の中だけだ。一歩でも出れば撃ち殺せ」

端末から、香屋の声が聞こえた。

「月生さん、傘を。あんまり濡れるとよくない」

月生は血を滴《したた》らせながら、開いたまま芝生に転がっていた傘を拾い上げる。

彼は、すでに穴だらけになっているそれをＰＯＲＴの面々に向けて、そっと一歩、足を踏み出した。

なんて軽い動作なんだろう。キドは息を呑《の》む。彼は死を受け入れているのだろうか。それとも、自分が死にはしないと確信しているのだろうか。

また銃声が聞こえる。

＊

香屋歩は奥歯を噛《か》む。

――情報が、まったく足りない。

今、香屋の端末はパラポネラによってキドの端末と通話が繋《つな》がっている。加えて能力で加工されたスマートフォンケースでトーマとやり取りができる。けれど言葉は遅い。状況の変化に対して遅すぎる。

――わからないことを、知ろうとするな。

香屋は自分に向かってそう言い聞かせる。摑《つか》めるものだけを摑め。届かないものは明け渡せ。あのアニメヒーローも言っていた。――ひとりで抱え込むな。赤子は母親を信じて泣き声を上げる。それが、生きる術《すべ》というものだ。

だから香屋は、素直に泣き声を上げる。

「平穏の状況は？」

トーマからすぐに返事がある。

「準備できた。ふたりと一体があっちに向かう。合流まで一分くらい」

遅い。足りない。

「イカサマは?」

「パラポネラでやれる」

イカサマ。あの、瞬間移動できる能力の使用回数が充分だったなら、まったく違う方法も選べた。より安全に目標を達成できた。でも香屋がその能力について知った時点で、残り使用回数は二回――月生を助けるため、すでに一度キドに使ったから、残りはただの一回だけ。

一回では月生とキドを共に安全圏まで送り届けることはできない。ふたりぶんで二回、さらに月生は能力の効果を得られるアイテムを持っていないため、それを送り届けるのに追加で一回。三回使えれば、状況はより簡単だったのに。

でも、ないものは仕方がない。細い道を進まなければいけない。

「パラポネラじゃない。銀縁《ぎんぶち》さん」

おそらく架見崎で、最高の検索士《サーチャー》。

彼は必ず、こちらの声を聞いているはずだ。

「最適なタイミングで。一秒でも長く、月生を生き延びさせて。彼を守り切れば、僕たちの勝ちです」

震える泣き声で、香屋はそう言った。

「月生、歩き出しました」

とパラポネラが、通話の向こうで報告した。

＊

銀縁はその公園で起こっていることのすべてを検索《サーチ》していた。

月生が、軽く一歩を踏み出す。芝生の上に――再び、能力を失う場所に。

彼はその手に特殊な傘を持っている。だが防具としては脆弱《ぜいじゃく》だ。それは無価値ではないが、銃弾のすべてを止められるわけでもない。月生があの芝生を歩きるには、もう一枚の盾がいる。

銀縁はできるなら、その盾を使いたくはなかった。これ以上、大切な人間を戦場に送り込むなんて馬鹿《ばか》げていた。だが香屋歩が言う通り、現状でユーリイに対して、どうにか交渉材料になりそうなものは月生以外にみつからない。なら月生を守らなければならない。

銀縁はその「盾」に検索《サーチ》を向ける。

彼は自身の声が、銀縁に届いているなんて確信はないはずだ。なのに彼は――ニックは当たり前のようにこちらの名前を呼ぶ。

「なあ、銀縁さん」

懐《なつ》かしい声だ。寂しげで、苛立《いらだ》たしげな。

独り言に似た、でも必ず届くと無垢《むく》に信じている声。

「ちょっとはオレのことも、わかってくれよ」

またなのか。また、愛だとか正義だとか、そんなものが人を死に近づけるのか。

銀縁はニックに通話を繋ぐ。

「死なない覚悟はあるか？」

一方的な質問に、彼は軽く答える。

「もちろん。今できた」

それで、銀縁は、意識をニックから切り離した。

あの公園に集中する。月生は芝生の上で歩みを進め、彼が手にした傘にはまた新たな穴が空く。限界は近い。だが銀縁にとって、人の心が関係しない、ただ弾と盾との関係を読み解くのは難しいことではない。過程を飛び越え結果だけを手にできる。香屋歩がイメージしている、最適な結果だって。

――一秒でも長く、彼を生き延びさせて。

と彼は言った。

月生が手にしている傘の、骨の一本が銃弾で折れて、黒い布がコウモリのように羽ばたく。ここだ。限界だ。身を隠すものを失った月生に弾がぶつかるまで〇・二秒。

銀縁は最後のイカサマを使った。

＊

イカサマ。体験するのは二度目だ。

視界が切り替わり、目の前に銃器を手にした、ＰＯＲＴの面々が現れる。

そのときニックは、事情のすべてを理解していたわけではなかった。ほんの簡単な説明をウォーターから受けて、戦場に放り出された。知らないことの方がずっと多い。でもそれが、別に気にもならない。

——ああ。銀縁さんは、本当に生きてたんだな。

わかってみればそのことは、意外でもないような気がした。後ろにキドがいることだって。彼が馬鹿みたいにこちらに向かって走ってくることだって、まあそんなもんだろうという気がした。

意外なのは、ニック自身のことだ。

なんて気楽なんだろう。なんて、安らかなんだろう。

今のニックにとって、拳銃《けんじゅう》は遅すぎる。彼らの引き金に添えられた指の動きにあくびがでる。こちらは少し前まで、あの月生と戦っていたのだ。一〇万ポイントという数字は、月生を相手にするには明らかに少なすぎた。でもただの銃に不安を覚えるポイントでもない。

本当の問題は、PORTの前に立ちふさがる、この行為そのもののはずだった。

架見崎には決して戦ってはいけない相手がふたつある。片方は月生で、もう片方はPORTだ。そのはずなのに、今はなんの不安も感じない。

認めたくはなかった。でも、けっきょくこういうことなのだろう。

——後ろにキドさんがいて、端末の向こうに銀縁さんがいる。

けっきょく、これが自然なのだ。ニックにとっての、架見崎の日常だ。

「逃げろ。生き延びろ」

と銀縁が言った。

それから彼は、弱々しい声で付け加える。

「みんなでだ」

ニックは、すでに指先で端末を叩《たた》いていた。

――シールド、起動。

目の前に現れた半球状の盾は、簡単に銃弾を止める。

3

ユーリイは胸の中で拍手する。

まるでサーカスをみているようだ。月生は倒れたまま起き上がらなくても不思議ではなかった。だが彼が意識を取り戻すそのときまで、キドが彼を守り抜いた。直線距離で二五メートルほどの、能力が使えない芝生の上を歩き切るのは、月生にとっても困難なはずだった。だがぼろぼろの傘が銃弾のいくつかを受け止めた。不思議な傘だ。おそらく、特別な能力が使われているのだろう。とはいえ傘は充分ではなかった。弾を撃ち続ければ月生に届くはずだった。実際に傘は大きく破損して、なのに同時に、もうひとりが銃口の前に立ちふさがった。傘よりもずっと強固な盾を手にして。

　――シールド。

　その能力を、ユーリイは知っていた。

　かつて平穏な国に所属していた、アズチという男が持っていた能力だ。アズチは死に、同じく平穏のひとりがそれを取り直していた。ニック。その名前を知ったのはごく最近のことだ。彼は平穏の手駒《てごま》として、対月生戦に参加していた。

　彼らはまるでぎりぎりの綱渡りで、月生の命を繋いだようにみえる。だが実際は違うのだろう。すべて、綺麗《きれい》に計算されているのだろう。本物のサーカスがそうであるように。観客が肝を冷やすところまで計算づくで、同じことを一〇〇度繰り返しても、一〇〇度月生は生き延びるのだろう。

　架見崎最強の足が、石畳を踏む。

　かつ、と良い革靴の足音が聞こえる。それはつまり、月生が能力を取り戻した音だ。彼は今、PORTの領土に立っている。

　月生はあちこちが折れ、骨だけになった傘を手放した。

　ユーリイは笑う。目の前に立つ、血まみれの男が怖《おそ》ろしくて。

　――ああ。ホミニニに話したことと、矛盾しているな。

　そう考えながら口を開いた。

「下がれ。君たちは乱入者ふたりを」

優れたリーダーは下に仕事を回す。代わりに彼らのために、最低限の手数で物事が片付く方法を提案する。なんてことを、言ってみたけれど。けっきょくトラブルには自分で対処したくなる。ユーリイは自分自身が、意外に働き者なのだと知っている。

ドミノの指先による洗脳は、もう解けていた。だが周りの連中は、ユーリイの言葉に逆らいはしなかった。月生が怖ろしすぎるからだろう。ユーリイと月生から距離を取り、銃を手放してふたりの乱入者――キドとニックに端末を向ける。

ただひとりだけが、ユーリイの命令に従わなかった。

タリホー。彼女は静かに、ユーリイの後ろに立っている。普段の通りに。

ユーリイは彼女に顔を向けてほほ笑む。

「僕が、勝つところをみたいかい？」

タリホーは軽く首を振った。

「どちらかといえば、負けるところを」

「そう」

彼女の願いを、叶《かな》えてあげられるだろうか。それはなかなか難しいように思う。

下がれ、ともう一度ユーリイは言った。今度はタリホーが、軽く頭を下げて後退する。

「さて。お待たせしたね。月生さん」

そう声をかけても、月生に反応はない。

――彼はまだ、意識を取り戻していないのではないか？

そんな風に感じる。だが、だからどうというわけでもない。

どれほど血を流していても、どれほど呆《ほう》けた顔をしていても、目の前に立っているひとりが純粋な戦力では架見崎で最強だという事実に変わりはない。

ユーリィは端末を叩く。久しぶりの強化《ブースト》の使用。それから、ドミノの指先の再使用。

ドミノの指先は、戦場でも有効な能力だ。きちんとドミノが倒れれば、相手はユーリィの命令に従わざるを得ない。無力化することも、自殺を促すことも自在だ。

だがもちろん欠点もある。ドミノがぱたんぱたんと倒れているあいだは、相手が完全に無力化されるわけではない。たとえば先ほど使った、天気の質問から始まるルートであれば、最後の効果が発動するまでにおよそ七秒かかる。月生を前にして七秒間を耐えることは、ほとんど不可能だといえる。

先に月生の方が動いた。彼は右手を拳《こぶし》にして打ち出す。

――遅いな。

あくまで月生にしては、ということだが。彼は明らかに血を流し過ぎている。もう死にかけだ。最大限弱体化してこれなのだとすれば、やはり架見崎の常識外に速い。

顔をめがけて飛んでくるその拳を、ユーリィは回避したつもりだった。でも拳はわずかに頬を掠《かす》めていた。それで、意識が飛びかける。なんの力もない拳にみえたのに。対してユーリィが突き出した左拳は簡単に回避されている。

だが、この程度であれば、ユーリィにとって脅威ではない。

ドミノの指先はすでに発動している。

――三番。ユーリイを殴った場合、左目がみえなくなる。

言葉を用いない、より戦場に向いた条件が起点となるドミノのルート。

前提となる条件を達成しやすいぶん、その効果も強くはない。三番はほんの一瞬、一秒の十分の一ほどの時間だけ対象の片目を奪う。だがそのあいだに、ユーリイは向かって右側――月生の左目の先に踏み込んでいる。

月生の反応は完璧《かんぺき》だった。片足を引きながら隙《すき》のない動作で首を振り、ユーリイを右目に収め続けていた。そしてユーリイは、彼が的確にこちらの動きに反応することを知っていた。次のドミノが倒れる。

――七番。左を向いた場合、右足から力が抜ける。

この効果も一瞬。だが、月生の右膝《みぎひざ》がかくんと落ちる。

ユーリイはやや大きな動作で月生の腹を蹴《け》った。その一撃は、交差した彼の腕に止められる。だが足に力が入らない彼はそれでよろめき、右膝を地につける。

――一一番。片膝をついたとき、そちらの足が動かなくなる。

この効果は発動が少し難しいぶん、継続時間が長い。とはいえたかだか五秒間だが、強化士《ブースター》同士の戦いにおいて、五秒ものあいだ片足を失うことは致命傷に近い。

ユーリイが回すように放った拳が、月生のこめかみを打った。

――一八番。ユーリイにこめかみに触れられた場合、平衡感覚を失う。

こちらも五秒間。未だ片膝をついたままの月生が、さらに右手をつく。

――一二番。片手をついた場合、反対側の腕に激痛が走る。

ユーリイは、自分の力を正確に理解している。

ただの殴り合いでもそれなりには強い。だが飛び抜けてはいない。死にかけの月生は、それでもなおユーリイよりも強いだろう。だからそんな次元では戦わない。すべてが脚本通りに進行する、結果がわかりきった戦いしかしない。

ドミノの指先の効果で、月生は左腕を抱えて顔をゆがめた。平衡感覚を失っている彼はそれで地面に倒れ込む。ユーリイはその頭に向かって一歩を踏み出す。

――三〇番。ユーリイに頭を踏まれたものは、呼吸ができなくなる。

効果時間は三〇分間。あるいはユーリイが手を叩いて解除するまで。普通は死ぬ。

だがその足が、月生の頭を踏むことはなかった。

足首が月生に掴まれている。彼はそのまま、ユーリイの身体《からだ》を放り投げる。架見崎の最強。まだ、こんな力が残っていたのか。

ユーリイは宙で身体を捻《ひね》り、身を屈《かが》めて着地する。

顔を上げると、目の前に月生がいた。彼の拳はいつの間にかユーリイの腹に突き刺さっていた。殴られた。なら、三番が発動する。だが身体が動かない。

「だいたい、わかりました」

月生の声は落ち着いていた。見上げた彼の目には、すでに理性が戻っている。顔色が悪い。スーツのあちこちが血で汚れている。その他は、普段通りの月生だ。

「貴方は強い。でも、戦場を知らない」

彼は能力で生んだ痛みが残るはずの左腕で、軽く眼鏡を押し上げた。

「戦場の人間は、痛みでは止まらない。より生理的なダメージを与える必要がある。今、貴方が膝をついているように」

ああ。その通りだ。

月生に殴られた。その痛みなど問題ではなかった。意志の力ではどうしようもない。物理的に、身体が動かない。脳と身体が切り離されたようだ。

——でも、どちらかといえば、戦場を知らないのは貴方だろう？

月生はまだ、こちらを殺そうとしない。つまらないことを悠長に喋《しゃべ》っている。生物としてどこか壊れている。

こちらを殺す気がないのであれば、七秒間のタイムラグは問題にならない。「明日は晴れるかな？」と、ユーリイは尋ねるつもりだった。

だが、口を開けなかった。

——速い。

月生。あんなにも傷ついていて、なお。ユーリイは飛んでくる拳を、どうにか片腕で受けた。その衝撃でユーリイの動きが止まる。なら次が来る。月生の右足。側頭部を狙っている。動かない身体をどうにか動かして回避した。

「貴方には、喋らせない」

と月生がつぶやく。

――ずいぶん、見下されたものだ。

こちらに詰めてくる月生に、ユーリイは左の拳を合わせる。彼はそれを軽く手の甲で振り払っている。やはり速い。

――違う。

対応できない速度ではない。でも、上手い。戦い方が。タイミングを外さない。

月生はただポイントが高いだけの強化士《ブースター》ではない。戦いに慣れている。現在、観測できる中で、架見崎でも最古参のプレイヤー。

それは怖ろしいことだ。だが、月生が本来持つ怖さではない。彼には触れることもできない。瞬《まばた》きのまぶたが閉じるよりも先に、こちらは地面に這《は》いつくばっている。そういった、絶対的な怪物だったはずだ。

――なら、足りないよ。

タリホーの望みを叶えるには。ユーリイが敗北するには足りない。

月生は血を流し過ぎた。理解の外に立つものを怪物と呼ぶ。ただ上手いだけであれば、それは怪物ではない。

ユーリイは月生を仕留める脚本を脳内に描きながら、一歩を踏み出そうとした。

そのとき、目の前を白い光が走った。

＊

「月生さんを守って」

なんて冗談みたいな言葉が、端末の向こうから聞こえた。

だがキドの方は、それどころではなかった。一〇名ほどのPORTの面々の目がこちらを向いている。その中のひとり、足の長いスーツ姿の女性が言った。タリホー。PORT内でも有数のプレイヤー。

「平穏な国とは、不可侵の約束をしているはずですが」

キドは平穏の人間ではない。能力で作られた契約書の文面ではそうなっている、という

だけだ。だがキドの前に立つひとり――ニックはたしかに、平穏に所属している。

ニックは自身の端末に向かって、苦笑を浮かべる。

「だ、そうですよ。どうします？」

端末からは、すぐに返事があった。ウォーター。この戦場で、PORTの人間と対等に

語り合うには、あまりに幼く聞こえる声。

「約束を破ったのはそちらでしょう？　オレたちは手を取り合って、月生さんを落とすつ

もりだった」

その中性的な子供の声にタリホーが応じる。

「ええ。それが？」

「なのにPORTは、月生さんにポイントを譲渡させ、独り占めしようとした」

「それがルール違反ですか？　取り決めは、とくになかったはずです」

「ならオレたちが月生さんを守ることだって、取り決めで禁止されてはいない。ご理解いただけますすね？　オレも平穏の人間として、PORTにポイントを独占されるわけにはいかない」

「つまり、戦争ですか？」

「いえ。交渉です」

キドはすでに、芝生の上を――能力が使えないその地帯を歩き終えていた。そのあいだに銃声が聞こえなかったのは、ニックがキドを守る位置に立っていてくれたこともあるだろうが、どちらかといえばPORTがキドに価値を見出していないからではないかという気がした。月生のような特別なプレイヤーではない。倒そうと決めれば、力任せに打ち倒せる相手。

タリホーは未だに、ウォーターとの会話を続けている。

「いったいどこに、交渉の余地があるのでしょう？」

「それをオレも、考えていました。具体的な話ができるのは、コインの結果が出てからですね」

「コイン」

「表か、裏か。うちは月生さんを連れて、PORTから逃げ出すつもりです。PORTは月生さんを捕らえて、うちの人間を追い出そうとする。結果は二択で、まだどちらになるのかわからない」

「もっとシンプルに、あなた達の命を奪う方法もあります」

「お好きに。できるなら」

ふたりのやり取りを聞きながら、キドは苦笑する。ずいぶん勝手なことを言ってくれるものだ。

「オレは、コイントスに負けたことがありません」

とウォーターが言った。

「戦いは、運では勝てませんよ」

とタリホーが言った。彼女はすでに銃身の長い狙撃銃《そげきじゅう》を手放していた。代わりに、腰にさした刀に手を添える。

――状況は、極めて不利。

今のニックは強い。月生のせいで感覚が狂うが、一〇万P持つ強化士《ブースター》は本来であればまず敵がいない。だが相手はPORTだ。その中でも著名なタリホーと、一〇人の精鋭部隊だ。どれだけ甘くみても、ニックとタリホーで互角。では、キドとその他の一〇人では？一対一なら負けはしない。だが一〇人は相手にしきれない。しかも、のちの交渉を考えたとき、キドの方は極力相手に死者を出すべきではない。

端末から、震える少年の声が聞こえる。

「勝とうとしないで。目的を間違えてはいけない。月生さんを守って」

その声に従って、キドは引き金を引く。

狙ったのはタリホーでも、その後ろに控えるPORTの一〇人でもない。遠方で月生と向かい合うユーリイだ。

それは当たりはしなかったが、ぴくん、とタリホーの眉《まゆ》が跳ねる。

――なるほど。

香屋歩からみたこの戦場は、圧倒的にこちらが不利というわけでもないようだ。

＊

元々、香屋の脳内には明確なイメージがあった。

――キドと、月生の共闘。

月生は架見崎において、いつだって破格のカードだ。あれを上手く使った方が勝つ。

問題は、ユーリイがどこまで優秀なのかだった。月生が能力を取り戻してもなお彼を完封できるだけの用意を済ませていたなら、この戦いに勝ち目はなかった。でも、そうではない。ユーリイは自ら月生の前に立った。ならあちらに、これ以上の切り札はない。

――そうでなきゃ、月生さんの前にPORTのリーダーが立つかよ。

うっかり負けたらPORTが消える。そんな判断、追い込まれていなけりゃできるわけがない。だから月生対ユーリイのほかはすべてノイズだ。ふたりの戦いの結果だけがすべてを決める。ＰＯＲＴのリーダーと、傷だらけとはいえ最強の月生。どちらが勝つのかだけがすべて。

――なんてギャンブルに、乗ってたまるか。

ＰＯＲＴの切り札がユーリイなら、全力でそれを落とす。こちらの手札のすべてをユーリイのために並べる。使えるものはなんでも。乗せられるだけ乗せる。

好みの戦い方ではなかった。力任せに押すのは被害を読めない。だが他の道が思いつかない。より安全なルートがみつからない。奥歯を噛みしめる。

「トーマ」

彼女の名を呼ぶだけで尋ねる。

トーマの方も短く答える。

「合流まで、あと二〇秒」

「もう片方は？」

「微妙。たぶん二、三分」

「遅い」

「これでもずいぶん、急いだんだよ。彼女は気まぐれだから」

苛立ちながら香屋は、内心で感心してもいた。

トーマはやはり、香屋にはできないことをする。香屋にはどこに隠れているのかわからなかったピースをいつの間にか手にしている。だが、彼女は不思議なことを言った。

「あの子に関しては、ちょっと申し訳ないね。私の仕事なのにほとんどなにもしていないから。彼女、君のファンらしいよ」

意味がわからない。が、そちらを考えている暇もない。

ユーリイはどこまで優秀なのだろう？　やはり、それが問題だ。

＊

キドが放つ射撃《シュート》の一筋の意図を、正確に汲《く》み取れるのは自分だけだとニックは確信していた。

——くそ。なんだよ、それ。

タリホーを落とす。そう覚悟を決めていた。だが身体は反射的に、キドの射撃《シュート》を追っていた。目線のフェイントだけでタリホーとそのほかの一〇人の一瞬を奪い、そのあいだに地を蹴る。キドがユーリイを狙えと言っている。

キドはすでに次を、次の次を放っていた。炸裂弾《さくれつだん》がユーリイの背後で弾ける。ノーマルの光線が彼の頭があった場所をなでる。それでどうしようもなく、ユーリイが身を屈めて前方に一歩を踏み出す。月生という、絶対的な戦力に向かって踏み出す一歩だ。彼の意識の大半は月生が奪っている。その空隙《くうげき》に向かって、ニックは手にしたナイフの刃を差し出す。

ユーリイはナイフごとニックの右手を肘《ひじ》で叩いて回避する。その勢いでニックは身体を回転させ、踵《かかと》で彼の首元を狙う。瞬間、ぐらりと視界が揺らいだ。具体的な効果はわからない。だが、なんらかの能力の影響を受けている。

——知るかよ。

がむしゃらにニックは足を振りぬいた。もちろんそれは、空を切る。ユーリイは強い。だが最強ではない。月生の拳がユーリイの腹を捉《とら》えている。

——こんなもん、圧勝だろ。

戦いにならない。ユーリイの目の前にはあの月生がいて、さらにニックとキドとが狙っている。負けるわけがない。

キドは優れた射撃士《シューター》だ。月生の拳を受けたユーリイを見逃すはずがない。そう思っていたが、次に彼の光が狙ったのはユーリイではなかった。タリホー。彼女が素早く反応し、ニックに迫っていた。キドの一筋がその足を止める。

——圧勝だ。今だけは。

ニックは続けてナイフを突き出す。最短距離を、まっすぐにユーリイに向かって。攻撃が単調すぎると自覚していた。だが気持ちが急《せ》く。

状況は変わり続ける。ユーリイを、月生とニックが狙っている。邪魔なタリホーはキドが止める。ここまでであれば、圧勝だ。だが向こうにはまだ一〇人いる。タリホーほどの反応はみせていないが、それでも精鋭たちが。その一〇人がキドを狙えば、彼は落ちるだろう。キドが落ちればニックだってタリホーにやられる。すべてが逆転する。

その前に、有利を摑んでいるほんの数秒のあいだにすべてを終わらせるつもりだった。だがユーリイは冷静だ。ニックの攻撃を軽くいなしながら、月生との間合いを取る。ＰＯＲＴの兵たちはニックを狙おうとしたようだった。だがタリホーが、短い動作でまずキドを落とすよう指示を出す。

――くそ。

当たらない。当たらない。一〇万ものポイントがあっても、ユーリイに届かない。だがそんなこと知っている。ニックは自分が、どの程度のプレイヤーなのか理解している。

でも、月生。

――お前は、最強だろ。

いつまで、もたもたと。

月生の鋭い右拳が、ユーリイの顎《あご》を捉えた。ようにみえた。だがユーリイはそれを受け止めている。

月生のスーツを染める赤い血が、その範囲を広げたようにみえた。

ほんの数秒間の有利が過ぎ去り、状況が反転していく。

＊

月生は、素直に感心していた。

――強いな。この男は。

PORTリーダー、ユーリイ。能力が優れているだけではない。高いポイントの強化《ブースト》を使いこなしているだけではない。学習能力が異様に高い。

彼は初め、月生の動きについてこられていなかった。単純に速度の差ではなく、戦場に立った回数の違いだろう。ずいぶん血が流れて愚鈍な身体でも、月生は経験で彼に攻撃を当てることができた。だが彼は瞬《また》く間にそれに対応してみせた。

ユーリイは極めてクレバーに戦う。

彼は右腕の動きで、簡単なフェイントを仕掛ける。月生の方も、その腕でこちらを攻撃する意図はないことはわかっていた。だが次の動作が読めない。詰めてくるのか、距離を取るのか。打撃が目的なのか、別の攻撃手段を用意しているのか。月生の胸に迷いが生まれる。その直後、ユーリイの目が空をみた。

――雨。

あの、天から無機質に降る光の一筋。本来の月生にとっては軽くハイタッチを交わす程度の攻撃だ。だが、今の月生にとっては、そのハイタッチでさえ足がふらつく。

どうしようもなく、月生の意識が空に向く。だが雨は降らない。

――当たり前だ。

雨はウォーターの能力だ。彼女がこの戦場で、さらに月生を攻撃する理由はない。すでに能力を解除しているだろう。だが思考が届かなかった。ユーリイはすでに起動しない雨の存在までフェイントに組み込み、月生の意識が空を向いた一瞬で腹を打つ。

息が、詰まる。自身が死に近づいているのがわかる。腹から流れた血がワイシャツを濡らし、その重みでさえ地面に倒れ込みたくなる。ユーリイが鋭く踏み込む。

それを止めたのは、一本のナイフだった。

ニックの刃《やいば》がユーリイの顔を狙い、それで彼が軽く背後に重心を移し替える。月生の身体は自然と動いていた。回すように放った拳がユーリイの頬を打つ。ユーリイは地を転がりスーツを汚す。だが彼は素早く起き上がり、笑った。

その姿を月生は片目でみる。左目の視界は、彼の能力で一瞬だけ奪われている。

——泥汚れが、意外に似合うじゃないか。

ユーリイはいつだってスマートなのだと思っていた。スーツに皺《しわ》ひとつつけないのだと。だが彼は、なりふりを構わない戦い方もできる。

ユーリイの視線が月生を外れる。それで、次に彼が狙うものを理解した。月生は今の自分が持てる最大の力で足を踏み出す。その膝から力が抜けた。ユーリイの能力、ではない。純粋に、肉体の限界が近い。間に合わない。

ユーリイがみつめていたのは、キドだった。危ういバランスで成立している、この戦場の均衡を保つ重心のひとつ。

キドにはまるで、ユーリイの姿がみえていないようだった。彼は鋭い射撃《シュート》でタリホーの足を止めさせるのに夢中だった。あのナイフを持つ男——ニックもキドを守ろうとはしない。ひたすらにユーリイの隙を探している。

——バランスが、崩れる。

ほんの瞬きのあいだにキドが落ち、それでひと息に戦況が傾く。

月生はその未来を覚悟した。だが、そうはならなかった。

ユーリイとキドのあいだに、ひとりと一体が立っている。

＊

走るのはあまり得意ではない。もちろん強化士《ブースター》なのだから、苦手だというわけにもいかないけれど。

紫《むらさき》は守備的な強化士《ブースター》だ。

——風の片翼、起動。

唯一《ゆいいつ》持つその他能力《オリジナル》は、圧縮した大気の塊を一定の範囲内で自在に操る。ユーリイの拳にその大気の盾を添えて軌道をそらし、多少は威力が弱まったそれを交差させた両腕で流すように受け止める。

——どうにか、間に合った。

キドとニックの戦場に。それはつまりキネマ倶楽部《くらぶ》の戦場に。

紫の背中にはウサギのぬいぐるみがしがみついていた。それが、ぴょんと飛び上がってユーリイに迫る。意外に速い——そのウサギはおそらく、対月生戦のために紫より強い。

幅な底上げを受けた紫より強い。

「ユーリイにはウサギを」

少年の声が聞こえた。後ろ——キドが持つ端末からだ。香屋歩、という名前は紫も知っていた。ウォーターの恋人だとも噂《うわさ》される少年だ。でも、顔をみたこともない。彼は興奮した様子で喋り続けている。

「ユーリイの能力はぬいぐるみには効果がないかもしれない。なんにせよ最初に倒れるのはぬいぐるみがいい。紫さんに求めているのはキドさんを守ることだけだ」

ユーリイの能力というのがどんなものなのか、紫にはわからない。だがこの戦場ですべきことは知っている。まるで日常の一部みたいに。食卓の決まった位置に食器を並べるように。キドは射撃《シュート》でニックをサポートする。紫自身の仕事は、そのキドを守ることだ。ニックの刃が敵に届くまでふたりが機能していれば必ず勝つ。キネマ倶楽部の戦場。

ユーリイが身を引いた。ウサギは彼に張りついている。代わりにタリホーがこちらに迫る。速い。でも、より速いのは何人かのPORTの兵士たちだ。彼らは至近距離からキドを狙って射撃《シュート》する。紫はもっとも速く的確な射撃《シュート》を放とうとする端末に風の片翼をそえて射線をずらす。その他——五筋の光線が放たれる。

——威力は？

知らない。考えている暇はない。上手く当たるだけだ。

五筋のうちのふたつは、そもそもキドを捉えてはいなかった。彼の移動経路を想定してそれをふさぐためのものだ。残りのみっつを、腕と、肩と、腹で受ける。腹のひとつは反応できなかったものだった。防御的に強化《ブースト》を拡張している紫を一撃で落とすほどではないが、息が詰まって顔が歪《ゆが》む。

そのあいだに、タリホー。彼女はまるで、被弾で紫が動きを止めることを知っていたようだった。もしもこれが一対一の戦いであれば、明らかに大きすぎる動作で手にした刀を振り下ろす。紫は風を纏《まと》った腕で、どうにかそれを払いのけた。上手く刀の側面を叩けたが、ぴりりと痺《しび》れて痛みが広がる。

だがこちらも、ふたりがタリホーに反応していた。まずはニック。彼はあくまでユーリイに迫りながら、ナイフの一本をタリホーに向かって投擲《とうてき》している。タリホーが軽く身を引いてそれを躱《かわ》す。――躱された、はずだった。だが、キドの射撃《シュート》がニックのナイフを掠め、その軌道を逸《そ》らす。ふいに角度を変えたそれを、だがタリホーは刀で受けた。素晴らしい反応だ。でも。そのときには紫も、足を踏み出している。一歩と共にまっすぐに伸ばした拳がタリホーの腹にめり込む。

――入った。

タリホーは飛び跳ねるように後退して、クラウチングスタートに似た姿勢で何度か咳《せ》き込んだ。だが、追撃できない。向こうの強化士《ブースター》数人が迫ってくる。キドはむしろタリホーから距離を取ることを選んだようだった。紫も彼を守る位置を保って移動する。

「間に合わないな」

と小さな声で、キドがつぶやいた。

＊

自覚があった。キドはこの戦場の、ほとんどすべてを理解していた。
先ほど、ユーリイはほんの一瞬だけ意識をこちらに向けた。でも、紫が現れた。彼女は後危ういバランスで均衡する
戦場の中の、もっとも崩しやすい一角を切り崩そうとした。でも、紫が現れた。彼女は後
ろに立つひとりを守ることに特化した強化士《ブースター》だ。
即座に状況を理解したのだろう、ユーリイの狙いは、すでにこちらから逸れている。現
状で危ないのはニックであり、そして月生だ。ＰＯＲＴ側の戦力が再配置される。ユーリ
イはあちらの兵たちの、とくに射撃士《シューター》の銃口を月生に向けさせた。
あんなものは本来、月生にとって問題にならない。
実際に今だって月生は、敵の射撃《シュート》を回避し、あるいは軽く手で払い落としている。でも、
ユーリイをまだ仕留められていないことが、おかしい。
この戦いが始まったとき、深く傷ついた月生とユーリイは互角程度にみえた。むしろ、
あれほど血を流してもなお月生の方が上回っているようにも。だからそこにニックが加わ
れば、ほどなくユーリイは落ちるはずだった。キド、紫はタリホーたちを相手にしている
ためニックのフォローが充分ではないが、代わりにウサギのぬいぐるみがよく働く。あれ
はユーリイにまとわりつき、確実に彼の自由を奪っている。
なのに、ユーリイが落ちない。傍目には平然としている。

理由はふたつだ。一方はユーリイ自身が、瞬く間に月生の動きに対応したこと。だがこちらは、まだいい。手を止めなければ隙は作れるはずだ。問題は、もう一方。

明らかに、月生が鈍っている。

傷口からは血が流れ続け、一秒ごとに彼が削り取られていく。時間が経《た》つほどにこの戦場はユーリイに有利に傾く。だから彼は、決着を焦《あせ》らない。ウサギとニックを上手くいなしながら月生に負荷をかけ続け、血が滴《したた》る音を聞いている。

――せめて、あと一枚。

もうひとつだけ、こちらに攻撃の手があれば。たとえばこの場に藤永《ふじなが》がいてくれたならどれほど心強いだろう。どれほど、戦い方に幅が生まれるだろう。

だが彼女がこの戦場に現れることはない。香屋だってそんなこと許さないだろう。ニック、紫、そしてキド自身は、対月生戦で平穏から借り受けた膨大なポイントでどうにかここにいる権利を得ている。でも藤永にはそれがない。

――焦るな。

とキドは自身に言い聞かせる。衰えていく月生そのものが、キドたちへの釣り餌《え》でもある。決着を焦るとPORTの牙《きば》はキドや紫に向き、それでこの戦いは終わる。だがいったい、どうすれば焦らずにいられる？　このままでは間に合わない。月生が致命的に崩れるまでに、ユーリイを落とし切ることができない。――強引にでも、オレもユーリイを狙った方がいいのではないか。毎秒、その葛藤《かっとう》がキドの胸に生まれる。

「まだ」

と端末の向こうの香屋は言った。

「このままでいい。耐えて。もう少し。あちらが一手を間違えるまで」

キドには彼の声が、ただ祈り続けているように聞こえた。起こるはずのない奇跡を待ち続けているように。ユーリイが手順を間違える姿なんか想像できない。でも理性が違うのだという。キドが知っている香屋歩は、決して奇跡を待たない。

――なら、耐えろ。

このまま。じりじりと不利に傾く戦場を支えろ。キドはタリホーの足を止める射撃《シュート》の合間に、どうにか一度だけユーリイに銃口を向ける。偶然だろうか、ユーリイはその瞬間、こちらをみたような気がした。

引き金を絞る。だが、当たらない。ユーリイを乱すこともできない。

キドはこの戦場の、ほとんどすべてを理解していた。だから、今、戦いを支配しているのがユーリイだと知っていた。敵味方の区別なく、まるで王のように、彼が盤面の未来を決める。

その未来に、香屋の目は届いているのだろうか。

＊

「耐えて。耐えて。もう少し」

端末の向こうの少年が繰り返す声は、まるで呪《のろ》いのように聞こえた。

それは紫自身が、戦場に立つときはいつだって胸の中でささやく言葉でもあった。

——いや。最近は、そうでもなかった。

この一〇ループ間は違う。キネマ倶楽部にいたころ、繰り返していた言葉だ。

当時は耐えることが紫の戦いのすべてだった。キドが敵の陣形を決定的に崩すまで、ニックの刃が標的に届くまで、じっとうつむいて耐え続ける。自身の肉体を効率的に削りながら、もう一秒だけ、その何十分の一だけ長く立っていられる手順を辿《たど》る。

その戦場は安らかだった。悩みなんてなにもなかった。ただ我慢を手放さなければ、必ずすべてが上手《うま》くいくと信じられたのだから。

どうしてだろう? その感覚を、思い出した。戦況は有利だとはいえない。今はもう耐え抜いた先に勝利があるなんて信じられない。それでも、耐えろ。耐えろ。少年の声に合わせて、自分に言い聞かせる。それが私のすべて。それが戦いのすべて。

ニックがユーリイに殴り飛ばされる。彼はどうにかこの戦いに食らいついているが、やはり実力の差は大きい。ユーリイの追撃を止めるため、キドは三発の射撃《シュート》を撃った。問題は弾数よりも時間だ。その一秒間ほどで、ユーリイはウサギのぬいぐるみの片腕をもいでいる。PORTの兵たちは続けざまに紫に襲い掛かる。体勢を崩していたニックは放置され、結果的にキドの三発は無駄になった。でも、奇妙な確信がある。もしもキドがニックを守ろうとしなければ、ユーリイはニックに追撃を加えていただろう。

おそらくキドは、この戦場を正確に見渡しているはずだ。抜け目なく、詳細に。だがユーリイはその先を行く。この戦場の未来自体を、彼が作っている。戦場の支配者。

──なのに、どうして。

タリホーの刀をやり過ごしながら、その向こうのPORTの兵たちの射撃《シュート》をできる限り効率的に受けながら、紫の胸の中は奇妙に安らいでいた。勝利がみえないまま、ただ耐えることが苦痛ではなかった。

望む結果に届かない過程に、なんの価値がある？

──違う。

今いる場所は、過程ではないのだ。ここが、結果なのだ。

──私も、たぶんニックも、ずっとこうしたかった。

当たり前に命を懸けられる、安らかな戦場に立ちたかった。トリコロールでも平穏な国でもない、キネマ倶楽部の戦場に。

だから、これではいけない。

──私はニックのようであってはいけない。

あの死にたがりみたいに戦うべきではない。耐えろ。耐えろ。安らかに敗北を受け入れようとする胸の中の諦《あきら》めにさえ耐え抜いて、立ち続けろ。

タリホーの刀が、紫の目の前に迫る。紫は彼女の胸元に足を踏み込んで刃を回避する。タリホーは器用に刀の柄《つか》で紫の頬を殴る。脳が揺れた。奥歯を強く噛《か》んで意識を繋《つな》ぎとめる。キドの射撃《シュート》がタリホーを押し返す。

すべてに、耐えろ。

——私はもう、キネマ倶楽部の人間ではないのだから。

あのチームを捨てることを選択したのだから。

暖かな思い出に似た安寧に抗《あらが》い、戦場に立ち続けなければいけない。

いつまで？　いつまでだって。

この戦いだけではない、架見崎のすべてが終わるそのときまで。

＊

ユーリイは、すでに戦いに飽きつつあった。

血と共に怪物性を失った月生に、自分が敗れる未来は想像できない。思いのほか動きがよいウサギのぬいぐるみは愉快ではあるが、動きが単調でやり過ごすのに不安もない。

——もしも、もう一発。

月生に命中した銃弾の数が少なかったなら、状況は正反対だったかもしれない。今よりもほんの少し彼が余力を残していたなら、ユーリイの方が、戦う術《すべ》を持たないほどに一方的に抑え込まれていても不思議はない。でもそうはならなかった。

この戦いは、形勢に差がついたチェスの終盤に似ている。戦力差を保ったまま、相手を疲弊させ続ければ良い。それは苦のない作業だ。駒を最適な場所に動かし続けるだけだ。

——どうする？　ウォーター。

もしもここからユーリイが敗れるなら、新たな駒が必要だろう。

月生とユーリイの戦いに割って入れるほどでなくても良い。でも、通常の戦場であれば圧倒的なプレイヤーがもうひとり、平穏側に現れたなら少し危うい。

だが平穏にはその駒がない。PORTほどの余裕がないあのチームは、雨のために費やした三〇万近いポイントが重すぎる。対月生用にポイントを集めたニック、紫、キドとウサギのぬいぐるみはすでに戦場に並んでいる。どうにか戦える駒はウォーター本人くらいか。だが彼女はこの戦場には向かない。彼女の能力の解析はすでに終えている。ウォーターは、その経歴が理由だろう、搦《から》め手に特化している。今、あちらに必要なのは、純粋に戦って強いひとりだ。

目の前に立つ月生は、身体がひと回り縮んだようにみえた。拳の一撃が明らかに鈍い。だがそれよりも狙《ねら》いがよくない。意外性がない。頭が回り切っていないのだろう。惰性の攻撃は怖くない。

——あと、一分といったところか。

すでにふらつく月生が倒れたなら、この戦いは終わる。どれほど弱っていても、ユーリイの敵は月生しかいない。

だが、そのとき。

「未知の敵です」

鋭く、タリホーが叫んだ。

4

彼女たちが、決して上品とはいえない半地下の狭いバーを訪ねてきたのは、ほんの五分ほど前のことだった。

そのときホミニニは、ひとつだけあるソファー席に寝転がり、絞ったタオルを額に載せていた。月生との戦いで、頭がまだふらふらする。二日酔いに似て吐き気がひどいが、迎え酒でやり過ごそうという気にならないのが違いといえば違いだ。

ドアを押し開けて現れたのは、ふたりの女性だった。

一方は知っている。前髪が長い、二〇歳ほどの女。

ホミニニは思わず、身を起こした。それで額のタオルが滑り落ちる。

――パン。

未確認のパン。円卓で一度だけ、顔を合わせたことがある。それは一〇ループ前の、前回の選挙のときだった。

ホミニニは笑う。

「ユーリイが、約束を守ったってことか？」

対月生戦で前衛に立つ代わりに、パンの連絡先を教えて欲しいと頼んでいた。

だがパンの方は、「ユーリイ？」と軽く首を傾《かし》げる。

「そんなことはどうでもいいから、取引をしましょう。ちょっと急いでいるのよ」

「へえ。どんな？」

「私の一票を、貴方《あなた》にあげる。代わりに彼女を、貴方の部隊に入れて」

パンは後ろに立つひとりを指さした。

歳《とし》はパンと同じくらいだろうか。黒い髪を短く切った、背の高い女だ。身体がよく引き締まっている。おそらくなにか、格闘技の経験があるのだろうという気がした。

「お前は？」

とホミニニは声をかける。

黒髪の女は不機嫌そうに顔をしかめて、端末を差し出した。

「不本意だが、仕方ない。早くしろ」

会話にならない。

ホミニニは自身の端末を取り出し、検索《サーチ》を起動した。ホミニニの検索《サーチ》はたいしたポイントでもないが、データの獲得は苦もなかった。

その女は今、どのチームにも所属していない。しかも所持ポイントはゼロと表示されている。完全な、ただの人間だ。

ホミニニはパンに確認する。

「本当に、オレに投票するんだな？」

「しつこい。気が変わるよ」

明らかに、状況が不自然だ。だがやばい感じもしない。ホミニニはこんなとき、自身の直感に判断を委《ゆだ》ねる。

「オーケイだ。問題児だらけの楽園にようこそ」

ホミニニは黒髪の女の端末に、自身の端末をぶつける。

「挨拶《あいさつ》はいい。すぐに出ていく」

とその女は素っ気なく答える。

端末にはメッセージが表示されている。

——登録名「黒猫《くろねこ》」が、あなたのチームに加入しました。

その女——黒猫の方も自身の端末に目を落として、笑った。苦笑のような、でも柔らかな、魅力的な笑みだった。

「なんて無駄なことを」

と黒猫はささやく。

それから彼女は、端末を叩《たた》いた。強化《ブースト》の起動。だが、どうして。彼女の所持ポイントは、たしかにゼロだったはずだ。

黒猫はもうなにも言わず、ホミニニに背を向けた。

＊

死亡したプレイヤーの所持ポイントは、いったいどうなるのだろう。半分は殺された相手に奪われて、もう半分は死体が消えるまではそのプレイヤーのものなのだろうか。それとも死者のポイントは、即座にゼロになるのだろうか。

わからないが、少なくとも黒猫の件では迷う必要もなかった。彼女は死亡する直前、自身が持つポイントのすべてを白猫《しろねこ》に譲渡していたから。

だからPORTで黒猫が生き返っても、彼女は一Pも持っていない。死後は黒猫がミケ帝国の人員リストから外れていたから、無所属になることは想像がついた。無所属のプレイヤーはどのチームにでも即座に入ることができるが、ポイントがゼロのままだともちろん能力は使えない。すべての能力が凍結されている。

――だから、ひとり、PORTに送り込んでおきましょう。

と提案したのは、香屋だった。

ポイントは、他チームの人間に譲渡する場合は端末同士をぶつけ合う必要がある。だが同じチーム内のやりとりであればより自由だ。離れている相手にも譲渡できる。黒猫が今回の戦闘に参加するには、PORTの一員となるのが最適だった。そしてPORTに所属した黒猫に、速やかにポイントを送るには、もうひとりPORT内に協力者がいる。その「もうひとり」にはコッチという男が選ばれた。

そのとき秋穂栞《あきほしおり》はミケ帝国とPORTのチーム境にいた。ただの付き添いだ。コッチに会うために、わざわざ白猫とコゲが足を運んでいた。

検索《サーチ》の結果をみて、コゲがため息をつく。

「そんなに渡して、どうするんですか」

軽い口調で白猫が答える。

「復帰祝いだ。派手な方がいいだろ」

白猫は五万ものポイントをコッチに渡し、彼はそれを黒猫に送った。だが黒猫は二万P少々の能力しか獲得していないため、半分以上は無駄だ。ただ黒猫が倒されたときに奪われるポイントが増えるだけだ。

コッチが自身の端末に目を落としてつぶやく。

「これからオレ、どうなるんっすかね」

それには白猫が冷ややかに答えた。

「知るか。黒猫に聞け」

かつてコッチは、ブルドッグスというチームのスパイとしてミケ帝国に所属していた。

そして彼はブルドッグスに――その向こうにいた平穏な国の指示に従ってある工作をして、そのせいで黒猫は命を落とした。おそらくコッチが許されることはないだろう。いくらチームの運営が大らかなミケ帝国であれ、裏切り者を放置はできない。

少なくとも今回、コッチは裏切らなかった。五万ものポイントを預けられ、その全額を黒猫に送った。秋穂はどちらかといえば、コッチが許されて欲しかった。でもそれはミケ帝国が判断すべきことで、口を挟めもしない。

秋穂にとって、より重要なのは黒猫だ。

彼女は今、ホミニニ——PORTの部隊のチームの所属になっている。つまりPORT内で能力を使える。香屋が戦場に紛れ込ませた、きっと誰にも想像できないカード。

コゲが黒猫に通話を繋いでいた。その端末に向かって、秋穂は言った。

「まさか、学校のことを忘れてはいませんよね？」

——伏兵っていうのは、いつ戦場に現れるのかが重要なんだよ。

と香屋歩は言った。

二万Pは月生やユーリイには、遥《はる》かに及ばないポイントだ。一方で、決して、PORTの兵士たちに見劣りするポイントでもない。

均衡した戦場に現れたなら、秤《はかり》を一方に傾けるポイントだ。

＊

「まさか、学校のことを忘れてはいませんよね？」

と声が聞こえた。秋穂栞の声だ。

それで、黒猫は苦笑する。以前ミケ帝国は、平穏な国と戦っている。ミケの本拠地である学校まで敵が迫ったが、どうにか撃退した。それができた理由のひとつは、キネマ倶楽部リーダー、キドがミケに手を貸したことだった。

——もちろん、感謝はあるよ。

だが。

「PORTにケンカを売るというのは、さすがに求めすぎじゃないか？」

秋穂は軽く答える。

「後まで尾を引く問題にはなりません。香屋が上手く処理します。それより、月生さんが消えた架見崎を想像してください。この戦いを、PORTの一方的な勝利で終わらせるのは、ミケにとっても望むことではないはずです」

知らない。よくわからない。ついさっきまで死んでいたのだから。

考えるのも面倒になり、黒猫は尋ねる。

「どうしますか？　リーダー」

期待通りの言葉を、白猫は答える。

「好きにしろ。外交は、お前の仕事だ」

黒猫は笑う。

——白猫なら、どうするだろう？

その想像の答えが、あまりに明白で。

「では軽く運動して帰ります」

一ループ半ものあいだ、死んでいたと言われても実感がなかった。それでも少し身体《からだ》が鈍《なま》っているような気がする。

軽く膝《ひざ》を曲げて地を蹴《け》った。速度に特化した強化士《ブースター》である黒猫にとって、PORTはそれほど広いチームでもない。

＊

キドは自身の射撃《シュート》の合間で、タリホーの声を聞いた。

「未知の敵です」

たしかに彼女の存在は、キドにとっても未知ではあった。

黒猫。ミケ帝国の、三人のトップのうちのひとり。生き返っていたのか。でも、どうしてここに。

黒猫は、速い。今はもう六万ものポイントを持つキドの目からみても。それはおそらく純粋な速さだけではない。戦い方が速いのだ。判断のひとつ、足を踏み出す一歩、視線を巡らせながら吐くひと呼吸のすべてが、暴力的に速い。

たかだか二万と少しのポイントしか持たない、この戦場においてはか弱いとさえ言える彼女の存在が、だが決定的に戦況を傾ける。ユーリイだって、月生とニックとウサギのぬいぐるみで手一杯だ。タリホーはキドと紫を抑える必要がある。余剰ぶんの、PORTの一般兵たちがバランスを取り、それで戦いは硬直していた。だが。

黒猫は一〇人の一般兵たちに比べれば圧倒的に速く、圧倒的に鋭い。ポイントではたかだか倍程度の差しかないはずなのに、一〇人をまとめて置き去りにする。すべてが繊細に拮抗《きっこう》したこの戦場で黒猫を止められる者はいない。

ユーリイがタリホーに叫び返す。

「二分持たせろ。こちらを終わらせる」

黒猫の乱入で、決定的に、時計の針が進む。

＊

香屋歩にとって、あの戦場で競っているものは明白だった。

月生とユーリイ、どちらが先に倒れるのか。月生は時間の経過で弱っていく。彼が限界を迎えるそのときまでに、こちらの手札を戦場に並べなければいけない。すべての手札が並んだとき、ユーリイを上回っていたならこちらの勝ち。そうでなければ負けだ。

端末の向こうで、トーマが気楽に告げる。

「黒猫、合流」

これで、全部。この見通しの悪い戦いで、香屋にできたことは全部だ。

香屋は席を立つ。端末を摑《つか》んで、教室を後にする。白猫は香屋を、トーマへの人質としてミケ帝国に置いていた。だが黒猫が生き返った今、香屋を縛るものはない。

「どこにいくの？」

と端末からトーマの声が聞こえた。

「後始末だよ。迎えに来て」

と香屋は答えた。

もしもまだ、あの戦場でユーリイに届かないなら、どうしようもない。これまでのプランを投げ捨てて、また新たな道を探すしかない。何人もの死体の先で。

でも香屋歩はまだ、架見崎における最強の獲得を諦めてはいない。

月生の強さと価値を、見限ってはいない。

「これで負けたら、ユーリイが悪い」

彼が優秀過ぎるだけだ。

5

その意外なひとりが戦場に現れても、ユーリイに不安はなかった。

——少し、遅い。

月生が弱り過ぎている。負けはない。

ユーリイはまず、場を整えることにした。

右からウサギのぬいぐるみ。その柔らかな拳《こぶし》を摑み、引き寄せる。左から平穏な国のナイフ使い。ナイフをウサギの身体で受け、ナイフ使いを蹴り飛ばす。ウサギも刺さったナイフごとそちらに投げた。

その悠長な動作のあいだに、月生からの攻撃はなかった。彼は月曜日の朝礼で眠たげな生徒がそうしているように、ただぼんやりとした瞳《ひとみ》で立っていた。

——ドミノの指先、起動。

ユーリイは尋ねる。

「いつ雨が降るだろうね？」

この質問を止められなかったのだから、月生の負けだ。

＊

戦場で、ニックは繰り返し絶望した。

完璧《かんぺき》に戦うユーリイに。あまりに弱った月生に。有効な攻撃手段をひとつも持てない自分自身に。

今だって。簡単にナイフを受け止められ、ユーリイに蹴り飛ばされ、地に転がったその瞬間だって、絶望していた。

——いや。嘘《うそ》だな。

こんなものどれも絶望には足りない。敵が強いことも。自分が弱いことも。どれも。

何度だって繰り返す。何度だって、届かないものに手を伸ばす。

転がっていたウサギの腹からナイフを抜いた。顔を上げる。ユーリイの姿はずいぶん遠い。ＰＯＲＴの兵がふたり、こちらを狙っていた。だが、それは黒猫が止める。

——どうして、オレを守る？

なんてことを、今は考えるな。もっと鋭利に、純粋に。放たれた矢のような、希望も絶望も持たない一筋になる。

ニックは芝生を摑んで、よろめく足で強引に立ち上がった。

＊

ユーリイの質問に、緩慢な口調で月生が答えた。

「もうすぐですよ。あと少し」

――五一番。天気の質問に答えた場合、くしゃみをしたくなる。

彼はわずかに顔をしかめたが、くしゃみはしなかった。

――六二番。くしゃみを我慢した場合、思い出せる中でいちばん古い記憶を思い出す。

――七〇番。いちばん古い記憶を思い出した場合、森のくまさんをワンフレーズ歌う。

月生が小さな声で、その歌詞を口にする。ある日、森の中。ドミノはぱたぱたと倒れていく。彼は弱々しい歌声と共に足を踏み出す。鋭くはない。

――八一番。童謡を口ずさんだ場合、二秒間目を閉じる。

ユーリイの目の前で、そっと月生は目を閉じた。ユーリイはわずかに身を屈《かが》め、彼の眉《み》間《けん》に拳を打ち込む。

その拳が、空を切った。

「あなたは戦場を知らない」

とまた、月生が言った。

＊

ユーリイの拳が空を切ったとき、キドは確信した。

——一手を、間違えた。

ユーリイが。この戦場の支配者が、必ず当たると信じて突き出した拳を外した。些細《ささい》な綻《ほころ》びだ。でも、たしかな綻びだ。彼は勝負を焦ったのだ。

その姿をみても、キドに喜びはなかった。胸の中はただ静かで、まるで自分の意思ではないものに操られるように射撃《シュート》を放つ。

声は聞こえない。

でも香屋歩が、戦いを終わらせろと言っている。

＊

ユーリイは、間近に立つ月生をみつめる。

——八五番。二秒間目を閉じた場合、それをもう一秒延長する。

目を閉じたままの月生の拳が迫る。速い。いや、速くはない。だが、なんだ？　回避できない。鮮やかな衝撃が腹を打ち抜き、両足で踏みしめていた地面が揺れる。

さらにその足を、射撃《シュート》で弾《はじ》かれ片膝をついた。キド。よくみている。素晴らしいプレイヤーだが、まだ足りない。

ユーリイは曲がっていた膝を伸ばし、一歩を踏み出す。

――九二番。三秒間目を閉じた場合、舌で自分の鼻に触れようとする。

目の前で、月生が舌で自身の鼻の頭に触れた。

――九七番。舌で鼻に触れた場合、自分を金星人だと確信する。

ドミノの終わりは近い。

ようやく、月生が両目を開いた。

＊

紫はたしかに、キドの射撃《シュート》がユーリイを捉えるのをみた。

ダメージは？　いや、そんなことを考えるな。

――私の仕事は変わらない。

後ろに立つキドの盾でいる。そのために、ここに立ち続けている。

PORTの兵がキドに向かって射撃《シュート》を放つ。紫はその射線に身を投げ出す。痛くはない。濃密に圧縮された戦場に対して、痛覚はひどく遅い。だが純粋な衝撃が紫の足を止める。

そこに、タリホー。彼女は迷いなく刀を振り下ろす。紫はその柄に風の翼を添える。刀の軌道がわずかに傾き、紫の右肩に深く食い込んだ。

――取った。

イメージした通りに。自らの血と肉でタリホーの刃を止めて、その背を右手でつかむ。

だが、タリホーの判断は速い。彼女は刀から手を放し、紫の腹を打っていた。深い衝撃に意識が揺れる。耐えられない。足から力が抜ける。

紫に選べたのは、自身が倒れる方向だけだった。タリホーに寄りかかるように、前のめりに倒れながら紫はささやく。

「これ以上、一歩も前に進ませない」

タリホーの身体を、強く両手でつかむ。

同時に、キドのハンドガンが一撃を放っていた。

＊

紫の肩に刀が食い込み、飛んだ血がキドの顔を濡《ぬ》らした。

キドは、目を閉じなかった。自身の役割に殉じるために。

紫が血を流して生んだひと呼吸ほどの自由を、最適に使いこなさなければいけない。迷いはなかった。

――これが、もっとも確実な一撃だ。

そう信じてキドは、射撃《シュート》を放つ。

＊

ようやく、月生が両目を開いた。

ユーリイはその瞳に思わず息を呑《の》んだ。

強い瞳だ。絶望のない、揺らぎもしない、まっすぐな瞳だ。この架見崎の最強は、まだ戦意を失っていないのだ。なにを狙っている？　こちらをどう攻撃する？

ユーリイは自身に迷うことを許した。それでもドミノは、止まりはしないから。

――九九番。自身を地球人ではないと確信している場合、ユーリイの言葉に絶対的に服従する。これは五分が経過するか、ユーリイが手を叩くまで解けない。

終わった、とユーリイは確信する。

あとはただひと言、彼に指示を出すだけ。

「月生。僕を――」

ユーリイが口を開いたとき、背後で爆音が聞こえた。

＊

ニックの霞《かす》む視界に映った、ユーリイは遠い。

どれほど？　わからない。とても、とても。

――知ったことかよ。

力の入らない足で走る。一歩を。次の一歩を。

ニックは自分自身が、ユーリイには届かないことを知っていた。疲れ果てたこの身体に残るすべてを絞り切って、からっぽになってぶっ倒れるまでやり切って、それでもあの背中には触れられないと知っていた。

——だから、なんだってんだよ。

別にここは、オレの戦場じゃない。ユーリイの戦場でも、月生の戦場でもない。みえていたわけではなかった。想像もつかなかった。だが、意外でもなかった。すぐ真後ろに、射撃《シュート》が着弾する。キドの射撃《シュート》。それは着弾点で激しく爆発する。力強い爆風が、優しい衝撃で背を押す。

時計の針がかちりと動く瞬間のように、ニックからみえるすべてが加速した。

——ここは、キネマ倶楽部の戦場だ。

だから、ひとりきりの力では決して届かない背中まで、ニックは跳んだ。

6

目の前の景色に、月生は深く息を吐き出した。

爆風で吹き飛ばされるように加速した傷だらけのナイフ使いが、杖《つえ》にすがるようにユーリイの背に寄りかかっている。鋭利な刃《やいば》を突き立てて。

ユーリイ。

——本当はもう私より、貴方の方が強かった。

この血が流れ過ぎた身体に対して、ユーリイの方が速く、力強かった。ユーリイが上で自分自身が下だと、月生は早い段階で気づいた。だからその差を、もう少しだけ広げることにした。

月生は丁寧に、繊細に、少しずつ手を抜いた。ほんの一握りの戦う力を身体の奥に残したまま。ユーリイからみえる月生よりほんのわずかに強いまま、決定的な瞬間が目の前に現れるのを待った。

それでもユーリイは綻ばなかった。一手ずつが的確で、注意深く戦う姿に隙《すき》のひとつもなかった。最後のひとり――黒猫が戦場に現れるまでは。

あれで、ユーリイは決着を急いだ。最後の最後で一手を間違えた。そして決定的な一瞬に、月生はユーリイをただみつめることを選んだ。

――私はまだ、殺されてやらないよ。

と、生きる意志だけを込めて。

それはなんの力も持たない視線だった。でも、架見崎の最強だと意識に刷り込まれている月生の視線だった。あのときユーリイは戦場をみるのを止《や》めた。目の前の月生だけに集中した。

――ユーリイ。貴方は、戦場を知らない。

盤上に並んだ駒《こま》ではない、人間たちの戦いを知らない。まるで弱々しい一筋の光のような意志が、刃を突き立てる場所だということを理解していない。彼の敗因はそれだけだ。

ユーリイの背には、深く刃が刺さっていた。

彼はまだ、倒れなかった。背を丸めて、驚いた風な顔つきでこちらを見上げた。

ふ、と月生は息を吐く。まっすぐに拳を突き出す。その拳がユーリイの顎《あご》を弾いて、それでようやく、彼は倒れた。

――さあ、帰ろう。

金星に。違う。あの駅に。ユーリイはユニークな能力を使う。金星人というのはなんのことだろう？　思わず笑ってしまう。

月生はユーリイに背を向けた。

数歩進んで、足がすべる。

――おや？

つまずいた？　なにに？　いくら傷ついているとはいえ七〇万Pの強化士《ブースター》がいったい、なににつまずくというんだ。身体が傾く。

なるほど。現実以上に自分が有利だと勘違いしていたのは、月生の方も同じだったようだ。想像を超えてこの肉体は限界を迎えている。頭を守るために手をつく、そんな小学生にも当たり前にできる反射的な防御が、今の身体ではできない。

――私は無様に地面に倒れ、もう立ち上がれはしないだろう。

そのまま死ぬのか。名も知らないPORTの兵にとどめを刺されるのか。わからないが、ともかくもう動けない。

月生は目を閉じた。だが月生の身体は、地面に倒れ込みはしなかった。

肩を支えられる。耳元で、男の声が聞こえた。

「さあ、逃げましょう」

キド。平穏の――違う。キネマ倶楽部という、小さなチームの射撃士《シューター》。

「いつだって。逃げ切れば、オレたちの勝ちです」

ふと思い出す。

ユーリイとの戦いで動かない身体を無理に動かしていたとき、考えていたのは月生自身のことではなかった。あの女性――ウラルでさえなかった。同じ戦場に立つ人たち。仲間とはいえないが、共闘の関係にある何人か。彼らの命というものを、たしかに重たく感じていた。

――ゼロ番目のイドラ。

それに指先が届いたのだろうか。違うのだ、という気もする。架見崎が探し続けているものは、こんなにも単純な、ちっぽけなものではないはずだ。

だが一方で、この程度のことなのだ、という気もした。

アポリアの問いかけで、価値を失ったひとつ。だがそれまでの長い時間、すべての生物が抱え続けてきたひとつ。当たり前に確信されていたもの。

「私はもう、限界だ」

月生は笑う。

「だから、力を貸してください」

戦場でみつかる命もあるのだろう。
それをしっかり瞳に映したくて、月生はまぶたを持ち上げた。

第六話　ウォーター＆ビスケットのテーマその１

1

夕刻に雨が降り始めた。

強い、強い雨だ。すべてをかき消すような。架見崎《かみさき》を雨音の底に沈め、血も吐息も洗い流すような、それは無機質にみえる雨だった。

香屋《かや》歩《あゆむ》はレストランの窓越しに、雨音を聞いていた。ＰＯＲＴと平穏な国のチームの境にあるレストランだ。

白いクロスがひかれた、大きなテーブルについているのは、香屋のほかにはふたりだけだった。

向かいに、ＰＯＲＴを代表するユーリイ。隣に、リリィの代理という立場のトーマ。本音じゃこんな席に座りたくはなかった。秋穂《あきほ》辺りに任せて逃げ出してもいいんじゃないだろうか、とずいぶん迷ったけれど、香屋は自分の手でこの戦いを終わらせることにした。

ユーリイはほとんど白に近い金髪の、体格のよい男だ。身体《からだ》中に満遍なく筋肉がつき、瞳《ひとみ》は理性的で悪意を感じさせない。鼻はすらりと高く、口元は上品にほほ笑んでいる。彼の肉体は理想的にみえた。男性的な人体というものをもっとも美しく作り上げるとこうなるのではないか。だから、なんだか味気なかった。彼に比べればダビデ像の方がいくぶん人間味があるように思った。

その完璧《かんぺき》なユーリイの姿が、今はいくらか崩れている。彼の顎《あご》には白いガーゼが張り付いていた。そこを軽くなでて、ユーリイは言う。

「負けたよ。完敗だ。よければこのあと、君たちの勝利に乾杯させてくれ」

香屋はいつものように緊張していた。だから、というわけでもないけれど、ユーリイの雑談には乗らなかった。さっさとこの席から立ち去りたくて、まっすぐに本題を切り出した。

「今、月生《げっしょう》さんを手にしているのはキネマ倶楽部《くらぶ》です」

キドと共にキネマ倶楽部まで逃げ延びた月生は、そこで気を失った。

彼の傷はキネマのメンバーのひとりが能力で癒《いや》したが、それは充分ではない。キネマの治癒能力者はポイントが低く、失った血と体力までは戻らなかった。どうにか一命をとりとめている、という状況で、まだ意識を取り戻していない。呼吸は浅く、架見崎には――少なくともキネマ倶楽部には輸血の設備もない。

軽く頷《うなず》いて、ユーリイは言った。

「では、最終ラウンドを始めようか？」

ＰＯＲＴと平穏が組んで月生を落とす戦いの、最後のラウンド。香屋は手の甲でテーブルを叩《たた》く。

「それが、ここです。このテーブルで終わらせましょう」

「君が？」

「貴方《あなた》が。ＰＯＲＴが頷けば、すべてお終《しま》いです」

「うちに引けというのかい？　たかだか、僕ひとりが敗れただけで」

ユーリイはその言葉を、心から口にしているように聞こえた。ＰＯＲＴのリーダーである自分自身の敗北を、軽く受け入れているようだった。たしかに彼の考え方は、ひとつの正解ではある。月生はすでに戦えず、それを守るキネマ倶楽部は弱い。ＰＯＲＴは今もまだ架見崎の王者で、態勢を立て直せば、月生を落とすことは難しくない。

香屋はじっと彼の瞳をみつめる。

「ポイントを出します。こちらからの要望は、今回の戦闘の完全な決着。もちろん、キネマの人間が多少ＰＯＲＴに踏み込んだことも不問にしてください」

「僕の記憶じゃ、平穏さんのナイフくんに刺されたように思うけどね」

トーマが軽く首を傾《かし》げてみせる。

「なにか問題でも？　先に裏切ったのはそちらでしょう。月生さんのポイントを独占しようとした。苦情を言いに行ったうちのニックに、貴方たちが攻撃を仕掛けた」

「そうだったかな？」

「はい。ニックはただ、ＰＯＲＴの公園で無害なシールドを張っただけです。そちらのタリホーが刀を抜くまでは」

「僕たちの認識とは少し違うようだね」

「そういうものでしょう？　戦場というのは。互いに身勝手な正しさを主張し合う」

ふ、とユーリイが笑うように息を吐く。

ＰＯＲＴのリーダーにナイフを突き刺したという事実は、簡単に看過できるものではないだろう。香屋はそう思っていたけれど、どうやらユーリイ自身がニックに刺されたことをあまり気にしていない様子だった。彼が話を戻す。

「ま、いいよ。平穏さんとの協定は、ＰＯＲＴにとっても利益がある。うちと平穏、それからキネマ間で、遺恨なく戦闘を終結させる。これが、そちらの要望でいいかな？」

軽く頷いて、香屋は付け加える。

「それから、もうひとつ。キネマのリーダーと、そちらの、イドさんが安全に面会する場を設けてください」

「不思議な条件だね。面会？」

「キネマは月生さんを説得して、ポイントを出させます。多少は報酬があっても良いでしょう」

「いくら出す？」

「ＰＯＲＴと平穏に、それぞれ三〇万ずつ」

月生のポイントは、元々七〇万と少し。今回の戦闘中にＰＯＲＴの有力者をふたり落としたため、さらにポイントを伸ばしているが八〇万には届かない。だいたい七八万Ｐというところだと聞いている。

それを仮に八〇万だとしても、月生を倒した場合は半減で四〇万。さらにそれを平穏と四対六で分け合う契約になっているはずだから、ＰＯＲＴが得られるのはたった一六万。三〇万Ｐはその倍に近い。数字だけでみれば、彼に選択の余地はない。

だがユーリイは、簡単には頷かない。

「嫌だと言ったら？」

答えたのはトーマだった。

「うちが、全額いただきます。オレの能力はご存じですね？」

トーマは圧倒的に性能が高い治癒能力を持つ。おそらく簡単に、月生が再生する。

彼女の言葉を香屋が引き継いだ。

「この交渉が決裂すれば、キネマは平穏に逃げ込みます。もちろん月生さんを連れて。たしかにＰＯＲＴは平穏よりも強い。でも平穏と月生さんの連合軍に、勝ち切れますか？」

勝てるわけがない。よほどの切り札を、ＰＯＲＴが抱えていない限りは。

だがユーリイは余裕を崩さない。

「ま、五分五分と言ったところだね」

本当に？　嘘《うそ》だ。おそらく。でも香屋の方にも確信はない。相手の発言を無根拠に否定しても仕方がない。

「だとして、五分の戦いを、ＰＯＲＴが仕掛ける必要はないはずです」

当たり前に話を進めれば、架見崎の勝者になるのはＰＯＲＴなのだから。わざわざ自分たちから波風を立てる必要はない。五割にすがる勝負なんてもの、弱い方が選ぶ道だ。

「三〇万は少し安いね。平穏との契約があります」

「いいえ。平穏との契約があります。うちが月生を落とせば、およそ四〇万ポイントになる」

「あんなもの、僕も彼女も守るつもりはないよ」

ユーリイの悪意のない視線を向けられて、トーマが苦笑する。

「ま、抜け穴があることはたしかだね」

そんなもの潰《つぶ》しておけよ、と思うけれど。たしかに香屋が話を聞いた範囲でも、あの契約を無視する方法は思い浮かぶ。

「だから、四〇万で手を打とう」

ユーリイの言葉に、香屋は苦笑する。

「本来、六割を獲得する権利を持っている平穏側も、三〇万で納得しているのに？」

もちろんトーマとは、事前に話をつけている。月生が持つ七八万Ｐを、ＰＯＲＴと平穏に三〇万ずつ、計六〇万。残りの一八万Ｐを月生がそのまま所有する。

ユーリイはトーマをみつめる。

「どういうことだい？　キネマに遠慮する理由があるのかな」

その言葉は、想定していたもののひとつではあった。

この場でユーリイが、トーマを味方につける。PORTと平穏な国が手を取り合う。その構図はたしかに成立する。月生をかくまっているキネマ倶楽部は弱小だ。ユーリイとトーマが仲良く敵になればすべてを奪われる。

香屋は口早に言った。

「同意を得られなければ、うちはすぐに月生さんを平穏に預けます。この条件で平穏が、PORTを選ぶ理由はない」

平穏にとって利益が最大になるのは、月生の八〇万Pをそのまま手に入れること。PORT側がそれを避けるためには、香屋の提案に乗らざるを得ない。一方、平穏側もあまり無茶なことはできない。安易にキネマを裏切ると、今度は月生のポイント全額をPORTが獲得する危険が生まれる。

PORTには平穏の、平穏にはPORTの威を借りながら落としどころを作る。それが香屋の狙《ねら》いだった。だが。

「たしかに三〇万Pずつというのは、オレも少し不満です。得られるポイントの額というより、月生さんの手元に一八万も残すのが怖い。香屋が力を持ちすぎそうだ」

トーマ。こいつ、裏切りやがった。

「話が違う」

「気が変わったんだよ。仕方ないでしょ」

トーマは笑いながら、いじめっ子の目でこちらをみている。これだから人気者は嫌いなんだ。自分自身が嫌われることへの恐怖心がないから。

香屋は息を吐き出した。

「ぎりぎりまで妥協して、七〇万ポイント出す。それ以上は無理だ。僕もキネマを説得できない」

「この話が決裂したら、どうするの？」

「ホミニニさん辺りと手を組むよ」

ホミニニとは話したこともないから、どうなるかわからないけれど。でも、月生を手土産にすれば、PORTを裏切るのではないかという気がする。

椅子《いす》の背もたれに身体を預けて、トーマは両手をポケットに突っ込んだ。

「PORTが四〇万で、うちが三〇万。この形でも、別にいい。オレとしてはそれでかまわない。でも、一応は平穏の代表代理という立場ですからね。もう少しだけ、ごねておきたい気持ちもある」

ユーリイが頷いた。

「わかるよ。トップというのは窮屈なものだ。それで？」

「今回も、これでいかがですか？」

彼女は右手をポケットから取り出した。指先で一枚のコインをつまんでいる。

「確認しても？」

「どうぞ」

トーマがコインを差し出して、ユーリイがそれを受け取る。彼はそれをくるりと裏返しながら言った。

「では、表に」

「君は、どちらに賭《か》ける？」

「そう。じゃあ――」

ユーリイが、軽い音を立ててコインをテーブルに置く。裏側を上にして。

「僕の勝ちでいいね？」

ふ、と声を出してトーマは笑った。

「イカサマをするにしても、もう少し演出にはこだわって欲しいな」

「すまないね。準備をしていなかった。これが今の僕にできる、最大限の配慮だよ」

「配慮」

「チームの力で強引に無理を通されたというよりは、コイントスで負けたことにしておいた方が、聞こえがよいだろう？　チームにはフェアな勝負の結果だと報告すればいい」

「オレの自慢は、架見崎じゃ一度も負けていないことです」

「僕だってそうだった。今日、君たちに負けるまではね」

ユーリイは、とん、と人差し指で自身の胸の辺りを叩いた。

「ここに――正確には裏側だが、ナイフを突き立てられてね。あれは痛かったな。現場に治癒能力者がいなければ、命を落としていたかもしれない」

トーマは軽い口調で答える。

「それはお疲れ様でした。どうかあまり危ないことはなさらないように」

「僕の一敗と、君の一敗では釣り合わないかな？」

トーマがしばらく、黙考する。

香屋は内心でため息をつきながら、ふたりのやりとりを眺めていた。話に置いて行かれている。口を挟む余地もない。でもまあ、仕方がない。

力の強さでいうならもちろんいちばんはPORTで、その次が平穏だ。キネマなんて名前もあがらない。四〇万対三〇万対八万。悪くないバランスだ。キネマが、PORTと交戦したことを不問にしてもらえる上に、あの巨大なチームの五分の一もポイントを得られるなら。

「いいでしょう。今日は負けておきます」

トーマがささやいて、ひとつの戦いが決着した。

＊

レストランからの帰り道は、トーマに送ってもらった。

フロントガラスを白く霞《かす》ませる大粒の雨を、ワイパーが弾《はじ》き飛ばしていく。平気な顔つきでハンドルを握るトーマを、香屋は横目でちらりとみた。

「いつ、運転なんて覚えたの？」

「こっちに来てからだよ」

「君はなんでも、すぐにできるようになるな」

「オートマ限定だけどね。そのうち、マニュアル車も練習したい」

「いまどき、マニュアル車なんてあるの？」

「あるよ。軽トラックとか」

トーマにトラックは似合わない。そんな気がしたけれど、意外と似合うのかもしれない。彼女のカウボーイハットは明らかに違和感があった。でも見慣れてしまうと、まあ悪くはないのかもなという気もする。

戦いが終わった今、トーマと話すべきこともとくにない。別に、会話の空白を無理に雑談で埋めなければいけない相手でもない。

それでも気になっていたことを、香屋は口にした。

「君も、ゼロ番目のイドラを探しているの？」

背筋を伸ばしてフロントガラスの向こうをみたまま、トーマがくすりと笑う。

「その言葉の意味が、わかった？」

「だいたい」

「なら、想像がつくでしょう。——どうして、生きなければいけないんだ」

ふたりが愛するアニメ、「ウォーター&ビスケットの冒険」で繰り返される問いだ。その質問に、決まって主人公が答える言葉を、香屋は口にする。

「そんなこともわからないまま、死ぬんじゃない」

トーマは頷く。

「なら私は、それを探すよ」

「違うでしょ」

香屋は顎を引いて視線を落とす。なんだか、訳もなく悲しくて。

「ウォーターは、ただの一度だって生きる意味を探せとは言わなかった。あの言葉を口にするとき、彼はいつだって苦しそうだったよ」

だから、そういうことじゃないんだ。生きる理由なんてものが、答えを出すべき疑問になること自体を、ウォーターは嫌っていたはずなんだ。

「もっと気楽に、受け入れていいだろう？　生きているのは幸せで、死ぬのは不幸だ。こんなことにどうして、理由がいるんだ。当たり前に信じていいだろう？」

トーマは長いあいだ沈黙していた。

雨音と、それを払うために反復を繰り返すワイパーの音だけが聞こえていた。

やがて彼女は小さな声で、あのアニメの台詞《せりふ》を引用した。

「もしもたしかな愛なんてものがあるなら、その成り立ちを誰も尋ねはしないだろう」

一七話、「十字架のための夜想曲」。ある仄暗《ほのぐら》い過去を持つ修道士の元に、怪我《けが》を負ったウォーターが逃げ込むエピソードだ。

香屋は頷いて、そのセリフの続きを答える。

「この世界には、証明の必要がないものだってある」

でもトーマは寂しげな口調を変えなかった。

「解釈の違いだね。私は、ウォーターも生きる意味を探し続けていたんだと思う。どうしても、それをみつけられなくて」

香屋は小さく首を振った。でも、もう口を開きはしなかった。

──作品の愛し方は、人それぞれだ。

彼女には彼女のウォーターがいて、僕には僕のウォーターがいる。それを否定してはいけない。でも。

香屋とトーマは、根っこの部分で気が合わない。

2

雨音の中で目を開く。

月生は、自分がどこにいるのかわからなかった。なんにせよベッドの上だ。身体を起こそうと力を込める。だが、上手《うま》くいかない。奇妙に寒い。

「動かないで」

声が聞こえた。そちらに顔を向けるだけで、ずいぶんな重労働だ。眼鏡をかけた小柄な少女が片脇《かたわき》に立っている。その少女が言った。

「傷は能力で治しましたが、流れた血は戻っていません。私に医療の専門的な知識はありませんが、おそらく、かなり危うい状況だろうと思います。より強い治癒能力を持つ人をもうすぐ香屋が連れてくる予定です。それまでは動かないで」

月生は、どうにか尋ねる。

「ここは？」

「映画館です。キネマ倶楽部の。心配いりませんよ。甘い人しかいないチームなので、死にかけの人をわざわざ殺したりはしません」

キネマ倶楽部。聞き覚えがある。あの、香屋歩が所属しているチームだ。月生はふうと息を吐き出し、もう一度全身に力を込める。今度は、腕が動いた。手のひらをシーツについて上半身を起こす。

直後、ぺちんと額を叩かれた。

「動くなって言ってるでしょう。もしかして、言葉が通じないタイプの人ですか？」

月生の意識は、まだ混濁していた。

でも少しずつ状況を思い出しつつもある。――私は、ここにいてはいけない。

「ＰＯＲＴが、きます。あのチームは」

そこで言葉が途切れた。だが、急がなければいけない。ＰＯＲＴは仕留めそこなった獲《え》物《もの》をそのままにはしないだろう。キネマ倶楽部は弱小だ。月生をかくまっていれば、あっさりとあの巨大なチームに踏みつぶされる。だから、ここにいてはいけない。

そう言いたかったのだが、上手く口が動かなかった。居眠りに落ちるときのように、意識がすっと身体から抜け出そうとする。月生はどうにかそれを堪《こら》える。

明らかに言葉が足りなかったはずだが、眼鏡の少女は、月生が言いたいことを正確に理解したようだった。小さなため息をついて、彼女は答えた。

「重傷者は、自分の身体のことだけ考えていてください。ＰＯＲＴには、香屋が交渉に行っています。そろそろ終わったんじゃないかな。失敗したら、悪いのはあいつです」

その言葉に納得したというよりは、ただ力が抜けて、月生は再びベッドに倒れ込む。少女が優しい手つきで身体にかかっていた毛布を直すのがわかった。

「とはいえ、さすがにＰＯＲＴの顔を立てないわけにはいかないし、平穏も無視はできません。月生さんのポイントは、大半をあの二チームに振り分けることになるはずです。どうしてもそれが嫌なら好きにしてかまいませんが、もちろんあなたの端末はキネマが預かっています。ここを出ても、能力を使えないまま死ぬだけです。うちに迷惑をかけたくなければ、素直にポイントを差し出してください」

頭の芯《しん》に痛みがある。それが紛れることを期待して、月生は自身の額を抑えた。――ポイント。それを失うのは、別に良い。だが、ＰＯＲＴと平穏にあまりに多額のポイントがわたったとき、架見崎のバランスが崩れはしないだろうか。

いまだ理性的だとは言い難い意識で、月生は尋ねた。

「運営は？」

「運営？」

「なにも、言っていないのですか？」

「口出しされるようなことでもないでしょう。架見崎のルール通りに、ポイントが移動するだけなんだから」

違う。月生が持つポイントの大半は、「八月の架見崎」のポイントではない。だが彼らがなにも言わないのであれば、これも織り込み済みだということだろうか。

考え込んでいると、眼鏡の少女は話を変えた。

「ところで、月生さん。キネマ倶楽部に入りませんか？」

架見崎においてもっとも多くのポイントを持つ月生には、これまでだっていくつもの勧誘の話があった。だがどうしてだろう、あの少年――香屋歩のチームに誘われる、というのは、不思議な感じがする。

「私に、価値がありますか？」

「価値」

「ポイントを失うのに」

「そりゃありますよ。別に、貴方がポイントだけでできているわけじゃないでしょう」

「ですが、勝てません。PORTにも平穏にも」

「戦ってどうするんですか、そんなところと」

少女は呆《あき》れた様子だった。

だが今の架見崎は、ＰＯＲＴと平穏な国の戦いの舞台だ。あの二チームを相手にする目がないのであれば、戦力になんの意味がある？　強ければ強いほど彼らに優先的に狙われるだけだ。

「戦わない方法が、ありますか？」

「香屋がわざわざ、強い相手に喧嘩《けんか》を売るわけないじゃないですか」

「でも」

「あれこれ考えるのは、身体が治ってからにしましょうよ。なんにせよ香屋は貴方を欲しがっています。ポイントではなくて、貴方自身を」

香屋歩。彼は、なにを目指している？

月生が香屋に出会ったのは、二ループ前のことだ。あのとき彼は、ＰＯＲＴと平穏な国との戦いを引き分けで終わらせたいと言っていた。そして、実際、彼の言葉の通りの結末を迎えた。

当時から多少の疑問はあったのだ。

二大チームの戦いの結果を引き分けにしたいのは、時間稼ぎが理由だろう。だが時間を稼いでなんになる？　いったいどれほどのループを繰り返せば、キネマ倶楽部がＰＯＲＴや平穏に追いつける？　想像がつかない。現実的に考えれば、架見崎のゲームの勝者はＰ

ＯＲＴか平穏のどちらかで決まりだ。

激しい眠気に似た疲労と戦いながら、月生は尋ねる。

「彼は、どう戦うつもりなんでしょうね？」

少女は変わらず、平気な口調で答える。

「戦わないつもりですよ。あいつは、いつだって」

戦わない。その言葉を、月生は胸の中で反復した。

「架見崎を、戦わずに生き抜くことはひどく困難だ」

「戦って生き抜くのも困難でしょう」

「たしかに」

「たぶんあいつは、生きるのが苦手なんです」

そのとき月生は、かすんだ視界で、少女を見上げていた。彼女はなんだか悲しそうに微笑《ほほえ》んでいた。ずれてもいない眼鏡にそっと指先で触れたのは、表情を隠そうとしたからなのではないかという気がした。少女は続ける。

「私にもわからないし、わかった気になりたくもありません。でも、傍でみていると、なんとなくそんな気がするんです。香屋歩という生き物はきっと、根本が破綻《はたん》しているんです。命というものの価値を、生まれたときから知らなくて、とくに知ろうともしていないんです」

彼女の言葉は、月生が持つ香屋歩へのイメージとは正反対だった。

あの少年はいつだって、生きることに誠実にみえた。こんなにも死にやすい架見崎に影響されない価値観を、彼だけが持っているようだった。

疑問が胸に浮かんだが、月生は黙って少女の言葉を聞いていた。

少女は言った。

「だからあいつは、真剣にしか生きられないんです」

＊

秋穂栞《しおり》は、自分がなぜそんな話を始めたのか、よくわからなかった。

今回の戦闘は、秋穂にとっては気楽なものだった。隣に香屋歩がいたから。だいたいのことは彼に任せて、簡単な手伝いをしただけだ。

落ち着いて考える時間があったからだろう、香屋の狙いが、なんとなくわかってきた。

なぜ彼が月生を手に入れようとしたのか。以前、平穏な国に捕らえられていたとき、目的のひとつに「リリィに名前を覚えられること」を挙げたのか。もっと根本的には、彼の能力――「キュー・アンド・エー」と名づけられた、あの能力の本当の意味。すべてが繋《つな》がり、香屋がこの架見崎で目指しているものをイメージできた。

――この想像が、当たっていたなら。

香屋歩はやっぱり、まともじゃない。

実際に架見崎を体験する前に、あのマリオネットたちから得たほんのわずかな情報で、正確に彼の目的に見合った能力を獲得したのだから。異常なのはあの能力ではない。唐突に架見崎なんて無茶苦茶なゲームに巻き込まれても、彼の思考がまったく揺らがなかったことの方だ。

それがなんだか悲しくて、秋穂は笑った。

生きろ、とウォーターが言う。なんのために？　と誰かが答える。そんなこともわからないまま死ぬんじゃない、とウォーターは返す。

どうして香屋歩は、生きることばかりを優先するんだろう？

トーマのように、自分が生きる意味をみつけだそうとはしないんだろう？

この疑問は、以前――彼と出会ったばかりのころから、漠然と感じていたものだった。わざわざ答えを出そうとも思わないけれど、きっと香屋歩という少年の根っこに繋がっている疑問なのだろうと感じていた。

答えらしきものは、二年前にみつかった。

トーマが――冬間《とうま》美咲《みさき》が、世界から「消えた」と香屋が表現する、あの日だ。

壁に向かってささやくように、その反響を聞くように、秋穂は言った。

「あいつは、初めから諦《あきら》めているんですよ。生きることに、具体的な意味を見出《みいだ》せるなんて、信じちゃいないんです」

だから、生きる意味を探さない。

先のない、行き止まりのゴールとして生きること自体を目的とする。意味なんてもの考えるなよと言い続ける。どうせ答えなんてないんだから。

ベッドの上の月生は、なにもみえていないような目で、じっとこちらをみつめていた。

どういう意味ですか？　と小さくかすれた声で彼が言った。

伝わるわけないと感じながら、秋穂は答える。

「だって、真剣にならざるを得ないでしょう？　苦手なことを、強要されているなら」

私たちは常に呼吸しているけれど、そんなことわざわざ意識しない。無意識でも、眠っていても呼吸できる。だから呼吸の価値を知らない。でも、もしも呼吸がひどく苦手な生き物がいたなら。吸って、吐く。これだけの行為に意識を集中させて、注意深く繰り返さなければ死んでしまうなら、その生き物は、呼吸についてもっと必死になるはずだ。それが正常にできることの価値を、忘れないはずだ。

同じように香屋歩という生き物は、生きることが苦手なのではないだろうか。

だって彼はほんの幼いころから、「ウォーター＆ビスケットの冒険」の熱心なファンだった。小学二年生で、はじめて出会ったときからそうだ。あの小難しい、とくにカタルシスがあるわけでもない、ただ生きろと繰り返し語るアニメに熱中する小学二年生というのは、いったいどんな価値観を持っているのだろう？

秋穂自身も、あのアニメのファンではあった。

でも当時は作品のメッセージというより、なんだか大人びた、もう少し正確には子供を見下した様子のない作風に惹《ひ》かれていたように思う。格好いい台詞だとか、ハードで説得力のある展開だとか。背伸びをしたがる子供が素直に背伸びをして、なにもわからないのにわかった気になっていただけだった。

香屋やトーマは違う。

あのふたりは初めから、より本質的な部分の誠実なファンだった。つまり、生きることの意味が希薄になった世界に対して、まともな反論もみつけられず、ただひたすらに生きろと繰り返す弱々しいテーマに惹かれていた。

それは香屋とトーマが、同じ悩みを抱えていたからではないだろうか。

トーマの方は、その理由を想像しやすい。彼女は自身の命について、生きる意味について考えなければならない事情があった。彼女の心境に「ウォーター&ビスケットの冒険」がマッチするのは自然だった。

でも香屋歩はそうではない。いったいどんな理屈で、あのアニメに惹かれたのだろう。彼の胸の中の、どんな空白をあのアニメが埋めたのだろう。

秋穂栞には、香屋に直接、それを尋ねる勇気がなかった。

だがあの、言葉も態度も行動もなにもかも自分が生き残ることに極端に傾いた、だから裏側に色の濃い影がちらつくひとりの少年から秋穂は目を離せなかった。

「香屋歩は、生きることが苦手な怪物です」

秋穂の目からみても。きっと、ほかのだれよりも秋穂自身が、もっとも香屋歩の怪物性を理解している。頭が良いからではなくて。発想が豊かだからではなくて。病的なほど注意深いからではなくて。彼の本質的な精神の成り立ちが、怪物にみえる。人知の及ばない領域にあるなにかに。

雨はまだ降り続いている。

その音に紛れて、小さく、車のエンジンの音が聞こえた。

秋穂は窓に歩み寄り、前の通りを見下ろす。夜の入り口の、ぶ厚い雲で夕暮れの光さえ遮られた架見崎の街を、一対のライトが切り取っている。その車からまず香屋が、続けてトーマが降りる。

「人は、怪物になってはいけない」

寝言のような声で、月生がささやくのが聞こえた。

3

対月生戦に勝利したのは、平穏な国だ。

紫《むらさき》の目にはそう映っていた。

結果的に、月生のポイントをPORTが四〇万、平穏な国が三〇万取り合うことで話がまとまったそうだ。だがPORTはポイントを固めた人員ふたりを失っている。その損失はおよそ一五万で、差し引きすればほぼ被害を出していない平穏の利益の方が大きい。

「圧勝でしたね」

と紫は声をかける。

平穏な国、メインチームの本拠地――教会の一室だ。今はウォーターが私室として使っている。彼女は来客用のソファーに寝転がり、片腕をだらりと床に垂らしていた。天井を見上げたまま、つまらなそうに言う。

「別に、勝ち負けが大事な戦いでもないよ」

「でもこれで、貴女《あなた》に文句を言う人は誰もいなくなるでしょう」

少なくとも、表向きは。ウォーターはほとんど被害を出さず、あの月生を追い詰めて三〇万ものポイントを手にした。PORTとのポイント差も五万ほど詰めた。どこにも影のない輝かしい彼女の戦歴に、また新たなページが書き加えられた。

――ウォーターであれば、PORTにさえ勝利するのではないか。

なんて話も耳にする。

平穏な国は架見崎で二番目に大きなチームではあるが、これまでは、やはりPORTが圧倒的なトップだった。勝ち目も、戦いようもないような相手だった。それは平穏の人員がもっとも強く実感していただろう。口先ではどれほど勇ましいことを言ったとしても、PORTとだけは事を構えてはならないと自覚していた。

けれど今はもう、わからない。

ここに、ウォーターがいるから。

彼女を英雄視する声は大きい。どんどん大きくなる。いまだにチーム内には彼女の敵もいるが、その勢力は確実に力を失いつつある。まともに損得勘定ができる人間は、すでにシモンが実質的に支配していたころの体制を切り捨てている。平穏な国は急速にウォーターのチームへと変貌《へんぼう》しつつある。

彼女はソファーの上から、視線をこちらに向けた。

「なんにせよ、これで君が部隊を持つことに、誰も反論できなくなった」

「でしょうね。貴女が私を支持している限り」

「嘘だよ。本当は、ひとりだけいる」

「リリィ?」

「いや。君」

ウォーターの目つきは、どちらかというと寂しげだった。なんだか少し苛立《いらだ》っている風でもあった。

「銀縁《ぎんぶち》さんが、まだ生きていることがわかった。それに君たちとキドさんが組めば、PORTとさえ張り合えることが証明された。特殊で、限定的な戦場だったとはいえ、それでも素晴らしい戦いだった」

「つまり?」

「もしもオレが君の立場なら、ニックと一緒にこのチームを出るよ。約束通り、ちょうど一〇ループでキネマ倶楽部に帰る」

笑うために、紫は息を吐く。

ウォーターの寂しげな、苛立たしげな瞳が、なんだかずいぶん子供じみていて。まるで彼女の肉体そのままの、十代の前半の少女みたいで。

「ニックはたぶん、キネマ倶楽部に帰りたがっています。頑固だから簡単には認めないでしょうが、銀縁さんのことで、説得はそう難しくなりました」

「それに、君自身も」

「はい。正直、キネマ倶楽部はとても居心地がいいチームです。たぶんあのチームにいたなら、私はなにかに満足したまま死ぬことだってできます」

なにか。夢のような、希望のようなもの。キネマの他にはどこにもない、愛に似た、家族に似た安らかなもの。

「だから私は、あのチームには戻れません」

紫は守備的な強化士《ブースター》だ。戦線を食い止め、防衛線として立ち続ける術《すべ》を知っている。それはつまり、安らぎを拒絶する術だ。絶望の中ですべてを諦めて倒れるのも、希望の中で満足感と共に倒れるのも、紫の戦いにおいてはまったく同じ敗北だ。

「君は強いね」

「どうでしょう。意地を張ることに、慣れているだけのような気もします」

「じゃあ、約束通りに」

「はい。私はもう、貴女のチームの一員であることを決めています」

それは平穏な国でさえない、ウォーターのチームだ。彼女がたまに、冗談めかして「世界平和創造部」と呼ぶ、ルール上は存在しないチーム。紫は彼女からの誘いを受けて、ひとつの約束を交わし、そのチームに所属することを決めた。ウォーターのチームで戦い抜けば、ある賞品をもらえるという約束だった。

——欲しいものを、なんでもひとつ。

本当に、なんでも。想像力が及ぶ限りのすべて。

架見崎のゲームの勝者に与えられる、と運営が約束しているものと同じだ。もちろん、信じられる話ではない。運営から聞いても、ウォーターの口からきいても、同じように馬鹿げていた。

それでも架見崎のゲームにおいて、ひとりの勝者を選ぶなら、それはウォーターの他には誰もいない。PORTが、ユーリイがどれだけ巨大でも。キネマ倶楽部がもし銀縁を取り戻したとしても。それでもウォーターであればこの戦いを勝ち切る。彼女の姿は信じられないものを信じさせる。この狭い世界の英雄になり得る。

実際、これまでウォーターが紫に語ったいくつもの言葉で、その通りにならなかったことはただのひとつだけだった。

「どうして、キネマ倶楽部がまだ存続しているんですか？」

彼女の話では、あのチームは、二ループ前になくなるはずだった。安全に、平和的に、キドや藤永《ふじなが》たちを平穏な国が取り込む予定だと聞いていた。

先ほどまで浮かない顔つきをしていたウォーターが、ふいに、無垢《むく》に笑う。

「予定外のことが起こったからだよ。オレもまさか、あのチームに歩が現れるとは思わなかった」

香屋歩。ウォーターの恋人だと噂《うわさ》される少年。

紫はいまだ、彼に会ったことがない。だが声は聞いた。どこにも余裕のない、これといって知性も感じない、だが不思議と聞き流せない声だった。

「恋人がいるから、攻めるのを躊躇《ためら》っているんですか？」

そんな風に私情を挟むのは、まあ、ウォーターらしいような気もするけれど。でも不安もある。その少年の存在が、ウォーターの足枷《あしかせ》にはならないだろうか。

だが彼女は軽く首を振る。

「だって、香屋だよ？　あいつがいるチームには、危なっかしくて手を出せない。充分な調査と準備が必要だ」

「月生とさえ戦ったのに？」

「月生さんよりもユーリイよりも、香屋の方がずっと怖い」

「どうして？」

香屋が月生よりも強いということはあり得ないだろう。たかだか、三ループほど前に架見崎にきた少年だ。できることには限りがある。

「今回、オレたちは月生さんに勝った。とりあえず、勝ったと思っている」

「はい」

「でも相手が香屋だったなら、そんなこととても信じられないよ。オレたちは一見、勝ったようにみえる。でも本当にそうなのかな。まるで敗者のようなあちらの方が、別の視点では大きな利益を上げているんじゃないかな。そして、彼の視点の方が、本当はずっと正確にこの世界をみつめているんじゃないかな。――なんて、迷い続けることになる」

わかるような、わからないような話だ。

対月生戦に関しては、もう結果が出ている。四〇万のポイントを得たＰＯＲＴが敗者ということはないだろうが、平穏な国が――ウォーターの方が、よりまがいのない勝者だ。

だが口をつぐんでいる紫に、ウォーターが目を向ける。

「これは比喩《ひゆ》じゃない。今回の戦いを、うちと、ＰＯＲＴと、それからキネマ倶楽部の三つ巴《どもえ》だったと考えると、利益の計算はこうだ」

彼女は羅列する。

ＰＯＲＴは四〇万ものポイント得たが、一方で一五万Ｐと優秀な強化士《ブースター》ふたりを失った。差し引きで二五万ポイントの収入。

平穏な国は三〇万ポイントを得た。だが、キドへの報酬として一万ポイントを支払う予定だから、実際は二九万ポイントの収入。

対してキネマ倶楽部はなんのマイナスもなく、キドへの報酬一万ポイントと、月生そのものを得た。

「さて、いちばん勝ったのはどこだろう？」

そんなの、決まっている。平穏だ。

「月生はすでに、八万程度のポイントしか持っていません」

二五万対二九万対九万では、その勝敗は明らかだ。

「ポイントでみると、そうなる。でもね、オレは最近ずっと、人材のことで頭を悩ませているんだよ。ポイントを与えれば与えるだけ強くなる、優秀な人材が欲しい」

その話は聞いていた。だから、元値の高いニックを最大限活用するため、紫の部隊を作りたいという話だった。

ウォーターが言いたいことに、ようやく気づく。

「香屋歩はポイントよりもまず、大量のポイントを使いこなせる人間を手に入れようとした、ということですか？」

その視点でみたとき、月生は間違いなく架見崎で最高のプレイヤーだ。七〇万を超えるポイントを使いこなしたことのある人間は、彼の他には存在しない。これから先、月生がポイントを獲得するたびに凍結されている能力が解放されていくのだから、ループさえ待つ必要がない。

ウォーターはソファーに寝転がったまま、天井を見上げて笑っている。

「わからない。香屋の考えは。でも、そうだね。三〇万の純粋なポイントと八万だけ持つ月生さん、どちらか好きな方がもらえるというなら、オレは月生さんを選んだよ」

それでも。

紫は軽く顎《あご》を引く。

「平穏な国の総ポイントは、これで一二〇万になりました」

正確には、二万ほど足りない。それでも破格の数字だ。対月生戦の前のPORTとほぼ同じポイント。

「一二〇万Pのチームを貴女が率いて、どこに負けるというんですか？」

「勝つよ。きっと、オレはどこが相手でも。でも問題はそんなことじゃない。歩のことを知らないなら、わからなくても無理はないけれど」

ウォーターは変わらず、楽しげに笑っている。

その表情のままで彼女は言った。

「オレがどれだけ勝っても、それだって歩の予定通りなんだろう。みんながオセロで争っている中で、あいつだけは色なんか関係なく、ただすべてのマスを石で埋めるゲームをプレイしている。盤上じゃない。前提のルールで戦うのが、香屋歩だ」

それは、ウォーターの発言としてはずいぶん後ろ向きに聞こえた。

一方で紫は、彼女を信頼してもいた。彼女の、未来を見通す感性を。

純粋にウォーターがなんというのか知りたくて、紫は尋ねる。

「じゃあ、彼がどう勝つというんですか？」

キネマ倶楽部を使って。現状では八万のポイントを持つ月生が加入したとしても、ようやく中堅に届く程度のチームで、すでに終盤を迎えつつあるこの架見崎のゲームを、どう戦えば勝てる？

　ウォーターの答えは、少し抽象的なものに聞こえた。

「検索士《サーチャー》の友達に、香屋の能力を調べてもらった。キュー・アンド・エーという名前なんだけど、なんの略だかわかる？」

　ごく一般的な知識で、紫は答える。

「質問と回答《question and answer》？」

「オレもそう思っていた。でも、深くデータを探ると違うらしい」

「なんですか？」

「質問と放棄《question and abandonment》」

　ウォーターは目を閉じる。肯定的なだけではない、なんだか不気味な、彼女自身が禍々《まがまが》しいものにみえる顔で笑っている。

　震える声で、彼女は言った。

「なんて素敵なんだろう。なんて、想像が及ばない相手なんだろう。信じられる？　ポイントによって能力を獲得する架見崎のルールを知って、即座に。実際にここに足を踏み込むよりも先に、なんて能力をイメージするんだ。ただ質問するだけで簡単に大量のポイントを放棄できる能力なんてもの、彼の他の誰が獲得しようとするんだ」

　その言葉を聞いてもなお、紫には意味がわからなかった。

　架見崎では誰だって、ポイントを欲している。平穏な国もＰＯＲＴも例外ではない。それを捨てて、なんになる？

「香屋歩が思い描いているゴールは、架見崎のゲームの勝利じゃない。すべての戦力《ポイント》の放棄による、完全な引き分けだ」

紫は軽く顎を引く。

――理解の及ばない話だ。

でもただひとつだけ、はっきりとわかった。

ウォーターは香屋歩に心酔している。

＊

キドの端末に連絡があったのは、八月一二日の午後一一時だった。

そのときキドはキネマ倶楽部の自室で、ベッドに腰を下ろして映画のパンフレットをぱらぱらとめくっていた。古いフランスの恋愛映画がリバイバル上映されたときに作られたもので、映画スタッフのインタビューにページの多くが割かれている。――本当は雨のシーンになる予定だったんですよ。だから三日間、私たちは我慢強く雨雲を待ちました。でもね、カメラを回したとたん、雨がぴたりと止《や》んで、雲の切れ目から光が射した。悲しいシーンだったんですが、空を見上げて笑った彼女が綺麗《きれい》でね。それで雨上がりの空にオーケイを出したんです。

監督の解説のあとに、映画のヒロインが微笑む写真が載っていた。キドが真面目《まじめ》な顔でヒロインの笑みをみつめていたとき、端末にメッセージが届いた。

――散歩をしようか。

とだけ、そこには書かれていた。時間も、待ち合わせ場所も、送り主の名前もないメッセージだった。

ふ、と息を吐き出して、キドは美しい女性の微笑みをベッドに伏せた。


架見崎の、八月一二日の夜に月はない。日づけが変わって、夜が明ける少し前――午前四時になるころに、ようやく東の空に新月へと向かう細い月が昇る。キドが空を見上げると、月の代わりに、無数の星々が地上を照らしていた。あまりに鋭利な、尖《とが》り過ぎてすぐに折れてしまいそうな光だった。か細いそれが、今夜はなんだか眩《まぶ》しくて、キドはうつむいて歩く。

行先は、とくに考えていなかった。足が向く方へとのんびり歩き、ミケ帝国とのチーム境にたどり着いて、角を曲がった。

その先に、ひとりの男が立っている。きっちりと三《み》つ揃《ぞろ》いのスーツを着た、小柄な初老の男だ。

――銀縁。

だが彼は、トレードマークともいえる銀縁の眼鏡をかけていなかった。

困った風に笑う彼に、キドも同じ表情を返す。

「コンタクトにしたんですか？」

「いや。元々、それほどみえないわけでもないんだ。文字を読むときにはかけるよ」

「少しだけ、歳《とし》を取ったような気がします」

「そう。眼鏡がないと、皺《しわ》が目立つのかもね」

「歩きますか？」

「そうしよう」

キドと銀縁は並んで歩き出す。

静かな夜だった。いつもの通りに。キドはうつむいていた。鼻根に力を込めていなければ目が潤《うる》みそうだった。銀縁がキネマ倶楽部を歩いている。その景色に、なんだか緊張した。なかなか言葉がみつからない。つまらない、愚かな質問ばかりが胸に浮かぶ。

キドは自嘲《じちょう》する。

――なにを、格好つけようとしているんだろうね。

銀縁を相手に、自分を良くみせようとしても仕方がない。

けっきょく、馬鹿《ばか》げた質問をそのまま口にする。

「銀縁さんは、キネマに戻るつもりはないんですか？」

彼は口元だけで笑う。

「ない。できない」

「キネマを守るために？」

銀縁は、その質問には答えなかった。

代わりに言った。

「少し、私の話をきいてもらえるかな。つまらない話だよ。だから、できるだけ短くまとめるつもりだけど」

「聞かせてください。いくらだって」

日が昇るまで。その日がまた沈むまで。彼がここにいることが当たり前になるまで、できるなら銀縁の話を聞いていたい。

「詳しい説明はできない。するべきではないと思っている。だから君には少し唐突に聞こえるかもしれないが、私は望んで架見崎にきた。つまりここがどういった場所だか知っていて、明確な目的を持って架見崎に参加した」

たしかにそれは唐突な話ではあった。

キドの常識とは違う。ある日運営者からの奇妙な招待状が手元に届き、ほとんどなにも知らされないまま、この狭く殺伐とした世界に放り出される。それが、架見崎という場所を訪れる一般的な手順だ。

「銀縁さんの目的は、運営がいう賞品ですか？」

欲しいものをなんでも。なら彼の願いは、人を助けて命を落としたという少年が生き返ることなのではないか、という気がした。

だが銀縁は首を振る。

「私にとっては、このゲームの賞品なんかに価値はないよ」

「どうして？」

「もう持っているから」

「欲しいものを？」

「いや。運営が、それを与える方法を」

わからない。今夜の彼の話し方は、ひどく不親切に感じた。いつも美しく情報を処理する彼らしくなかった。

きっと銀縁は、この話の、もっとも根っこの部分を隠しているのだ。真相と言えるものを迂回《うかい》して喋《しゃべ》るから、どうしたって言葉が足りない。銀縁はなにを隠しているのだろう？わからないが、彼が隠すのであればそうすべきなのだろう。キドは前提なく銀縁を信頼している。

「じゃあ、銀縁さんの目的っていうのは、なんですか？」

そう尋ねると、銀縁は照れ臭そうに笑った。

「生命というものの価値を、確信することだ」

なんだ、それ。

だとしたら。

「オレはもう、それを手に入れました」

銀縁から与えられた。

架見崎を訪れるまで、銀縁に拾われてキネマ倶楽部の一員になるまで、キドは自分の人生というものを確信できないでいた。生きる理由がなかった。ただ死ぬ理由もないから生きていた。今は、違う。銀縁と過ごしたキネマ倶楽部の記憶が、生きる理由になった。

なのに銀縁は首を振る。

「君の生きる理由は、きっと死ぬ理由にもなるだろう」

その言葉に口をつぐむ。反論できなくて。

キドは、できるならキネマ倶楽部のために命を投げ出したかった。ほんのちっぽけな、だが安らかな我儘《わがまま》を押し通して死ねたなら、なんて幸福なのだろう。

「私が探しているのは、そんなものではないんだ。歪《ゆが》んで美しくみえる死の対極にあるものなんだ。もっとありきたりで、特別ではないもの。腹を満たすだけで動き続ける、力強い鼓動の音を聞きたいんだよ」

キドは顔をしかめる。あんまり恥ずかしくて。

――オレは、銀縁さんから生きる意味を教わったと思っていたのに。

でも違うのだろう。キドがキネマ倶楽部でみつけたものは、本当は生きる理由ではなくて、死ぬ理由の方だったのだろう。

キドはどうにか答える。

「でも、大切なものなんです。オレにとっては、ほかのなによりも」

銀縁が、慰めるように微笑む。

「うん。だから私は、君の水でもビスケットでもなかった。他のなによりもシンプルな、生きる上で最低限必要なものではなかった」

「違う」

その否定は、ほとんど反射的に口から出ていた。

彼の寂しげな笑顔をみていたから。諦めに似た、でも深くに希望を隠しているはずの瞳《ひとみ》がそこにあるから。もっとも集中しているときに、射撃《シュート》を放つ感覚にも似ている。意識じゃなく、脳じゃなく、全身の細胞が標的を理解していた。

「オレにとっては、銀縁さんがそれなんだ。銀縁さんが作った、キネマ倶楽部が。ただ生きるために必要な、もっともシンプルなものなんです。でもその意味を、オレが間違って受け取っただけなんです」

キドが単身でPORTに踏み込んだとき、銀縁との会話で否定したかったことが、ようやく腑《ふ》に落ちた。

銀縁は間違えている。それは、キドが間違えているからだ。

ずっと喉《のど》が渇いていた。ここに来るまでも、来てからも。一杯の水のように安らかなものを求めていた。それを差し出してくれたのが銀縁で、キネマ倶楽部だった。

だからキドは命を懸けてもキネマ倶楽部を守りたいと思った。なんて馬鹿げた誤りなのだろう。その一杯の水は、キドの命を守ってくれたから、安らかだったはずなのに。命のために命を投げ出す自身の愚かさに、どうして気がつかなかったのだろう。

「オレはキネマ倶楽部を死ぬ理由にしちゃいけない。それだけのことでしょう？」

香屋歩のことを思い出す。

彼が、怒り続けているものの正体が、きっとこれなのだ。生きる理由を、死ぬ理由にしてはいけない。そんなにも安直な思い込みに逃げちゃいけない。

銀縁が足を止める。キドも立ち止まり、彼と向き合う。

彼は変わらず微笑んでいる。こちらを慰めるように。彼自身を傷つけるように。

「今はわからなくてもいい。でも、聞いてくれ」

銀縁は言った。

「アポリアの問いかけにより、人々は生きる価値を無垢に信じることを止めた。ある意味では目が醒《さ》め、ある意味では新たな夢に囚《とら》われた。架見崎運営委員会は、原始的な、生命の価値への確信を取り戻すことを望んでいる。それを生命のイドラと呼ぶ」

銀縁は意図的に話を飛躍させたのだ、と感じる。大人が、幼い子供に向かって、あえて難しい言葉を使うように。

だが、最後に彼が口にした言葉だけは、染《し》み込むように理解できた。

「できるなら私は、君が、生命のイドラをみつける姿をみたい」

空からは無数の星々のか細い光が雨のように降る。それに架見崎が、ぼんやりと照らされている。

「わかりました」

キドは彼の言葉の多くを、理解できていないのだろう。でも、きっといちばん大切なひとつはわかった。

銀縁は、キネマ倶楽部には戻らない。ニックも紫も、きっと再びこのチームに揃うことはない。一〇ループ間の約束はこの八月が終わると途切れ、その先にはなにもない。キドが気楽に寄りかかれる、命を懸ける理由なんてものは、なにも。

「なら君は、どこまでだって歩け。疲れたなら、好きなだけ休めばいい。でも必ずまた、歩き出せ」

詩か歌をそらんじるように、銀縁は言った。

「その足音と鼓動だけが、このつまらない世界の主題《テーマ》だよ」

それから彼は、今はもうない鼻の上の眼鏡を、軽く押し上げるような動作をした。

エピローグ

まだ、安眠には程遠い。

八月の短い夜が明ける間近、爪《つめ》の先でつけた一筋の傷跡みたいに細い細い月が東の空に昇ったころ、香屋歩《かやあゆむ》は映画館の屋上に出た。簡単なフェンスがあり、洗濯物を干すための紐《ひも》が張られている。それだけの、とくに面白みもない屋上だ。

そこに、先客がいた。

月生《げっしょう》。彼はフェンスに腰かけて、駅の方をみつめていた。ちょうどそれは、東の空の低い位置にある月と同じ方向だった。

香屋は月生の後ろに立つ。

「駅に帰りたいですか？」

彼は、振り向きはしなかった。

こちらに後頭部を向けたままで答える。

「さあ。でも、意地を張り続けたいという思いは、あります」

「来るはずのない電車を待って、どうなるっていうんですか？」

「必ずこないとも限らない。私は電車をみたことがあります」

「いつ？」

「先月が終わるころです」

先月。――前のループ？

違うのだ、という気がした。言葉のままに、八月の先月。つまり七月。

「貴方《あなた》は、七月の架見崎《かみさき》にいた」

「もうずいぶん遠い昔の話です」

「それはつまり、崩壊する前の架見崎ということですか？」

細い月、というよりは星明りに照らされた架見崎の街並みは、あちこちが壊れている。壁が崩れ、アスファルトが割れ、人の気配を感じない。たった一〇〇〇人ほどのプレイヤーたちだけではあまりに寂しい。

先月、架見崎はどんな姿だったのだろう？

月生は言った。

「七月の架見崎も、そう違いはありませんでしたよ。同じように架見崎は壊れていて、同じように人々が殺し合っていた」

「月生さんは？」

「私も」

ふと思い当たって、香屋はその想像を口にする。

「貴方は、七月のゲームの勝者ですか？」

この八月と同じように、七月にも架見崎のゲームが行われていたのなら。その勝敗が決し、新たに八月のゲームが始まったのなら、七月の架見崎にも勝者はいたはずだ。そして勝者には賞品が出る。欲しいものをなんでも。たとえば月生はその賞品で、八月の架見崎への参加権を得たのではないか。

月生は、現在確認されている中で、最古の架見崎への参加者だ。そして残っているデータの中で、もっとも古いものでも、すでに月生は最強だった。圧倒的なポイントを手にしていた。

もしも月生だけが、七月の架見崎からポイントを持ちこしているのなら。彼だけが前のゲームをクリアしたときの能力値で新たなゲームに参加したのなら、納得がいく。八月の架見崎において、初めから特別な月生。

彼は、肯定も否定もしなかった。

まるで月と同じように、ほとんど動きなくそこにいるだけだった。間近にみえても手が届かない、この夜の象徴的なひとつみたいだった。

香屋は頭の中で繋《つな》がった彼のストーリーを続ける。

「七月の架見崎で、貴方は大切な誰かに出会った。恋人なのか、親友なのか、もっと別の関係なのかはわかりません。でも、とにかく大切な誰か。その人は七月のゲームの終わりに、電車に乗って、架見崎から立ち去ってしまった。貴方はもう一度、その誰かに会いたかった。だから七月のゲームに勝利した賞品で、八月のゲームへの参加権を得た。そして駅で、電車が来るのを待ち続けていた」

香屋はそこで、言葉を区切る。

月生が振り返ったのだ。彼は仄《ほの》かに微笑《ほほえ》んで、柔らかな動作でフェンスの上から屋上に降りた。ほとんど足音も立たなかった。

「だとすれば、おかしい。私はどうして、そんなにも面倒なことをするんでしょう。賞品で、彼女との再会を願ってもよかったはずなのに」

それにはもう、答えが出ている。

「貴方が待っているのは、運営者のひとりだから」

香屋は前回の能力の使用時に、こんな質問を含めていた。

――月生が待っているのは宇宙人である　YES／NO
――月生が待っているのは架見崎の運営に関わる人物である　YES／NO
前者の質問への回答に必要なポイントは一万、対して後者は二万。

それを購入する余裕はなかった。だが運営たちがフェアに必要ポイントを設定しているなら、あるルールを想像できる。基本的に、イエスの質問には、ノーの質問の二倍のポイントが請求される。

なら月生が待っているのは、宇宙人ではない。

そして、架見崎の運営に関わる人物だ。

運営への質問にこれらを加えたのは、月生を説得するための材料が欲しかったからだ。

それはほとんど無駄になったといえる。ＰＯＲＴがきっちりと月生を追い込んだから、香屋には月生と言葉を交わす余裕もなかった。でも、架見崎の真相に近づくための重要な手がかりだ。つまりなんらかの理由で、運営者に関わる願いは「欲しいものをなんでも」に含まれないのではないか。

月生は、香屋からみれば唐突な質問を口にした。

「最良の毒薬をご存じですか？」

それは、以前も彼に尋ねられたものだった。あのとき月生は、香屋が答えを返すことを望んでいなかったように思う。でも、今は違う。月光に似た鋭く温度のない瞳《ひとみ》でこちらをみつめている。

最良の毒薬。香屋は首を振る。

「知りません。わかりません。そんなもの、目的によって答えが変わるように思います」

月生は静かな口調で続ける。

「それは夢のような薬です。口にすると深い眠りに落ちる。長い長い、望み通りの、この上なく幸福な夢をみる。そしていずれ、目が覚める。それだけ。ただ楽園に招待されるだけの薬」

それは、たしかに怖《おそ》ろしい毒だ。人類を滅ぼし得るほどの毒薬だ。

ふ、と笑うように、月生は息を吐く。

「その毒薬は、アポリアと名づけられました」

アポリア。解決困難な命題。袋小路《ふくろこうじ》。

あのカエルの口からも聞いた言葉だ。

――あるときアポリアが生まれ、生命に疑問を投げかけた。だから生きることそのものがイドラとなった。

だから運営はゼロ番目のイドラを――生命のイドラを探している。

腑《ふ》に落ちた。すべてではなくても、根っこの部分が。この架見崎がなんのために生まれたのか、おおよそ理解できた。

月生は視線を落とし、ほんのわずかに首を振った。

「彼女は私が、ゼロ番目のイドラになるときを待っていると言いました。なら私はそれを叶《かな》えたい。疑いも抱かずに、ただ電車を待ち続けるように」

純粋に疑問だった。香屋は尋ねる。

「生きることの価値が、わからないんですか？」

運営は面倒な言い回しを使うけれど、でもまとめてしまえば、それだけのことだろう。架見崎は、死よりも生の方が素晴らしいというひどく単純な事実を、わざわざ証明しようとしている。

「私は、それほど強くないのですよ。すでに絶望している。私がここにいることに、価値があるとは思えません」

香屋は顔をしかめる。彼が悩み込んでいることが、あんまり馬鹿《ばか》らしくて。簡単なはずの反論が上手《うま》く言葉にならなくて、顔をしかめる。

「月生さんの絶望とは、なんですか？」

そう尋ねてみる。彼はなにも答えない。

――でも、きっと僕は、それを知っている。

彼が絶望と呼ぶものを知っている。香屋はそれを、希望と呼ぶ。

顔をしかめたまま、足元の汚れたコンクリートを見下ろしていた。

「架見崎は大嫌いだけど、ここで、ひとつだけ良いことがありました」

「そうですか」

「友達に会えたんです。二年ぶりに」

トーマ。冬間美咲《とうまみさき》。

月生が言う絶望とは、つまり彼女が、ここにいることだろう。でも、だから香屋は、最低な架見崎で希望をみつけた。

軽く息を吸って、それからとめて。覚悟と共に、香屋は言った。

「二年前に死んだ友達にまた会えた。だから架見崎には、希望があります」

月生は驚いた風に顔を上げる。彼のナイーブな視線を、香屋は笑って受け流した。

あの夏、香屋歩の前から冬間美咲が消えた。

もっとも絶対的に、後の追いようのない方法で。

冬間美咲は闘病生活の末に、病院のベッドの上で命を落としている。

＊

二年前の八月、彼女の母親からの電話で、冬間美咲が死んだことを聞いた。

それから香屋歩は、ひとり近所の公園まで歩いた。

よく晴れた日だった。空の青は冗談みたいに輝いていた。夏の鮮烈な光が目に染《し》みて、涙が滲《にじ》んで、入道雲がぼやけてみえた。

やがて、そこに秋穂《あきほ》が現れて、言った。

「行かないんですか？」

香屋はたしか、「どこに？」と尋ね返した。

本当に、意味がわからなかったのだ。頭が混乱していた。でも思い返せば、彼女が尋ねていたことは明白だ。

トーマは生まれつき病を抱えていた。小学生のころから、「検査があるから」なんて言って学校を休むことがしばしばあった。小学四年生の冬と六年生の夏には、それぞれ長期的な入院も経験している。

トーマの体調がいよいよ悪くなったのは、中学二年生が終わるころだった。彼女は少し離れた街にある大学病院に転院し、そして半年ほどの闘病生活ののちに、病院のベッドの上で命を落とした。

彼女の母親からの電話は、トーマの遺体が香屋たちの街に戻ってきたことを告げるものだった。彼女はすでに、自宅に運び込まれていた。今日は通夜だが、香屋と秋穂はまだ中学生だったから、よければ明るいうちに顔をみにきて欲しいとのことだった。

　でも、そんなことになんの意味がある。

　冬間美咲はもう死んだのに。この世界のどこにもいないのに、口も目も開かない彼女を眺めてなんになる？　香屋は涙を流したくなかった。悲しみなんてもので、胸の中の感情を濁らせたくはなかった。もっと純粋に、彼女の死に怒っていたかった。

　――どうして、死ぬんだよ。

　どうして。こんなの、理屈で考えれば成立していない怒りだ。

　彼女だって死にたかったわけじゃないだろう。もちろん生き続けていたかっただろう。本来、怒りのような感情は、あちら側が持つべきものだとわかっていた。トーマの方が、運命だとか、生命だとか、医療技術の限界だとかに苛立《いらだ》ち怒るのが正当だ。

　それでも香屋が八月のその日、冬間美咲に対して覚えたものは巨大な怒りだった。自分自身でも制御しようのない、暴流のような怒りだ。それは胸の中で荒れ狂い、香屋歩のなにもかもを削り取って呑《の》み込んだ。これまでの彼女への感謝も、その短すぎる人生への同情も、友情も親愛も、すべてが怒りに染まって目に入らなかった。

　子供じみていても、理屈が通っていなくても。

　――勝手に、死ぬなよ。僕を置いて。

　その怒りを抱きしめて進むことを、香屋歩は決めた。

本書は新潮文庫のために書き下ろされた。

ストーリー協力　河端ジュン一

イラスト　越島はぐ
デザイン　川谷康久（川谷デザイン）

さよならの言《い》い方《かた》なんて知《し》らない。3

新潮文庫　こ－60－13

令和二年一月一日発行
令和四年二月二十五日三刷

著者　河《こう》野《の》裕《ゆたか》

発行者　佐藤隆信

発行所　株式会社新潮社
郵便番号　一六二―八七一一
東京都新宿区矢来町七一
電話　編集部(〇三)三二六六―五四四〇
　　　読者係(〇三)三二六六―五一一一
https://www.shinchosha.co.jp

価格はカバーに表示してあります。

印刷・錦明印刷株式会社　製本・錦明印刷株式会社

ISBN978-4-10-180178-0 C0193